Robert Muchamore · Top Secret – Die neue Generation

Die Entführung

AUTOR

Robert Muchamore, Jahrgang 1972, lebt und arbeitet in London. Als Teenager träumte er davon, Schriftsteller zu werden. Er wusste nur nicht, worüber er schreiben sollte. Daher arbeitete er dreizehn Jahre als Privatdetektiv, doch als sich sein Neffe darüber beschwerte, dass es nichts Vernünftiges zu lesen gäbe, beschloss er, das Schreiben wiederaufzunehmen. Seine Agentenreihe TOP SECRET wurde in über 28 Länder verkauft und zum internationalen Millionenbestseller.

Von Robert Muchamore sind bei cbj bereits erschienen:

Top Secret 1 – Der Agent (30184)
Top Secret 2 – Heiße Ware (30185)
Top Secret 3 – Der Ausbruch (30392)
Top Secret 4 – Der Auftrag (30451)
Top Secret 5 – Die Sekte (30452)
Top Secret 6 – Die Mission (30481)
Top Secret 7 – Der Verdacht (30482)
Top Secret 8 – Der Deal (30483)
Top Secret 9 – Der Anschlag (30484)
Top Secret 10 – Das Manöver (30818)
Top Secret 11 – Die Rache (30826)
Top Secret 12 – Die Entscheidung (30830)

Top Secret – Die neue Generation 1. Der Clan (31126)
Top Secret – Die neue Generation 2. Die Intrige (31127)
Top Secret – Die neue Generation 3. Die Rivalen (31417)
Top Secret – Die neue Generation 4. Das Kartell (16337)
Top Secret – Die neue Generation 5. Die Entführung (16338)

Rock War – Unter Strom (16291)
Rock War – Das Camp (16334)
Rock War – Heiße Phase (16335)

Mehr zu der Reihe unter www.topsecret-buch.de

ÜBERSETZERIN

Tanja Ohlsen studierte klassische Archäologie und Anglistik in Heidelberg und Berlin. Neben ihrer Tätigkeit auf verschiedenen Ausgrabungen machte sie ihre staatliche Übersetzerprüfung im Fachgebiet Geisteswissenschaften und hat mittlerweile über 150 Titel aus dem Englischen, Norwegischen und Dänischen übersetzt. Wenn sie nicht gerade übersetzt, unternimmt sie mit Vorliebe lange Expeditionen mit dem Seekajak an der norwegischen Küste.

Mehr über cbj auf Instagram unter @hey_reader

Robert Muchamore

Top Secret – Die neue Generation

Die Entführung

Aus dem Englischen
von Tanja Ohlsen

cbt

Bei diesem Buch wurden die durch das verwendete Material und die Produktion entstandenen CO_2-Emissionen ausgeglichen, indem der cbj-Verlag ein Projekt zur Aufforstung in Brasilien unterstützt. Weitere Informationen zu dem Projekt unter: www.ClimatePartner.com/14044-1912-1001

FSC www.fsc.org
MIX
Papier aus verantwortungsvollen Quellen
FSC® C014496

Wir produzieren Klimaneutral
ClimatePartner.com/14044-1912-1001
Druckprodukt

Penguin Random House
Verlagsgruppe FSC® N001967

1. Auflage 2021
Erstmals als cbt Taschenbuch Dezember 2021

Die englische Originalausgabe erschien unter dem Titel »CHERUB: New Guard« bei Hodder Children's Books, London.
Aus dem Englischen von Tanja Ohlsen
Lektorat: Ulrike Hauswaldt
Umschlaggestaltung: Karsten Molesch, Liebenburg
kk · Herstellung: LW
Satz: Uhl+Massopust, Aalen
Druck: GGP Media GmbH, Pößneck
ISBN: 978-3-570-31452-4
Printed in Germany

www.cbj-verlag.de

Was ist CHERUB?

CHERUB ist Teil des britischen Geheimdienstes. Die Agenten sind zwischen zehn und siebzehn Jahre alt. Meist handelt es sich bei den CHERUB-Agenten um Waisen aus Kinderheimen, die für die Undercover-Arbeit ausgebildet wurden. Sie leben auf dem Campus von CHERUB, einer geheimen Einrichtung irgendwo auf dem Land in England.

Warum Kinder?

Kinder können sehr hilfreich sein. Niemand rechnet damit, dass Kinder Undercover-Aktionen durchführen, daher kommen sie mit vielem durch, was Erwachsenen nicht gelingt.

Wer sind die Kinder?

Auf dem Campus von CHERUB leben etwa 300 Kinder, darunter die Brüder RYAN SHARMA (17), die Zwillinge LEON und DANIEL (14) und THEO (11).

JAMES ADAMS ist ein früherer CHERUB-Agent und arbeitet jetzt als Einsatzleiter auf dem Campus. Seit zwei Jahren ist er mit seiner langjährigen Freundin KERRY CHANG verlobt.

Das CHERUB-Personal

Die Größe des Geländes, die speziellen Trainingseinrichtungen und die Kombination aus Internat und Geheimdienststelle bringen es mit sich, dass CHERUB mehr Personal als Schüler hat. Dazu gehören Köche und Gärtner ebenso wie Lehrer, Ausbilder, Krankenschwestern, Psychiater und Einsatzspezialisten. CHERUB wird vom Vorsitzenden EWART ASKER geleitet.

Die CHERUB-T-Shirts

Den Rang eines CHERUB-Agenten erkennt man an der Farbe seines T-Shirts. ORANGE tragen Besucher. ROT tragen Kinder unter zehn, die zu jung sind, um schon als Agenten zu arbeiten. BLAU ist die Farbe während ihrer 100-tägigen Grundausbildung. Ein GRAUES T-Shirt heißt, dass man auf Missionen geschickt werden darf. DUNKELBLAU tragen diejenigen, die sich bei einem Einsatz besonders hervorgetan haben. Ryan trägt ein SCHWARZES T-Shirt, die höchste Anerkennung für hervorragende Leistungen bei vielen Einsätzen. Wenn man CHERUB verlässt, bekommt man ein WEISSES T-Shirt, wie es auch das Personal trägt.

1

10 min Verspätung. Grauenvoller Verkehr!!!!

Keine Sorge, Mum kommt noch lange nicht.

Aufgeregt!!! Trägst du dieselben Shorts wie auf dem Bild?

Wie versprochen, du Perverser ☺

Leon hörte, wie der BMW in die mit braunen Blättern übersäte Auffahrt rollte. Immer zwei Stufen auf einmal nehmend sprang der Vierzehnjährige die Treppe hinunter und rannte zur Tür, gerade als die Blinker des Autos beim Abschließen aufblitzten. Durch die Milchglasscheibe konnte er sehen, wie der massige Fahrer auf ihn zukam.

Leon trug ausgefranste Jeansshorts, die ihm eine Nummer zu klein waren, schmutzige Sportsocken und ein schwarzes Muskelshirt. Sein Haar war raspelkurz geschnitten und gebleicht und im rechten Ohrloch steckte ein silbernes Kreuz.

»Hi«, sagte Leon, als er die Tür aufmachte, und hielt den Blick schüchtern gesenkt.

Der BMW in der Einfahrt war ein Jahr alt, Nigel, der Fahrer, war zweiundvierzig. Er trug flaschengrüne Hosen, ein kurzärmliges Ralph-Lauren-Hemd, das um den

Bauch herum ein wenig spannte, und eine Carrera-Uhr, die gut viertausend Pfund gekostet hatte. Doch schiefe Zähne und ein grauenvolles Aftershave beeinträchtigten den teuren Look.

»Endlich da«, sagte Nigel beim Eintreten und klatschte leicht in die Hände. »Du siehst gut aus.«

Leon lächelte verlegen und mahnte dann erschrocken: »Zieh die Schuhe aus! Meine Ma ist voll pingelig mit ihren Teppichen!«

»Selbstverständlich«, erwiderte Nigel und schlüpfte aus den Schuhen, während er sich in dem kleinen Flur umsah und die Familienfotos und den Kleiderständer betrachtete. »Deine Eltern?«

»Keine Angst, Alter«, sagte Leon und legte eine Hand auf den Holzknauf am Treppengeländer. »Meine Schwester ist an der Uni und meine Mum im Trafford Centre. Sie hat mir Essen hingestellt, das ich mir aufwärmen soll.«

»Cool.«

»Willst du etwas trinken?«, fragte Leon. »Tee, Cola, Wasser?«

»Nein, danke.«

Leon zuckte mit den Achseln. »Hast du was für mich?«

»Na klar doch.«

Nigel fischte ein Bündel Zwanziger aus der Hosentasche.

»Dreihundert, wie besprochen.«

Leon zog das Gummiband von dem Bündel und zählte schnell die Scheine, bevor er sie einsteckte.

»Damit habe ich genug, um mit meinen Freunden zum V-Festival zu gehen. Und um meine Xbox reparieren zu lassen.«

»Du bist so ein sexy Junge, Leon. Ich kann es kaum glauben, dass ich tatsächlich hier bin, nach all den Nachrichten, die wir einander geschrieben haben.«

»Ich auch nicht. Warte einen Moment, ich hole mir

schnell eine Cola.« Leon ging durch die Tür zur Küche, wo er seinen Zwillingsbruder Daniel sowie einen größeren Mann in einem schicken Anzug erblickte. Sobald Leon den Daumen hoch hielt, stürmten die beiden in den Gang, gefolgt von einer untersetzten Frau mit einem Camcorder auf der Schulter.

»Nigel Kinney«, begann der Mann im Anzug. »Ich bin Jason Nolan vom Netzwerk der Pädophilenjäger. Würden Sie mir wohl bitte sagen, warum Sie heute Nachmittag hierhergekommen sind?«

Von der Tür aus beobachteten die Zwillinge Leon und Daniel, wie die Kamerafrau das Objektiv auf Nigel richtete, der sich die Hände vors Gesicht hielt.

»Mr Kinney«, fuhr Jason Nolan fort. »NPJ hat Sie beobachtet. Sie sind hierhergekommen, weil Sie als Gegenleistung für dreihundert Pfund sexuelle Handlungen an einem Vierzehnjährigen vornehmen wollten. Was haben Sie dazu zu sagen?«

»Ich habe ihn nicht angerührt!«, fauchte Nigel. »Ich hatte nichts Illegales vor.«

»Aber wir haben Hunderte von Nachrichten, Mr Kinney«, beharrte der Moderator. »Sie haben sexuell eindeutige Bilder geschickt und erbeten. Unsere versteckte Kamera hat soeben gefilmt, wie Sie Leon dreihundert Pfund gegeben haben.«

»Das verstehe ich nicht«, sagte Nigel, der sich hinter den Kleiderständer zurückzog, aber von der Kamerafrau verfolgt wurde. »Sie sind nicht von der Polizei?«

»Nein, wir sind nicht von der Polizei«, erklärte Jason. »Wir sind eine vollkommen unabhängige Organisation, die das ekelhafte Verhalten von Menschen wie Ihnen aufspürt. Wir werden unser Beweismaterial der Polizei übergeben und man wird Sie wahrscheinlich anklagen. Wir werden auch ein Video Ihrer Aktivitäten auf dem YouTube-Kanal der Pädophilenjäger veröffentlichen.«

»Ich habe ihn nicht angerührt!«, schrie Nigel. »Ich bin nur gekommen, um mit dem Jungen zusammen mit der Xbox zu spielen!«

Leon blickte kopfschüttelnd zu seinem Zwillingsbruder, während Nigel und die Kamerafrau weiterhin den schwankenden Kleiderständer umkreisten.

»Wenn Sie nicht von der Polizei sind, können Sie mich nicht verhaften!«, stieß Nigel hervor.

»Wir hindern Sie nicht daran, zu gehen«, erklärte Jason und deutete auf den Ausgang. »Aber wir werden dafür sorgen, dass Ihre Frau das Beweismaterial sieht, zum Schutze Ihres zwölfjährigen Sohnes. Und wir werden auch Ihren Arbeitgeber davon unterrichten.«

»Ich gehe jetzt!«, rief Nigel, hielt sich schützend die Hände vors Gesicht, drängte an der Kamerafrau vorbei und lief zur Tür.

»Was glauben Sie, was Ihre zweiundachtzigjährige Mutter davon hält, wenn sie es erfährt?«, wollte Jason wissen. »Schämen Sie sich nicht?«

»Ich habe ihn nicht angerührt!«, wiederholte Nigel weinerlich und griff nach der Türklinke.

»Aber 1998 wurden Sie wegen zwei sexueller Straftaten verurteilt, die Sie bei einem Sommerjob in einem Ferienlager begangen haben«, bemerkte der Moderator. »Haben Sie zu diesen beiden Opfern etwas zu sagen? Und wie viele andere Jungen gibt es noch, von denen wir nichts wissen, Mr Kinney?«

Nigel drehte sich im Kreis und schlug mit der Faust gegen die Wand.

»Ihr habt meine Schuhe gestohlen! Wo sind meine Schuhe?«

»Nett, Sie kennengelernt zu haben, Sie Perverser«, spottete Leon. »Wie gefallen Ihnen meine knappen Shorts jetzt?«

»Das ist eine Falle!«, rief Nigel und deutete auf Leon.

»Er hat mich reingelegt... Was hast du mit meinen Schuhen gemacht, du Miststück?«

»Ich bin sicher, die sind hier irgendwo«, neckte ihn Leon.

Nigel wedelte mit dem Finger vor Jasons Gesicht herum.

»Ich habe einen sehr, sehr guten Anwalt! Wenn das online geht, werde ich Sie auf den letzten Penny verklagen!«

Jason lächelte in die Kamera.

»Die Pädophilenjäger lassen sich bei allem, was sie tun, von einem Anwalt beraten, Mr Kinney. Vielleicht möchten Sie meine Karte haben, damit Ihr Anwalt sich mit meinem in Verbindung setzen kann?«

»Scheißkerle!«, empörte sich Nigel, gab die Suche nach seinen Schuhen auf, nahm den Autoschlüssel aus der Hosentasche und riss die Tür auf. »Hoffentlich verrottet ihr in der Hölle!«

Leon und Daniel zeigten ihm den Finger, als er auf Socken auf die Auffahrt stürmte, während die Kamerafrau filmte, wie Nigel ins Auto stieg, zurücksetzte und mit quietschenden Reifen die Auffahrt verließ.

Sie atmeten alle tief durch, dann lächelten sie.

»Sehr schön«, fand die Kamerafrau, schaltete die klobige Kamera aus und nahm sie von der Schulter.

Jason grinste und klatschte alle ab. »Ihr wart großartig.«

»Wann bringen Sie das Video auf YouTube?«, erkundigte sich Daniel.

»Ich schicke das Material meinem Mitarbeiter in London. Heute Abend sollte es online sein und morgen früh schicken wir die Beweise der Polizei.«

»Aber Sie müssen unbedingt unsere Gesichter unkenntlich machen«, erklärte Leon ernst. »Wir kriegen sonst tierisch Ärger mit unseren Eltern.«

»Klar doch«, stimmte Jason zu. »Da ist nur noch eines.«

»Was denn?«, fragte Leon.

»Euer Kontaktmann, der uns die Informationen über Nigels frühere Verurteilungen und so gegeben hat. Können wir vielleicht mit ihm persönlich sprechen?«

Die Zwillinge zuckten mit den Achseln und Daniel sagte: »Wir werden Ihnen gerne wieder helfen, wenn wir können.«

»Aber unser Kontakt ist vertraulich«, ergänzte Leon und sah dann auf die Uhr in seinem Telefon. »Können Sie uns zum Bahnhof bringen? Unser Dad wird wild, wenn wir nicht um sechs zu Hause sind.«

»Sicher«, stimmte Jason zu und sah dann seine Kamerafrau an. »Kannst du hier aufräumen, während ich die Jungs abliefere?«

Sie nickte, und Jason nahm seinen Autoschlüssel, doch Leon verschwand noch einmal im Wohnzimmer.

»Wir müssen uns beeilen, Leon«, mahnte Daniel besorgt. »Es gibt nur einen Zug in der Stunde und der fährt in fünfzehn Minuten.«

»Ich weiß«, erwiderte Leon und nahm eine schwarze Trainingshose, die über einem Ledersofa hing. »Aber egal wie spät es ist, ich werde mich in diesen bescheuerten Shorts ganz sicher nicht in der Öffentlichkeit sehen lassen.«

2

»Schon komisch«, fand James Adams, der in Channing's Restaurant, zwölf Meilen vom CHERUB-Campus entfernt, an einem runden Tisch eine Vorspeise aus frittierten Risottobällchen aß. Der vierundzwanzigjährige frühere CHERUB-Agent saß neben seiner Verlobten Kerry Chang, ihm gegenüber sein alter Freund Bruce Norris mit einem Bohnensalat und einem fiesen blauen Auge.

»Was ist komisch?«, wollte Bruce wissen.

»Wenn ich die Augen schließe, kommt es mir vor, als sei es erst gestern gewesen, dass meine Mutter gestorben ist«, erzählte James. »Dass ich auf dem Campus aufgewacht bin, euch kennengelernt habe. Dass ich ein CHERUB geworden bin ...«

Bruce zählte an seinen Fingern ab: »Dreizehn Jahre, Mann!«

»Und wenn ich auf dem Campus arbeite und eines der Kids irgendwas im Schilde führt, dann habe ich immer das Gefühl, noch einer von ihnen zu sein. Doch dann muss ich mich zusammenreißen und Mister Einsatzleiter spielen und dafür sorgen, dass sie zuhören und sich gut betragen.«

»Darf ich mal probieren?«, fragte Kerry und spießte, ohne auf eine Antwort zu warten, ein Reisbällchen auf ihre Gabel.

»Immer machst du das!«, beschwerte sich James.

»Was denn?«, knurrte Kerry.

»Erst sagst du, dass du keine Vorspeise willst, und dann isst du die Hälfte von meiner.«

Kerry drehte sich zur Seite, gab James schnell einen Kuss und pikte ihn dann in den leicht vorstehenden Bauch.

»Du brauchst keine zusätzlichen Kalorien, mein Dicker«, sagte sie und deutete auf seinen Freund. »Sieh dir Bruce an, total braun und muskulös zurück aus Thailand.«

»Ich kann nichts dafür«, verwahrte sich James. »Ich sitze fast den ganzen Tag hinterm Schreibtisch.«

»Er hat die Fitnessprüfung fürs Personal auf dem Campus nicht geschafft«, erzählte Kerry. »Und ehrlich gesagt bin ich es leid, mir seinen Wanst anzusehen.«

»Das ist eben meine Statur, du Schlankheitsfetischist!«, protestierte James.

»Na ja, egal«, beendete Bruce das Thema und wartete, bis eine Kellnerin, die gerade vorbeiging, außer Hörweite war, bevor er Kerry fragte: »Und was machst du jetzt? Bist du auf dem Campus?«

Kerry schüttelte den Kopf.

»Ich komme an den Wochenenden zu Besuch. Wenn James da ist und wenn ich nicht arbeite.«

»Sie hat ihre Seele an den Teufel verkauft«, verkündete James.

Bruce sah sie verwirrt an, bis Kerry erklärte: »Anders als gewisse Freunde von mir, die von ihrer Mutter mehrere Hunderttausend Pfund geerbt haben und auf schicken Motorrädern durch die Gegend flitzen, muss ich mir meinen Lebensunterhalt verdienen.«

»So, so«, meinte Bruce und sah James missbilligend an, denn auch er hatte von seinen Eltern nichts geerbt.

»Kerry arbeitet in London«, erzählte James. »Bei einer fiesen französischen Bank. Verbriefte Leasinggeschäfte.«

»Die sind nicht fies!«, protestierte Kerry.

»Was sind denn verbriefte Leasinggeschäfte?«, erkundigte sich Bruce.

»Das willst du gar nicht wissen«, erwiderte Kerry achselzuckend.

»Und das macht Spaß?«

»Nein«, schnaubte Kerry und seufzte enttäuscht: »Das Gehalt ist super, aber man muss ewig lange arbeiten, Geschäftsberichte vorbereiten und … ich will lieber gar nicht erst darüber reden.«

»Dann hör doch auf«, riet ihr Bruce. »Schieß deinen schlappen Freund in den Wind und komm zu mir, da kannst du in der Sonne Kampfsport unterrichten.«

James zeigte Bruce den Finger und tunkte ein Stück Brot in Olivenöl.

»Ein paar Jahre noch«, meinte Kerry. »Ein paarmal einen fetten Bonus einstreichen, dann kann ich es mir leisten, aufzuhören und etwas Befriedigenderes zu machen.«

»Bankerbonus!«, lachte Bruce.

»Ich habe dir doch gesagt, sie hat ihre Seele verkauft.«

Kerry verschränkte die Arme, tat aber nur so, als ärgere sie sich. »Mir fehlt das Leben als CHERUB. Und wenn ich diese ganzen Oxford-Absolventen erzählen höre, was für Heldentaten sie in ihren Freisemestern so vollbracht haben, würde ich sie am liebsten in die Eier treten und ihnen erzählen, dass ich mit zwölf Jahren schon geholfen habe, einen größeren Drogenring zur Strecke zu bringen.«

»Wer kommt denn noch zur Sprengungs-Party morgen?«, wollte Bruce wissen.

»Eine ganze Menge Leute«, antwortete James. »Kyle, Gabrielle, Callum, Connor, Michael. Und sogar Leute, die ich seit Ewigkeiten nicht mehr gesehen habe, wie Arif oder Dana.«

»Dana«, schnaufte Bruce. »Und deine Schwester?«

»Sie kommt mit Rat.«

»Cool«, fand Bruce. »Wahrscheinlich in Rats Privathubschrauber.«

James und Kerry mussten lachen.

»Eigentlich glaube ich nicht, dass er in der Privathubschrauberliga ist«, meinte Kerry, »obwohl er von seinem verrückten Sektenführervater über zwanzig Millionen Pfund geerbt hat.«

»Aaaah!«, rief Bruce plötzlich begeistert und schlug auf den Tisch, als die Bedienung mit den drei Hauptgerichten kam. »Es wird so cool, die alten Kumpel wiederzusehen!«

*

Die meisten älteren CHERUB-Agenten verließen den Campus, wenn sie einen freien Samstagnachmittag hatten, doch der Zug von Leon und Daniel hatte Verspätung, was dazu führte, dass es schon nach sieben Uhr war, als sie am Bahnhof in der Nähe des Campus ausstiegen.

»Wir sind ja so am Arsch«, stellte Daniel fest, als er aus der leeren Bahnhofshalle kam und sich umsah. Manchmal wartete dort ein Bus vom Campus, um jemanden abzuholen.

»Sollen wir das Taxikonto belasten?«

Leon schüttelte den Kopf.

»Wenn wir ein Taxi bezahlen, wissen sie, dass wir kommen. Wenn wir ohne elektronische Ankündigung vor dem Tor stehen, können wir vielleicht so durchschlüpfen.«

»Das sind vierzig Minuten, wenn wir rennen«, meinte Daniel nachdenklich. »Für die Party morgen kommen massenweise Gäste, da sind die Wachen vielleicht nicht ganz so scharf.«

Wie alle CHERUB-Agenten mussten die Zwillinge in

Topform sein, daher war es ein Kinderspiel, die acht Kilometer zu joggen. Kurz vor dem Campus kam Daniel ein Gedanke.

»Vergiss nicht meine Hälfte des Geldes.«

»Welchen Geldes?«

»Die dreihundert, die Nigel dir gegeben hat«, meinte Daniel.

»Auf keinen Fall!«, sagte Leon scharf. »Ich habe das ganze Risiko getragen. Ich musste diese albernen Shorts anziehen und mich von diesem Perversen anglotzen lassen.«

»Risiko? Was für ein Risiko?«, erkundigte sich Leon. »Der war doch ein Weichei. Wenn er etwas versucht hätte, hättest du ihm in zehn Sekunden den Arm gebrochen.«

»Ich habe ein seelisches Trauma!«

»Die Hälfte der dreihundert gehört mir, Leon!«

»Ich gebe dir fünfzig, damit du die Klappe hältst.«

»Sei nicht so ein Idiot!«, verlangte Daniel entrüstet. »Fifty-fifty!«

»Wer's hat, behält's.«

Daniel versetzte Leon einen Stoß, der Leon zwar aus dem Gleichgewicht brachte, ihn aber nicht stürzen ließ.

»Ich will meine Hälfte!«, verlangte Daniel.

»Na gut, wenn du mich besiegst«, schlug Leon vor. »Wer zuerst am Campustor ist! Los!«

Die Zwillinge waren zwar nicht eineiig, aber trotzdem ähnlich groß und schnell. Daniel wusste, dass er seinen Zwillingsbruder nicht einholen könnte, wenn er sich darauf einließ, weil Leon schon zehn Meter Vorsprung hatte. Doch all das wurde gleichgültig, als Leon die letzte Kurve nahm und von einem armeegrünen Land Rover, der auf dem Grünstreifen neben der Straße parkte, angeblinkt wurde.

»Guten Abend, Jungs«, begrüßte sie ein kräftiger

Wachmann großspurig, als die beiden, Unheil ahnend, anhielten. »Ich bin Briggs und ihr zwei seid weit jenseits der Sperrstunde.«

Da der Campus auf den Landkarten als militärische Einrichtung verzeichnet war, fuhren die Wachen Armeewagen und trugen Uniformen der Militärpolizei.

»Wir waren in der Stadt schwimmen«, erklärte Daniel hoffnungsvoll. »Da waren ein paar Mädchen aus einem Internat und irgendwie haben wir die Zeit vergessen.«

»Tatsächlich«, meinte Briggs unbeeindruckt. »Ihr hättet eine Nachricht schicken können, dass ihr euch verspätet. Aber aus irgendeinem Grund waren eure Telefone ausgeschaltet, sodass wir euch nicht ausmachen konnten. Fast als wolltet ihr nicht, dass wir wüssten, wo ihr seid.«

»Ich ...«, stotterte Leon.

»Wir ...«, ergänzte Daniel.

»Ihr kriegt eine Menge Ärger«, sagte Briggs und winkte die beiden auf den Rücksitz des Land Rovers. »Je eher ihr anfangt, uns die Wahrheit darüber zu erzählen, was ihr gemacht habt, desto größer ist die Chance, dass ihr nicht bei CHERUB rausfliegt.«

3

Nachdem Zara Asker von dem stressigen Posten als Vorsitzende von CHERUB zurückgetreten war, war sie jetzt gelegentlich für ernste disziplinarische Maßnahmen zuständig. Gähnend ging sie zum Sicherheitsdienst am Haupttor des Campus, wo sie von zwei Gesichtern überrascht wurde, die sie seit Jahren nicht mehr gesehen hatte.

»Älter, aber kein bisschen weiser!«, begrüßte sie der ehemalige Agent Kyle Blueman und umarmte sie. Hinter ihm ging Gabrielle O'Brien, doch bei ihrem Anblick erschrak Zara.

Da es auf dem Campus eher praktisch zuging, hatten die Mädchen kaum Gelegenheit, sich zurechtzumachen, außer bei besonderen Anlässen. Gabrielle schien die verlorene Zeit aufholen zu wollen. Sie hatte kunstvolle Extensions in ihren Zöpfen, heftiges Make-up und irrsinnig hohe Schuhe.

»Wow!«, machte Zara. »Du siehst ja wie ein Model aus!«

»Schon komisch, dass Sie nicht mehr Vorsitzende sind«, fand Kyle.

»Das darf gerne mein Mann übernehmen«, meinte Zara. »Das ist ein Vierundzwanzigstundenjob. Aber so gerne ich auch mit euch plaudern würde, muss ich doch noch zwei Schwachköpfe ans Kreuz nageln.«

Den freundlichen Tonfall ließ sie beiseite, nachdem

sie an den Röntgenapparaten, mit denen das Gepäck durchleuchtet wurde, vorbei war und durch einen kurzen Gang zum Wartebereich lief, in dem Leon und Daniel seit zwei Stunden nervös ihr Schicksal erwarteten.

»In mein Büro! Sofort!«, verlangte sie und schnippte mit den Fingern.

Die Zwillinge hatten duschen und ihre CHERUB-Uniform mit den dunkelblauen T-Shirts anziehen dürfen. Leon schauderte, als Zara sich neben Briggs hinter einen Schreibtisch voller Beweise stellte. Computerausdrucke von Telefonnachrichten, dreihundert Pfund, Zugtickets zu Orten, an denen die Jungen nicht hätten sein dürfen...

»Setzt euch.«

Die Zwillinge sahen einander beunruhigt an, als sie auf den Plastikstühlen Platz nahmen. Der schummrig beleuchtete Raum hatte kahle Betonwände, zwei Überwachungskameras und eine Metalltür, sodass er bei Bedarf auch als Arrestzelle genutzt werden konnte.

»Wir wissen, was ihr getan habt«, erklärte Zara. »Jede Lüge, die ihr uns erzählt, reitet euch nur noch tiefer in den Schlamassel. Was ich nicht verstehe, ist, warum ihr das getan habt. Was bedeutet euch Nigel Kinney?«

Daniel sah sie ein wenig vorwurfsvoll an. »Er ist ein Pädophiler. Er kriegt nur, was er verdient.«

»Wir wussten, dass wir wahrscheinlich Ärger bekommen würden«, fügte Leon hinzu. »Wir nehmen unsere Strafe auf uns.«

Briggs schlug auf den Schreibtisch.

»Wir haben nicht nach einer Rechtfertigung verlangt! Wir haben eine genaue Frage gestellt!«Briggs' Reaktion schien Zara mehr zu erschrecken als die beiden Jungen, und sie warf ihm schmallippig einen warnenden Blick zu, der besagte, dass sie damit auch gut alleine fertigwerden würde.

»Kinney?«, wiederholte sie streng.

Leon sah Daniel an, der ihm zunickte, und erklärte daraufhin: »Letztes Jahr waren wir auf einer Mission in Sheffield. Da war ein Junge, Brent Johnson. Ein netter Kerl, ein Jahr jünger als wir. Aber er war voll das Wrack. Er hat sich geritzt und hatte Albträume. Seit er etwa zehn Jahre alt war, war er von Nigel Kinney und einem anderen Kerl missbraucht worden. Die Cops haben keine Anklage erhoben, weil Brent zu sehr von der Rolle war, um eine Verhandlung durchzustehen.«

»Nigel war schon früher verurteilt worden, aber das darf man den Geschworenen nicht sagen«, ergänzte Daniel.

Zara schüttelte langsam den Kopf. »Also habt ihr euch an die Pädophilenjäger gewandt?«

»Ja«, gab Leon zu. »Zuerst haben wir uns eine Akte von Kinneys Strafregister besorgt und sie den Pädojägern geschickt, in der Hoffnung, dass sie ihn aufs Korn nehmen. Aber sie sind nur eine kleine Organisation und bekommen jede Menge Tipps.«

»Also habt ihr euch bereit erklärt, zu helfen?«, vermutete Briggs.

Daniel nickte.

»Wir haben uns in Kinneys Bürocomputer eingehackt und haben die Seite gefunden, über die er Kontakt mit kleinen Jungen aufnahm. Also bin ich da beigetreten und habe ihm gefälschte Nachrichten geschickt. Ich habe behauptet, ich sei knapp bei Kasse und würde ihn gerne treffen.«

»Und dann haben wir die Pädojäger gebeten, die Sache zu inszenieren«, schloss Leon.

»Ich nehme jede Strafe auf mich«, erklärte Daniel, »aber ich schäme mich nicht dafür, was wir getan haben.«

»Ihr könnt euch nicht zu Wächtern aufspielen«, knurrte

Briggs. »CHERUB muss sich um größere Fische kümmern, und da ihr euch unrechtmäßigen Zugang zu den Polizeiakten verschafft habt, habt ihr die Sicherheit der Organisation aufs Spiel gesetzt.«

Zara warf Briggs einen weiteren warnenden Blick zu.

»Jungs«, begann sie, »ich habe selbst vier Kinder, und der Gedanke daran, dass es jemanden gibt, der ihnen etwas antun könnte, macht mich krank. Pädophilie im Internet ist ein ernst zu nehmendes Problem und da sollten alle wachsamer sein. Aber ihr seid CHERUB-Agenten. Unsere Ziele sind große Terrorgruppierungen, Drogenkartelle, Menschenschmuggler oder Waffenhändler. Wir sind nicht dafür zuständig, ein einzelnes Kind zu rächen. Ihr habt ungefähr ein Dutzend Regeln gebrochen.«

»Wenn sich das auf dem Campus herumspricht, werden euch die anderen wahrscheinlich als Helden betrachten«, fügte Briggs hinzu. »Wenn wir nicht hart durchgreifen, ist nicht abzusehen, wo das enden wird.«

Bei der Vorstellung, sie könnten als Helden gelten, erlaubten sich Leon und Daniel ein leises Grinsen.

»Wagt es ja nicht, zu lachen!«, warnte Zara und drohte ihnen mit dem Finger. »Ich bin zwar für die Durchführung von Disziplinarmaßnahmen zuständig, aber ich muss mich an die Richtlinien des Ethikkomitees halten. Und danach habt ihr so viele Regeln gebrochen, dass nur noch der permanente Ausschluss von CHERUB die Folge sein kann.«

Zara machte eine Kunstpause. Die Zwillinge vermieden es, sich anzusehen, und Leons Atem bebte, als würde er gleich anfangen zu weinen.

»Allerdings«, fuhr Zara fort, »habe ich einen gewissen Handlungsspielraum, wenn es um Agenten geht, die aufgrund traumatisierender Ereignisse handeln, die sie während einer Mission erlebt haben. Und ich könnte wohl argumentieren, dass euch die Begegnung mit Brent Johnson entsetzt hat und ihr deswegen so gehandelt habt.

Ich gebe euch also zwei Wahlmöglichkeiten: Die erste ist, dass ihr ehrenhaft bei CHERUB entlassen werdet. Ihr dürftet bei einem CHERUB-Angestellten in der Nähe des Campus wohnen, sodass ihr eure Brüder Ryan und Theo immer noch sehen könntet.«

Leon klappte der Unterkiefer herunter. »Ich dachte, Sie hätten Handlungsspielraum ...«

»Lass mich ausreden!«, verlangte Zara. »Eure zweite Möglichkeit ist, dass ihr auf dem CHERUB-Campus bleibt, aber streng bestraft werdet. Und zwar mit zwei Monaten verschärften Trainings und Gräben ausheben, gefolgt von zwei weiteren Monaten Suspendierung von Missionen.«

Die Zwillinge stöhnten.

»Zwei Monate Training?«, stieß Leon hervor.

»Ich habe noch nie gehört, dass jemand mehr als zwei Wochen bekommen hat«, fügte Daniel hinzu.

»Außerdem werdet ihr keinem eurer Freunde erzählen, warum ihr bestraft werdet«, ergänzte Briggs, »nicht einmal euren Brüdern.«

»Wir zwingen keinen CHERUB, die Strafe auf sich zu nehmen«, erklärte Zara. »Es steht euch frei, aufzuhören. Ihr könnt jederzeit gehen.«

Leon sah Daniel an.

»Ich habe mal vierundzwanzig Stunden verschärftes Training bekommen, als ich so viel Cidre getrunken habe, dass ich in der Französischstunde gekotzt habe. Das war krass. Ich weiß nicht, ob ich das zwei Monate lang durchhalte.«

Daniel hatte so etwas noch nie machen müssen. »Schlimmer als die Grundausbildung?«

»Wesentlich schlimmer«, antwortete Leon.

Zara stand auf und bedeutete Briggs, es auch zu tun. Dann sah sie auf die Uhr.

»Schluss mit CHERUB oder zwei Monate Straftraining. Ich lasse euch zehn Minuten Zeit, euch zu entscheiden.«

Zara und Briggs verließen den Raum, und die Zwillinge zuckten zusammen, als Briggs die Metalltür hinter ihnen verriegelte. Sie sahen sich an und dann fiel Daniels Blick auf ein Foto von Nigel Kinney, das auf dem Schreibtisch lag.

»Wir wussten ja, dass die Chancen, erwischt zu werden, groß waren«, meinte Daniel traurig. »Und vielleicht ist es ja gar nicht so schlimm, ein ganz normales Kind zu sein.«

Leon nickte. »In der katholischen Schule in der Nähe gibt es echt heiße Mädchen.«

Daniel sah zu einer der Kameras.

»Wahrscheinlich hören sie, was wir sagen.«

»Andererseits«, meinte Leon und schnippte sich nervös an die Wange, »können wir noch das ganze Leben lang normal sein.«

4

Alles war ruhig am Sonntagmorgen, als eine zweiundzwanzigjährige Blondine in engen Cordhosen und abgetretenen Turnschuhen zum Einsatzleitungsgebäude kam. Sie beugte sich zur Tür und sah in ein schwarzes Quadrat, über dem ein grünes Licht blinkte. Gleich darauf leuchtete unter dem Paneel ein Schriftzug auf: *Lauren Adams, Zugang gewährt.*

Das gewundene Einsatzleitungsgebäude auf dem CHERUB-Campus war erst kürzlich renoviert und mit neuen Fußböden und moderner Kunst ausgestattet worden. Das Herzstück des Gebäudes war ein kleiner Kontrollraum voller leuchtender Computerbildschirme. Hier konnten sich die etwa sechzig CHERUB-Agenten, die immer irgendwo auf einer Mission waren, sowie ihre erwachsenen Einsatzleiter in einem Notfall anrufen, Verstärkung, besondere Ausrüstung oder eine Verbindung zu Spezialisten anfordern, deren Fähigkeiten vom Hacken besonders verschlüsselter Dateien bis zur Garantie dafür reichten, dass eine bestimmte Ampel genau dann rot wurde, wenn sie es sollte. Von diesem Raum zweigten drei weitere, kleinere Kontrollräume ab, die während der kritischen Phasen der einzelnen CHERUB-Einsätze bemannt waren.

Nachdem Lauren eingetreten war, ging sie durch einen breiten Gang mit fest verschlossenen Büros auf der einen Seite und einer Glaswand zum Wald hin auf der anderen.

In der Mitte saßen ein Junge und ein Mädchen in ihren grauen T-Shirts und warteten nervös darauf, für ihren ersten Einsatz gebrieft zu werden.

Das Schild am letzten Büro im Gang fand Lauren ein wenig lächerlich: *James Adams – Einsatzleiter.*

Noch bevor sie klopfen konnte, machte eine kräftige Siebzehnjährige in einem schwarzen CHERUB-T-Shirt mit einem Arm voller Papiere die Tür auf und rannte sie fast um. Nachdem sie ein paar Sorrys ausgetauscht hatten, betrat Lauren ein schönes Eckbüro mit Bücherregalen, einem eleganten Walnussschreibtisch und einem Couchtisch mit zwei Ledersofas.

Die Aussicht über einen sanften Abhang mit goldenen Laubbäumen war spektakulär. Der Anblick von James Adams allerdings störte das Ambiente ein wenig, denn er trug Sportkleidung und hatte einen Fuß mit löchriger Socke auf den Schreibtisch gelegt, der von Kaffeebechern, Aktenordnern und Papierstapeln überquoll. Er telefonierte, zeigte Lauren daher nur den Daumen und deutete wortlos auf ein Sofa.

»John …«, sagte er ins Telefon, »sie ist sechzehn Jahre alt und ihre gesamte Garderobe ging am Ende der Mission in Flammen auf. Ich habe ihr gesagt, sie solle sich kaufen, was sie bräuchte … ja, John, ich hätte ihr ein Limit setzen sollen. Aber woher sollte ich wissen, dass sie nach London fährt und Schuhe für achthundert Pfund kauft?«

Grinsend nahm Lauren den Rucksack von den Schultern und setzte sich auf den einzigen Teil des Sofas, der nicht von Akten bedeckt war. Während James weitersprach, kam das Mädchen mit dem schwarzen T-Shirt zurück, eine Rolle mit dicken orangefarbenen Plastiktüten in der Hand. Lauren wusste, dass dahinein Unterlagen vom Campus kamen, die verbrannt werden sollten.

»Ich bin Fu Ning«, stellte sich das Mädchen leise vor,

um James nicht zu stören. »Du bist doch seine Schwester Lauren, nicht wahr?«

Lauren nickte. »Muss schlimm sein, für meinen Bruder zu arbeiten.«

»Ist ganz okay«, sagte Ning lächelnd, »er ist nur unorganisiert.«

James sprach immer noch mit seinem Vorgesetzten.

»Birmingham?«, fragte er. »Ich weiß von der Rekrutierung. Ich habe Ihnen doch Donnerstag im Meeting gesagt, dass ich Leon und Daniel Sharma dafür vorgesehen habe... Was?... Im Ernst? Wieso stehen sie für die Mission nicht zur Verfügung?... Ich brauche die beiden. Ich rufe Zara an und versuche, sie umzustimmen. Wenn es nicht zu schwerwiegend ist, kriege ich sie vielleicht wieder... Ja gut, ich bin hier wohl bis mittags. Bis später!«

Genervt legte er das Telefon beiseite.

»Schwerstarbeit?«, erkundigte sich Lauren, als James aufstand und sie umarmte.

»Sonntagmorgen«, beschwerte sich James. »Eigentlich sollte ich bei Kerry im Bett liegen. So viel, wie sie arbeitet, und so viel, wie ich arbeite, da sehen wir uns kaum.«

»Was war das mit den Schuhen?«

»Oh Gott«, erwiderte James und schlug sich vor die Stirn. Ning musste grinsen. »Ich hatte eine Mission und die ganzen Sachen der Kleinen wurden verbrannt. Sie war völlig aufgelöst, also sage ich *Schon gut, mach einen Shoppingausflug nach London und besorg dir, was du brauchst.* Ich habe ihr eine Kreditkarte besorgt und sie hat viereinhalbtausend Pfund verbraten. Hat völlig das Missionsbudget gesprengt. John Jones tobt.«

Lauren grinste. »Du hast einer Sechzehnjährigen gesagt, sie soll nach London fahren und sich kaufen, was sie will?«

»Sie ist ein super Mädchen!«, protestierte James, da Lauren und Ning sich das Lachen kaum verkneifen konnten. »Ich habe noch nie gesehen, dass sie etwas anderes trägt als Turnschuhe und Hoodie. So etwas habe ich nicht erwartet!«

»Na ja, klingt fast, als hätte sie jemand dazu ausgebildet, Erwachsene zu manipulieren, damit sie kriegt, was sie will«, spottete Lauren.

»Auch wieder wahr«, meinte James kopfschüttelnd. »Und was ist bei dir los? Immer noch Autorennen?«

»Das Team ist bereit für die neue Saison«, antwortete Lauren. »Rat hat ein wenig investiert, aber im Prinzip finanzieren wir uns durch die Sponsoren, wenn ich nicht zu viele Autos zu Schrott fahre.«

»Wann fängt die Saison denn an?«

»In vier Monaten.«

»Angst?«

Lauren nickte. »Es ist ein Sprung. Bei den Formelrennen hatte ich hundertzwanzig PS unter mir. Jetzt ist es ein Sportwagen mit fast fünfhundert.«

»Versuch bitte, dich nicht damit umzubringen«, verlangte James.

Lauren grinste. »Du kennst mich doch, James. Ich bin nicht jemand, der hinter einem Schreibtisch voller Papiere versauern will.«

»Pass auf!«, warnte James und stieß seine Schwester spielerisch in die Rippen.

Lauren packte James am Arm, sodass er aufs Sofa stolperte, doch bevor die Sache eskalieren konnte, musste er schon wieder ans Telefon.

»James Adams … Ich soll *was?* Können Sie nicht einen der Betreuer im Dorf bitten, ein paar Kids zusammenzutrommeln? … Wieso ist das denn das Problem der Einsatzleitung? … Na gut, schön, ich mache es.«

James knallte den Telefonhörer auf und sah so gestresst aus, dass Lauren Mitleid bekam und sich einen bissigen Kommentar verkniff.

»Im Keller des Hauptgebäudes lagern fünfhundertfünfzig Kisten mit Einsatzdokumenten«, erklärte James. »Die hätten schon vor einer Woche weggebracht werden sollen, aber das hat sich durch das Asbestentsorgungsteam verzögert, und dann hat John es wohl vergessen. Also, Mädels, habt ihr Lust, ein paar Gewichte zu stemmen?«

*

Barfuß und nur in Shorts und T-Shirt keuchte Leon ein paar Schritte vor seinem Bruder unter der Last eines riesigen Rucksacks und mit der Stimme des kräftigen australischen Trainers namens Capstick im Ohr bergauf.

»Schneller, Sharma! Wenn du nicht in einer Minute oben auf dem Hügel bist, kannst du wieder nach unten. Dann lege ich noch ein Kilo auf deinen Rucksack und lasse dich den ganzen Rundgang von vorne machen!«

Daniel hatte eine weibliche Trainerin, doch die war nicht minder furchterregend.

»Zu langsam, Schneckchen«, rief Smoke, trat ihm von hinten in die Beine, sodass er lang hinschlug, und kickte ihm dann mit ihrem Stiefel Matsch aus einer Pfütze ins Gesicht. »Hoch mit dir!«

Leon warf einen Blick zurück.

»Sieh ihn nicht an, sondern beweg deinen Hintern!«, brüllte Capstick.

Daniel versuchte sich hochzurappeln, doch er war seit Sonnenaufgang gescheucht worden, hatte Planken und Liegestützen machen und eine halbe Stunde den schweren Rucksack über den Kopf halten müssen. Er hatte keine Kraft mehr in den Armen.

»Ich kann nicht«, keuchte er, als er Blut zwischen seinen Zehen bemerkte.

»Was ist los?«, wollte Smoke wissen. »So ein bisschen Blut macht doch nichts. Was willst du? Soll ich pusten? Steh verdammt noch mal auf!«

Daniel versuchte es, doch seine Arme gaben erneut nach.

»Hoooch!«, befahl Smoke, verlor dann die Geduld und zerrte Daniel am Rucksackriemen auf die Füße. »Und jetzt los, bevor ich dich wieder trete!«

Leon war mittlerweile oben am Hügel angekommen, ließ erleichtert stöhnend den Rucksack auf den Boden fallen und krümmte sich keuchend zusammen.

»Auf die Knie, alle beide!«, rief Capstick, als Daniel endlich die Hügelspitze erreichte. »Und die Hände auf den Kopf.«

Der Boden war matschig, daher schmerzte es in der Position nicht so sehr an den Knien. Beide Jungen keuchten, doch Daniel begann jetzt auch den Schmerz im Fuß zu spüren. Die beiden Trainer bauten sich dicht vor ihnen auf und bombardierten sie mit einer Schimpftirade.

»Ihr seid erbärmlich!«

»Gewürm!«

»Ihr bringt Schande über die CHERUB-T-Shirts, ihr Gewürm!«

»Schon am ersten Tag am Ende. Glaubt ihr wirklich, ihr könntet das sechzig Tage lang überstehen?«

»Warum wollt ihr euch das antun? Uns könnt ihr doch nicht schlagen, Gewürm!«

»Hört auf: Wählt das leichte Leben. Erdkundehausaufgaben und ein Mädchen mit schönen langen Beinen.«

»Heulst du, Daniel? Ist das eine Träne in deinem Auge?«

»Nein, Sir«, log Daniel.

»Wollt ihr aufhören, Gewürm?«, brüllte Smoke.

»Nein, Ma'am!«, antworteten die Zwillinge.

Die beiden Trainer traten zurück und lächelten sich an.

»Ihr bleibt hier schön knien«, verlangte Capstick. »Die Hände hinter dem Kopf. Nicht sprechen, nicht bewegen.«

»Wir kommen in zwei Stunden wieder«, fügte Smoke hinzu. »Und wenn ihr ganz viel Glück habt, bringen wir etwas zu essen mit.«

5

Lauren Adams überfiel ein wehmütiges Gefühl, als sie über den mit Blättern übersäten Rasen zum siebenstöckigen Hauptgebäude des CHERUB-Campus ging. Die Satellitenschüsseln und Antennen waren vom Dach verschwunden, die äußere Verkleidung war entfernt, und es blieb nur noch das Betonskelett, das wie ein Puppenhaus den Blick auf Zimmer und Büros freigab, in denen sich nichts mehr befand, das nicht fest mit der Wand verbunden war.

Der Anblick der Kantine im Untergeschoss ließ sie besonders traurig werden, weil sie sich an die Aufregung erinnerte, die man verspürte, wenn man aus dem Unterricht kam und sich darauf freute, seine Leute zu sehen. Alle saßen am Tisch, neckten sich und tratschten. Essensschlachten. Frühes Frühstück mit Rat, als sie merkte, dass sie sich in ihn verliebt hatte ...

»Okay«, meinte James, während er stehen blieb und sich umdrehte. Lauren bewunderte die ruhige Autorität in der Stimme ihres Bruders. Die Stimme eines Lehrers. »Zuhören!«

Außer James, Lauren und Ning waren noch ein Dutzend CHERUBs im Teenageralter mitgekommen. Zum Teil waren es leicht zögernde Freiwillige, zum Teil aber auch Kinder, die eine Strafe abarbeiten mussten.

»Ich habe eine schlechte und eine beschissene Nachricht für euch«, begann James. »Die schlechte Nachricht ist, dass aufgrund eines Fehlers fünfhundertfünfzig Kisten mit den Einsatzdokumenten von hundertfünfzig alten Missionen vom Logistikteam der Armee nicht mitgenommen wurden, weil sich die Asbestarbeiten verzögert haben. Die beschissene Nachricht ist, dass der Aufzug schon demontiert wurde, sodass wir alles vier Treppen nach oben bringen müssen. Im Erdgeschoss werden die Kisten auf einen Laster verladen und ins Einsatzleitungsgebäude gebracht, wo sie im Archiv im Keller untergebracht werden. Also hoffentlich haben wir alle heute viel Energie übrig!«

»Wie lange wird das wohl dauern?«, fragte ein etwa fünfzehnjähriges Mädchen.

James zuckte mit den Achseln. »Vielleicht drei Stunden? John Jones sucht noch weitere Freiwillige, die beim Abladen auf der anderen Seite helfen. Und wenn ihr keine Strafarbeit ableisten müsst, bekommt ihr als Dankeschön fünfzig Pfund mehr Taschengeld.«

Die Freiwilligen schienen nach dieser Ankündigung fröhlicher und ein paar von ihnen jubelten sogar gedämpft.

»Hier drinnen ist Abrissgebiet, also müsst ihr Helme und Sicherheitswesten tragen. Und haltet euch an die ausgewiesenen Wege.«

Das Hauptgebäude wurde von einer temporären Schranke umgeben, durch die es nur an einem Punkt einen Zugang gab, der von einem weiblichen Sergeant des Royal Engineer Corps bewacht wurde. Wie alle anderen aus dem Abrissteam hatte auch sie die letzten sechs Wochen auf dem Campus verbracht, doch war ihr jede Kommunikation mit der Außenwelt verboten, und man hatte ihr nicht gesagt, wo sich der Campus eigentlich befand. Normalerweise hätte sie ein grünes Barrett zu ihrer Uniform getragen, doch es waren besondere orangefarbene ausgegeben worden, um die CHERUBs daran zu erinnern, dass man unter keinen Umständen mit ihr sprechen durfte.

Sie zählte alle, die hineingingen, und versah alle mit einer nummerierten Hundemarke und dem strikten Befehl, die Marken später wieder zurückzugeben, damit man sie aus dem Sicherheitsbereich auschecken konnte. Dann öffnete sie einen Schrank und verteilte gelbe Warnwesten, Staubmasken und Helme, während sie James erklärte, wo sie Sackkarren und anderes Umzugsgerät finden könnten. Gleichzeitig fuhr ein Laster piepend rückwärts zum Tor, und vier weitere Freiwillige sprangen heraus, angespornt von der Aussicht auf zusätzliche fünfzig Pfund.

Sobald alle ausgerüstet waren, führte sie ein zweiter Armee-Techniker mit orangem Barrett zwischen gelbschwarzen Warnschildern hindurch nach drinnen. Die Türen waren entfernt worden, um den Arbeitern den Zugang zu erleichtern. Der sonst so polierte Boden war grausam verkratzt, und James sah sich verloren in dem Gang um, der zum früheren Büro des Vorsitzenden führte. Er vermisste die Holzbank, auf der er so oft gesessen und mit den Füßen gescharrt hatte, während er auf seine Bestrafung wartete.

Doch am drastischsten verändert waren die Betonsäulen im Hauptgang, der vom Speisesaal durch das ganze Gebäude führte. Dutzende von drei Zentimeter dicken Löchern waren hineingebohrt worden. Aus ihnen ragten Sprengstoffstäbe, zwischen denen Kabelbäume mit bunten Drähten verliefen.

»Könnte das aus Versehen losgehen?«, erkundigte sich ein Mädchen misstrauisch, während der Armeetechniker sie alle die Treppe hinunter in den Keller führte. James nickte, um anzudeuten, dass der Soldat antworten durfte.

»Sprengstoff und Zünder sind sehr stabil, und ich weiß

von keinem Abriss, wo es zu früh zu einer Explosion gekommen wäre. Was allerdings passieren kann, ist, dass die Sprengung nicht korrekt abläuft und nur ein Teil der Ladungen explodiert. Also fasst bitte keine Verkabelung an, und falls einer von euch versehentlich etwas fallen lässt oder über einen der Kabelbäume stolpert, dann sagt Bescheid, damit wir die Schaltungen überprüfen können.«

James und der Techniker führten die Gruppe über eine der hinteren Treppen ins erste Kellergeschoss. Die meisten Möbel waren entfernt worden, doch man hatte sich entschieden, einen Teil der Ausrüstung bei der Explosion mit zu begraben, darunter Tausende von Dokumentenkisten, die nicht so sensible Daten enthielten, dass man sie verbrennen musste.

Am Ende eines kurzen Flurs ging James eine klapprige Metalltreppe hinunter, die sich um einen Lastenaufzug wand, den er noch nie gesehen hatte. Diese Treppe führte hinunter bis zum dritten Untergeschoss, sehr zum Erstaunen der Kids, die seit Jahren in diesem Gebäude gewohnt hatten, aber keine Ahnung von den unterirdischen Geschossen gehabt hatten.

Der Techniker schloss die Tür zu einem letzten Gang auf. Dort gab es keinen Sprengstoff, doch wie bei vielen Gebäuden, die vor 1980 errichtet worden waren, hatte man als feuerhemmendes Material Asbest verarbeitet. Da man mittlerweile wusste, dass Asbest krebserregend war, hatte man jeden Fetzen davon entfernen müssen, damit der Giftstaub nicht mit der Explosionswolke freigesetzt wurde. In diesem Gang hatte man zuletzt gearbeitet, und Wand und Decken waren bis auf den Beton freigelegt worden, sodass die gefährlich wirkende Verkabelung der 70er-Jahre zum Vorschein kam.

James betrat beeindruckt einen Raum, der genau unter dem Speisesaal liegen musste. Dort standen mehr als zwanzig Reihen von Metallregalen, die sich über je dreißig Meter erstreckten. Alles war herausgeräumt worden bis auf die fünfhundertfünfzig staubigen Kisten, die alle neue Aufkleber mit der Aufschrift »Einsatzleitung – nicht vernichten« trugen. Die Kisten waren aus stabiler Pappe und je über einen Meter lang. Schnell erkannte James, dass man sie wohl nur zu zweit nach oben tragen konnte.

»Na gut«, meinte er, als seine Schwester und einige andere angesichts der ungeheuren Aufgabe vor ihnen stöhnten. »Sieht aus, als hätten wir da einiges vor.«

*

Vier Stunden später hatte James Rückenschmerzen und tellergroße Schweißflecken unter den Armen. Der vierte und letzte Laster war gerade mit Kisten beladen worden und die letzten erschöpften Kinder polterten mit den Sackkarren die Treppe hinauf.

»Sie haben sich ganz schön ins Zeug gelegt«, sagte Lauren lächelnd zu James. »Du kannst tatsächlich gut mit ihnen umgehen.«

»Findest du?«, freute sich James. »Ich komme mir immer ein wenig wie ein Betrüger vor.«

Lauren betrachtete ihre schmutzigen Hände und einen abgebrochenen Daumennagel, während sie ein paar Schritte hinter ihrem Bruder die Treppe hinaufging.

»Mit diesen Händen wird aus mir nie eine Lady«, bemerkte sie.

»Komisch, die Vorstellung, dass das alles in ein paar Stunden Schutt und Asche sein wird«, meinte James, als sie im Erdgeschoss ankamen.

Eigentlich hätte er den Gang entlanggehen sollen, doch von den Technikern war keiner zu sehen, und nur ein dünnes Flatterband hinderte ihn daran, weiter nach oben zu steigen.

»Ein letzter Blick?«, fragte Lauren, woraufhin James breit grinste, weil er gerade das Gleiche hatte sagen wollen.

James stieg über das Flatterband, Lauren duckte sich darunter hindurch, und nach einem flüchtigen Blick nach hinten gingen die Geschwister leise, aber schnell die Treppe hinauf. Sie waren müde vom Kistenschleppen, doch nach jahrelanger CHERUB-Ausbildung konnten sie damit fertigwerden.

»Samstagsfeten auf dem Gang!«, erinnerte sich James, als sie in den sechsten Stock kamen.

Lächelnd fügte Lauren hinzu: »Tiefkühlkuchen und fertige Hamburger.«

Ohne die Fenster waren die menschlichen Gerüche und die Wärme der Zentralheizung von frischer Luft verdrängt worden, was James das Gefühl vermittelte, als träume er.

»Gespenstisch«, fand Lauren, der die kühle Luft über die erhitzte, feuchte Haut strich.

Sie ging in die Küche und machte die Einbauschränke auf. Sie fragte sich, was wohl aus dem verbogenen Besteck geworden war, und erkannte amüsiert einen Fleck an der Wand, der entstanden war, als ihre Freundin Bethany mit einem Glas Cranberrysaft in der Hand gestolpert war. James ging zu seinem alten Zimmer.

Das Bett und das Sofa waren fort, aber der Einbauschrank und die Badezimmereinrichtung waren noch intakt. Bis vor ein paar Monaten hatte hier noch irgendein Kind gewohnt. Ein paar ihrer Poster hingen noch an der Wand. Nachdem die Verkleidung der Außenwand abgebaut worden war, war der Regen eingedrungen, und der Teppich an der fehlenden Außenwand war von grünlichem Schimmel verfärbt und voller getrocknetem Vogeldreck.

James stellte sich so dicht wie möglich an die fehlende

Außenwand und sah über den Campus, wo die Vorbereitungen für die Abrissparty liefen. Dahinter lag der kürzlich eröffnete Ersatz für das Hauptgebäude.

Statt an Gängen, die von anonymen Hochhauskorridoren abgingen, wohnten die CHERUB-Agenten jetzt in einer von fünf Straßen. Einzelne von Betreuern versorgte Häuser mit einer Gemeinschaftsküche und Wohnräumen im unteren und vier bis sechs Zimmern im Obergeschoss. Dazwischen verliefen Radwege, Spielplätze und ein runder Rasenplatz, auf dem der CHERUB-Springbrunnen wieder aufgebaut worden war. Die Bänke darum herum waren den ganzen Sommer über jeden Tag voll besetzt gewesen.

Am Ende der Siedlung beherbergte ein langes pfeilförmiges Gebäude den neuen Speisesaal, die Unterkünfte für das Personal und Freizeiteinrichtungen wie ein Kino und ein Theater, einen Versammlungsraum und einen Spielbereich für die kleinen Rothemden. Das letzte Gebäude war ein sechsstöckiger gläserner Kasten, den sie *das Rathaus* nannten und wo die meisten Angestellten wie auch der Vorsitzende Ewart Asker arbeiteten.

Das Campusdorf war in jeder Beziehung besser und größer als das heruntergekommene Hauptgebäude und die kleineren Blöcke, die es ersetzte. Doch James trauerte ein wenig um den Ort, an dem er die glücklichsten sieben Jahre seines Lebens verbracht hatte. Fast fühlte er eine Träne aufsteigen, als sich hinter ihm das Licht veränderte. Er erwartete, Lauren in der Tür stehen zu sehen, doch stattdessen war es die Sergeantin mit dem orangen Barrett.

»Sir«, sagte sie in gekränktem Ton, »das hier ist Sperrgebiet. Ich muss Sie bitten, zu gehen.«

Hinter ihr tauchte Lauren auf und streckte James frech die Zunge heraus.

»Ja, klar«, sagte James und bekam ein schlechtes Gewissen, weil er sie sechs Stockwerke die Treppe hinauf gescheucht hatte. Und dann wurde er traurig, als er zum allerletzten Mal sein altes Zimmer verließ.

6

»Das hier ist nichts für euch Gewürm«, verkündete Trainer Capstick. »Ihr wollt sechzig Tage durchhalten? Ihr findet das hier schlimm? Und wie wird das wohl, wenn eure Gelenke steif werden? Wenn ihr Hunger kriegt? Wenn ihr zwei Wochen lang nass wart und gefroren habt und immer noch vierzig Tage vor euch liegen? Meine persönliche Aufgabe ist es, euch zu brechen. Also?«

»Wir geben nicht auf, Trainer«, keuchte Leon, der auf einem Bein stand, während ihm der Schweiß über das schmutzige Gesicht lief.

»Auf keinen Fall«, fügte Daniel hinzu.

Es war dunkel. Die Zwillinge waren ins Dojo gebracht worden, wo sie neunzig Minuten lang gegen kräftige Achtzehnjährige sparren mussten. Dann hatten sie Dosenfleisch, Kekse und Orangensaft als Abendessen bekommen und mussten einen weiteren Gepäckmarsch absolvieren, der sie dieses Mal durch die hüfttiefen Abwasserkanäle am hinteren Ende des Campus führte.

»Lager«, schrie Capstick, hob ein altes Armeezelt vom schlammigen Boden und warf es genau im richtigen Winkel, um die beiden Jungen aus dem Gleichgewicht zu bringen. »Aufbauen und schlafen. Trainerin Smoke wird euch in aller Herrgottsfrühe für euren Morgendrill wecken.«

Daniel nahm das Zelt und machte ein paar quatschende Schritte.

»Wo willst du hin?«, brüllte Capstick.

Daniel deutete auf ein paar Bäume, wo es trockener war.

»Ich baue es da auf.«

»Hier ist es gut genug«, witzelte der Trainer und zog den Stiefel durch den Matsch, um seinen Standpunkt klar zu machen. »Los jetzt!«

Das Zelt war ein Pop-up-Zelt. Diese kannten die Zwillinge schon von der Grundausbildung und hatten daher keine Probleme damit, es aufzustellen und die Heringe zu setzen. Als sie sich an die schwierige Aufgabe machten, hineinzukommen, ohne all zu viel Matsch mitzubringen, war Capstick bereits verschwunden. Sie hatten auch Schlafsäcke, die allerdings rochen, als hätten die vorherigen Benutzer eine Menge Zeit darin verbracht.

Der Zeltboden hielt zwar das Wasser ab, doch die Unterlage war uneben, matschig und eiskalt. Die Zwillinge kauerten sich zusammen und lauschten auf die Geräusche, die vom Campus herüberdrangen.

»Klingt, als sei die Abrissparty in vollem Gange«, meinte Leon leise, nur für den Fall, dass draußen ein Trainer mit einer zusätzlichen Quälerei lauerte. »Ich könnte sterben für eine kalte Sprite und einen Teller Partysnacks.«

»Das ist echt härter als die Grundausbildung«, flüsterte Daniel.

»Ich schätze, es wird einfacher werden«, vermutete Leon.

»Weil wir uns daran gewöhnen?«

Leon schüttelte den Kopf. »Capstick und Smoke sind extra hart, weil sie uns abschrecken wollen. Aber wenn man darüber nachdenkt: Wir sind ausgebildete Agenten mit dunkelblauen T-Shirts. Sie wollen uns bestrafen, aber sie wollen uns nicht ganz verlieren, oder?«

»Ich bedaure immer noch nicht, was wir gemacht haben«, erklärte Daniel und versuchte, sich bequemer hinzulegen.

»Keine Millisekunde«, bestätigte Leon.

»Und wahrscheinlich hast du recht. Sie können uns nicht weiter so hart rannehmen…« Daniel hielt inne, weil sein Bruder aufjaulte. »Alles in Ordnung?«

»Unter der Plane liegt ein Stein genau an der Stelle, an der ich vorhin im Dojo einen Treffer abbekommen habe.«

»Mir egal, wie unbequem es ist«, meinte Daniel. »Ich werde schlafen wie ein Stein.«

Noch bevor Leon antworten konnte, hörten sie Stiefel durch den Schlamm spritzen.

»Er ist wieder da!«, fuhr Leon auf.

Daniel drehte sich um und wollte das Zelt öffnen und hinaussehen, doch jemand riss von außen schon den Reißverschluss auf. Durch den Eingang leuchtete eine Taschenlampe, gefolgt von der Düse eines Hochdruckschlauches.

»Wir haben die Dusche vergessen!«, verkündete Capstick, dessen stechend blaue Augen im Licht der Taschenlampe leuchteten.

Der Wasserstrahl traf sie so hart, dass Daniel und Leon die Köpfe einzogen, als das eiskalte Wasser die hintere Zeltwand traf, die Heringe aus dem Boden riss und eine Zeltstange brechen ließ.

Mitsamt den Zwillingen darin beulte sich das Zelt aus, doch Capstick machte weiter, bis es einbrach und drinnen mehr als dreißig Zentimeter hoch Wasser stand. Leon versuchte zum Ausgang zu kommen, doch der Wasserstrahl ließ ihn auf den Rücken fallen.

Als das Zelt mehrere Meter von seinem ursprünglichen Standort fortgerutscht war, zog Capstick den Schlauch heraus und richtete den kraftvollen Strahl stattdessen auf den Boden davor. Die Zwillinge wurden von dem vielen Wasser im Zelt geradezu hinausgespült und purzelten blindlings in eine Wand von aufspritzendem Schlamm, die in kürzester Zeit ihr Zelt, ihre Schlafsäcke und jegliche Aussicht auf einen trockenen Schlafplatz unter sich begrub.

»Schlaft gut!«, rief Capstick fröhlich, als er endlich den Schlauch abstellte und ihn von einem dreißig Meter entfernten Hydranten abzog. »Und träumt was Schönes!«

*

An der Leichtathletikbahn des Campus fand eine Party statt. Das Personal und die derzeitigen Agenten hatten Besuch von sechshundert Gästen aus der Vergangenheit der Organisation bekommen. James war ein wenig angetrunken, als er aus einer Toilette kam und sich mangels Papierhandtüchern die Hände abschüttelte. Während in der Mitte der Bahnen die Leute plauderten und tranken, sah er überrascht den siebzehnjährigen Ryan Sharma mit einem halb leeren Bier auf einer Bank sitzen und besorgt den Mond ansehen.

James hatte bei zwei Missionen mit Ryan zusammengearbeitet und kannte ihn zu gut, um einfach weiterzugehen. Doch Ryans erste Reaktion war, das Bier zu verstecken.

»Wir dürfen zwei Bier trinken«, sagte er, woraufhin James grinsen musste.

»Ich bin Einsatzleiter, kein Betreuer«, erinnerte er Ryan. »Du kannst dich so viel betrinken, wie du willst, solange du mir nicht auf die Hose kotzt.«

Lächelnd nahm Ryan einen Schluck. James war genau der coole Erwachsene, der er in ein paar Jahren zu sein hoffte.

»Ich habe noch eines übrig«, meinte er.

James nahm das Bier und hockte sich in das leicht feuchte Gras neben Ryan. Sie trugen beide ihre Party-Jacketts, Ryan mit, James ohne Krawatte.

»Lass mich raten«, meinte James. »Ein Mädchen hat dir das Herz gebrochen?«

Ryan grinste.

»Ich mache mir eher Sorgen um meine Brüder. Sie müssen sechzig Tage schweren Strafdienst schieben und es wird ein großes Geheimnis darum gemacht. Ich habe keine Ahnung, was sie angestellt haben.«

James trank sein Bier und nickte. »Ja, es wurde alles ziemlich verdeckt gehalten. Bist du sicher, dass es sechzig Tage sind?«

»Das hat mir Zara selbst gesagt.«

»Ich habe noch nie von mehr als achtundzwanzig gehört«, bemerkte James. »Ich dachte, du kommst mit den Zwillingen nicht so gut aus?«

Ryan zuckte mit den Achseln.

»Nein, eigentlich nicht, aber sie sind meine Brüder, und ich habe sie lieb. Und mein kleiner Bruder Theo regt sich auf, weil er auf einer Mission ist und das Gerücht umgeht, dass die Zwillinge ein Mädchen bedrängt haben oder so.«

»Auf keinen Fall«, meinte James bestimmt. »Ich habe keine Ahnung, was Leon und Daniel angestellt haben. Aber ich weiß hundertprozentig, dass es für so etwas keine Bestrafung gäbe. Da würden sie direkt rausfliegen.«

»Das habe ich Theo auch gesagt«, erwiderte Ryan. »Aber er ist elf und all seine Freunde tratschen darüber. Und ich habe noch nie erlebt, dass so ein Geheimnis darum gemacht wurde. Oder so eine hohe Strafe verhängt wurde.«

»Mich nervt es auch«, bekannte James. »Ich habe deine Brüder für eine Mission in den Midlands eingeplant. Ich werde morgen mit Zara Asker sprechen und sehen, ob ich das nicht irgendwie hinkriege. Vielleicht kann man die Strafe aussetzen oder so. Und ich darf zwar die Geheimhaltung nicht verletzen, aber ich werde Zara auf jeden Fall wissen lassen, dass ihr euch Sorgen macht.«

»Ich denke, dass die Familie Bescheid wissen sollte«, meinte Ryan.

James bemerkte, dass die Leute von der Leichtathletikbahn zu einem Platz dreihundert Meter vor dem Hauptgebäude gingen, wo eine kleine Bühne errichtet worden war.

»Wir sollten uns beeilen, wenn wir etwas sehen wollen«, meinte er.

»Danke für die Hilfe«, sagte Ryan.

Fast im gleichen Augenblick sah er seine Freunde Alfie und Ning vorbeilaufen. Fünfzig Meter vor der weißen Absperrlinie traf James einige seiner Ex-CHERUB-Freunde wie Kerry, Lauren, Kyle, Bruce, Gabrielle, Dana, Rat, Bethany, Callum und Connor.

»Wenn ich um eure Aufmerksamkeit bitten darf!«, rief der kürzlich ins Amt getretene Vorsitzende von CHERUB, Ewart Asker. Er war über vierzig, doch ein maßgeschneiderter Anzug und mehrere Ohrringe ließen ihn jünger wirken. »Wir haben bei CHERUB schon eine Menge Sachen in die Luft gejagt, aber heut schießen wir wirklich den Vogel ab.«

Jubelrufe wurden laut, und ein paar Kids grinsten, weil der Vorsitzende ein wenig beschwipst wirkte.

»Zunächst mal eine Warnung: Gleich wird ein elektromagnetischer Impulsgeber aktiviert. Das wird nicht nur alle versteckten Kameras oder unautorisierte Drohnen aus dem Luftraum in der Nähe ausschalten, sondern auch *alle* elektronischen Kleingeräte im Umkreis eines halben Kilometers von der Explosion lahmlegen. Also schaltet alle Digitalkameras, Smartphones oder Apple-Watches aus.

Außerdem möchte ich den Armeetechnikern danken,

die so viel Mühe in die Abbruchvorbereitungen gesteckt haben. Da CHERUB ja nicht existiert, können leider nur zwei von ihnen dabei sein, um die Früchte ihrer Arbeit zu sehen.

Es wurde viel darüber geredet, wer den Knopf drücken darf, um das Hauptgebäude zu sprengen«, fuhr Ewart fort und deutete auf das Steuerpult. »Letztendlich haben unsere Ingenieure ein Pult mit drei Knöpfen entworfen, die man gleichzeitig betätigen muss, um die Sprengladungen zu zünden. Der erste Knopf wird von jemandem gedrückt werden, den ich den meisten von euch nicht erst vorstellen muss.«

Applaus brandete auf, als ein gebeugter alter Mann mit Hilfe von Zara Asker die Stufen zu der Bühne hinaufstieg.

»Mason LeConte war ein Held der französischen Résistance im Zweiten Weltkrieg und kämpfte an der Seite unseres Gründers Charles Henderson. Später gehörte er zu den ersten CHERUB-Agenten. Trotz seines mittlerweile doch recht hohen Alters arbeitetet er immer noch zwei Schichten wöchentlich im Fuhrpark auf dem Campus.«

Mason schüttelte Ewart die Hand und setzte sich auf einen Stuhl vor der Konsole. Ein Raunen ging durch die Menge, als ein niedliches Mädchen und ein Junge in roten CHERUB-T-Shirts die Bühne betraten.

»Sie dürfen extra lange aufbleiben«, scherzte Ewart, da die beiden ein wenig verschreckt dreinsahen. »Zu dem ältesten lebenden CHERUB-Agenten gesellen sich zwei Agenten der Zukunft. Freddie und Sophia!«

Die beiden stellten sich schüchtern zu beiden Seiten von Mason an das Schaltpult und Ewart griff zu einem altmodischen Armeetelefon, um mit den Technikern zu sprechen.

»Ich habe das Okay bekommen!«, verkündete er

theatralisch unter dem Jubel der fast tausendköpfigen Menge. »Dann lasst uns mal einen schönen lauten Countdown hören, von zehn, neun …«

»Acht!«, schrie James und legte Kerry den Arm um die Taille.

»Sieben, sechs!«, rief Rat und tat dasselbe bei Lauren.

Ryan hielt Ning an der Hand und lächelte sie bei fünf an.

»Vier, drei!«, brüllte Kyle und erinnerte sich, wie er mit neun Jahren im Hauptgebäude angekommen war. Völlig verängstigt.

»Zwei«, schrien alle, während Flutlichter den fensterlosen Bau des Hauptgebäudes anstrahlten.

»Eins!«

Mason, Freddie und Sophia drückten ihre Knöpfe am Schaltpult. Die erste der fünf Detonationen knallte los, von unten nach oben durch alle sieben Stockwerke. Eine halbe Sekunde lang schien es, als sei etwas schiefgelaufen, doch dann begann es dumpf zu grollen, und alle schrien wild durcheinander, als die Fassade einbrach, gefolgt von den Böden, und zum Schluss stürzten die Wände nach innen.

»Heilige Scheiße!«, rief James. Das Getöse wurde ohrenbetäubend und eine Staubwolke breitete sich in alle Richtungen aus.

Der Boden bebte noch, als ganze Reihen von kräftigen Schläuchen das Gelände bewässerten, wo das Hauptgebäude gestanden hatte, um den Staub unter Kontrolle zu halten. Doch selbst mit Wasser und trotz aufgespannter Netze konnte die Menge schon den Staub zwischen den Zähnen schmecken, bevor der letzte widerspenstige Träger nachgab. Dann wandelte sich die ehrfürchtige Stille in einen erleichterten Jubel, begleitet von den heulenden Töne der Entwarnungssirene.

7

Vier Tage später

James betrachtete sich im Spiegel. Er zog das alte weiße CHERUB-T-Shirt hoch und spannte die Bauchmuskeln an, in der Hoffnung, so etwas wie ein Sixpack zu sehen. Er musste weniger essen und mehr trainieren und beschloss, damit zu beginnen, dass er nur einen Kaffee zum Frühstück nahm.

Da er noch ein sehr junger Angestellter war, war James' Wohnung im ersten Stock nicht sehr groß und bot auch nicht den Luxus einer Aussicht über den Campus. Dafür war sie modern und mietfrei und verfügte über ein Schlafzimmer, ein Bad, einen begehbaren Kleiderschrank und eine Wohnküche. Er hatte ein paar persönliche Dinge hinzugefügt wie ein großes Foto seiner verstorbenen Mutter sowie Schwarzweißfotos alter Arsenal-Spieler.

Er steckte eine Kapsel in die Nespresso-Maschine, zog sich ein Hemd an, setzte sich an den gläsernen Esstisch und klappte den Laptop auf. Seit er am Abend zuvor aufgehört hatte zu arbeiten, waren fünfzehn neue E-Mails eingegangen, doch noch bevor er dazu kam, eine davon zu beantworten, bemerkte er, dass sein Telefon vibrierte und der Name *John Jones* im Display auftauchte.

Er versuchte Begeisterung vorzutäuschen: »John!« Er hatte das Gefühl, die Hälfte seiner Arbeitszeit mit seinem Boss am Telefon zu verbringen.

»Du bist nicht in deinem Büro«, stellte John fest.

James runzelte die Stirn. »Gestern Abend bin ich erst nach zehn fertig geworden.«

John lachte.

»Keine Bange, ich sage ja gar nichts. Im Ernst, ich weiß es zu schätzen, wie hart du in den letzten Monaten gearbeitet hast, wo so viele andere Einsatzleiter bei Missionen unterwegs waren. Wenn im Februar die Gehaltsverhandlungen laufen, wirst du wohl ein paar Stufen nach oben steigen.«

»Echt?«, freute sich James über die Aussicht auf mehr Geld.

»Du musst doch mit deiner Banker-Bonus-Freundin mithalten können«, scherzte John. »Na, jedenfalls habe ich ein paar Leute genervt und die Sache in Birmingham kann losgehen.«

»Im Ernst?«, grinste James, dem die Aussicht, der Bürokratie des Campus zu entfliehen, indem er auf eine Mission ging, gefiel.

»Ich werde dir gleich eine E-Mail mit den Details der Vereinbarung schicken.«

Sobald John aufgelegt hatte, steckte James das Telefon und seine Schlüssel ein und rannte aus der Tür. Erst als er halb draußen war, fiel ihm etwas ein. Er riss den Schuhschrank neben der Tür auf, zog die Schuhe aus, die er üblicherweise im Büro trug, und nahm ein Paar alte, verdreckte Combatstiefel hervor.

Da er keine getrockneten Matschkrümel auf dem Gang und der Treppe hinterlassen wollte, behielt er die Stiefel in der Hand, bis er durch die Drehtür des Wohnheims gekommen war. Es war ein Schultag, daher waren die gepflasterten Wege zwischen den niedrigen Wohnhäusern des Campusdorfes abgesehen von einem Mann des Reinigungspersonals, der mit einem Handwagen Müll und Laub aufsammelte, verlassen.

Der Speisesaal war fast leer. Er sah nur die Betreuer der Rothemden, die nach Unterrichtsbeginn frühstückten und sich unterhielten, und Kinder, die keine Schule hatten, weil sie sich entweder auf eine Mission vorbereiteten oder sich von einer erholten.

James nahm eine Flasche Orangensaft, Sandwiches sowie zwei abgepackte Stücke Karottenkuchen und fing sich einen bösen Blick von einer Cateringkraft ein, weil er den trockenen Matsch von seinen Stiefeln doch noch nicht ganz losgeworden war.

Er nahm einen Elektrowagen und fuhr damit über den Campus. Dabei musste er einen weiten Bogen um das große abgesperrte Gelände machen, auf dem die Armee-Bulldozer den Schutt vom Hauptgebäude abräumten.

Der Wagen eignete sich nur für Asphalt oder feuchtes Gras, daher musste James ihn stehen lassen, als er den Wald hinter dem Campus erreichte. Es war ein nasser Herbst gewesen, und er war froh, dass er die Stiefel mitgenommen hatte, als er die letzten fünfhundert Meter einen Pfad entlangging, der von unzähligen Trainingsläufen ausgetreten war.

Mit Hilfe seines Fingerabdrucks verschaffte er sich Zugang zum Trainingsgelände und fand Leon und Daniel Sharma, die in Combatstiefeln und verdreckten CHERUB-Uniformen auf einer schlammigen Lichtung strammstanden. Ihr Trainer hatte eine ferngesteuerte Kamera in den Schlamm gesteckt, damit er sehen konnte, ob sie sich bewegten. James bemerkte ihre roten Augen und das matschverklebte Haar.

»Ihr seht verdammt übel aus«, stellte er fest.

Sie antworteten nicht, sondern sahen nur besorgt zu der Kamera, die aus dem Matsch ragte.

»Hat Capstick euch gesagt, warum ihr hier warten sollt?«, fragte James.

»Nee«, antwortete Leon.

James raschelte in der Plastiktüte und nahm ein Sandwich heraus. »Hunger?«

Die Augen der Zwillinge leuchteten auf, doch die Trainer hatten die beiden eine Woche lang immer wieder hereingelegt und schikaniert, daher trauten sie der Sache nicht. James warf Daniel die Tüte zu, der ein Schinkensandwich mit Huhn herausfischte. Leon schien ein wenig enttäuscht, dass das andere Käse und Gurken enthielt, doch das hielt ihn nicht davon ab, es trotz seiner schmutzigen Finger mit ein paar Bissen zu inhalieren.

»Danke«, sagte Leon, während er an seinem Orangensaft saugte. »Das tut gut!«

»Gehe ich recht in der Annahme, dass ihr hier rauswollt?«, erkundigte sich James.

»Ja, Sir«, erwiderten die Zwillinge.

»Nennt mich James. Zum Glück für euch beide wollte ich euch gerade eine Mission anbieten, als ihr euch entschlossen habt, euch zu Rächern an der Pädophilenpopulation von England aufzuschwingen. Ich musste eine Menge Leute beschwatzen, aber wir haben eine Übereinkunft mit Zara Asker getroffen. Wenn ihr die Mission annehmt, die ich euch anbiete ...«

»Machen wir!«, stieß Daniel hervor.

James grinste. »Ich habe doch noch nicht einmal gesagt, worum es geht.«

»Alles ist besser als das hier«, erklärte Leon. »Drogen, Terroristen, nur her damit!«

»Die schlechte Nachricht ist, dass ihr noch nicht vom Haken seid«, erklärte James. »Eure Strafe wird nur aufgeschoben und eure sechzig Tage hartes Training werden für je zwei Tage Mission um einen gekürzt.«

»Und wie lange dauert die Mission?«

»Zwei Wochen«, antwortete James. »Drei, wenn ihr Glück habt.«

»Besteht die Chance, dass sie verlängert wird?«, erkundigte sich Leon.

»Hundertundvier Tage würden uns am besten passen«, fügte Daniel hinzu. »Damit wäre der Rest unserer Strafe erledigt.«

James grinste, als sich die beiden gleichzeitig auf ihren Karottenkuchen stürzten.

»Ich will euch beide um zwölf in meinem Büro sehen. Also ab in eure Zimmer und wascht euch!«

*

»Tut mir leid«, sagte James, der mit einer roten Plastiktasche in sein Büro kam. »Hier ist es ein wenig chaotisch. Ihr seid nicht die Einzigen, die es nicht erwarten können, vom Campus wegzukommen.«

Leon und Daniel standen vor James' Schreibtisch. Sie trugen jetzt frisch gebügelte CHERUB-Uniformen mit leichten schwarzen Stiefeln, Combathosen und dunkelblauen T-Shirts mit CHERUB-Logo. Ihr Haar war noch feucht und sie verbreiteten einen starken Duft nach Körperspray.

»Setzt euch«, befahl James und deutete auf ein paar Stühle, die sie zum Schreibtisch ziehen mussten. »Warum übertreiben Teenager es immer so mit Deo? Man braucht doch nur eine winzige Menge, aber ihr lasst mein Büro stinken wie einen Thaipuff!«

»Sorry«, sagte Daniel.

Doch Leon grinste. »Haben Sie viel Erfahrung mit Thaipuffs?«

James zog eine Augenbraue hoch und nahm zwei Android-Tablets in Schutzhüllen aus der roten Tasche und reichte sie ihnen.

»Wenn ihr wieder zum Straftraining wollt, nur zu!«

Als die Jungen sich über den Tisch beugten und nach den Tablets griffen, fiel James auf, dass sich die schnelle

Wäsche nicht auf die Fingernägel der Zwillinge erstreckt hatte. Außerdem schien es, als stecke in Leons linkem Ohr noch ein Blatt.

»Ich nehme an, ihr habt so etwas schon gesehen«, meinte er. »Jede Einheit enthält die Briefingunterlagen und einen Haufen Background-Dokumente. Mit eurer Agentennummer und eurem Daumenabdruck erhaltet ihr Zugang dazu. Wenn ihr die Mission annehmt, werden die Daten in eure persönliche Daten-Cloud übertragen und können über den sicheren Bereich eurer Smartphones abgerufen werden.«

»Was ist aus den Papierdokumenten geworden?«, fragte Leon.

»Das Risiko, dass sie das Gelände verließen, war zu groß«, erklärte James. »Die Telefone und Laptops aller Agenten können von hier aus gelöscht werden, falls sie verloren gehen oder gestohlen werden. Ich muss kurz die Zentrale besetzen, solange der Mann vom Dienst seine zwanzig Minuten Pause macht. Ihr bleibt hier und lest euch das durch, und wenn ich wiederkomme, beantworte ich eure Fragen.«

James lief hinaus, kam jedoch gleich wieder zurück, um sein Telefon vom Tisch zu nehmen. Die Zwillinge begannen zu lesen.

8

Streng geheim

Einsatzunterlagen
Für Leon Sharma und Daniel Sharma
Nicht ausdrucken, kopieren oder Notizen machen

Ziel der Mission

Diese Mission dient zwei Zwecken: Zum einen soll ein CHERUB-Agent rekrutiert werden, zum anderen könnte man dabei einen Einblick in die mutmaßlichen extremistischen Aktivitäten von Sandy Green in Birmingham bekommen.

Sandy Green
Sandy Green liegt etwa zwei Kilometer außerhalb des Zentrums von Birmingham und gilt als eine der ärmsten Gegenden von Großbritannien. Über die Hälfte aller Kinder leidet unter Armut und die Jugendarbeitslosigkeit liegt bei über fünfzig Prozent. Nur dreißig Prozent der Bevölkerung sind Weiße, und Muslime machen die größte religiöse Gruppierung aus.

Obwohl die überwiegende Mehrheit der Muslime in Sandy Green keine Sympathien oder Verbindungen zu radikalislamischen Organisationen hegt, bedeutet die Kombination von Armut und Arbeitslosigkeit doch, dass der Geheimdienst Sandy Green als eine Gegend betrachtet, in der eine hohe Wahrscheinlichkeit besteht, dass sich unzufriedene Jugendliche radikalen islamistischen Gruppierungen wie Al Qaida oder dem Islamischen Staat anschließen könnten.

Missionsziel Oliver Lakshmi

Oliver Lakshmi wurde 2004 geboren und ist gerade zwölf geworden. Er ist der Sohn eines unbekannten Restaurantangestellten, der angeblich nach Indien zurückgekehrt ist, und einer Mutter, die 2007 bei einer Messerstecherei im Drogenmilieu ums Leben kam. Seitdem hat Oliver in einer Reihe von Heimen und Pflegefamilien gewohnt.

Olivers IQ liegt schätzungsweise bei 150, womit er zu dem Ein-Prozent-Anteil der Klügsten der Bevölkerung zählt. Trotz seiner Intelligenz ist er in der Schule gelangweilt und unaufmerksam und schwänzt häufig. Er war in zahlreiche ernsthafte Delikte verwickelt, darunter einen Angriff auf einen andern Jungen in einer Pflegefamilie und die Verletzung eines Lehrers mit Modellierwerkzeugen während des Kunstunterrichts.

Er prügelt sich häufig, und nachdem er in der siebten Klasse von zwei Schulen verwiesen wurde, beginnt er jetzt in der achten Klasse und nimmt an einem Neustart-Programm teil, das Schülern mit Verhaltensauffälligkeiten helfen soll, bevor sie wieder in eine normale Klasse eingegliedert werden.

Oliver tut sich schwer damit, Freunde in seinem eigenen Alter zu finden, und bezeichnet Gleichaltrige meist als dämlich. Zur Gesellschaft sucht er sich meist ältere Jugendliche aus, die er mit kunstvollen Lügen und verschiedenen Formen schlechten Betragens, unter anderem Ladendiebstahl und Autoknacken, zu beeindrucken versucht.

Der Brandanschlag

Im April 2016 brachen Oliver und zwei ältere Jungen in eine Wohnung im Stadtteil Longsight in Birmingham ein. Dabei kam der Bewohner von der Arbeit nach Hause und stellte die Jungen zur Rede. Alle drei entkamen, doch nicht, bevor einer der älteren von dem Mann ergriffen und schwer verprügelt worden war.

Zwei Tage später rächten sich Oliver und der Junge, der die Schläge bekommen hatte. Sie gossen am Abend Benzin durch den Briefschlitz und steckten dann die Tür in Brand. Der Wohnungsbesitzer hatte Nachtschicht, doch seine Frau wurde schwer verletzt, als sie zwei kleine Kinder rettete, und der Hund der Familie kam ums Leben. Die Wohnung brannte völlig aus, und vier weitere Wohnungen wurden durch das Feuer und das Löschwasser beschädigt, bevor der Brand unter Kontrolle war. Der Sachschaden wurde auf 350 000 Pfund geschätzt.

Da er fürchtete, für längere Zeit mit wesentlich älteren Jungen zusammen in einer Jugendstrafanstalt eingesperrt zu werden, bot Oliver der Polizei an, Informationen über eine radikalislamische Gruppierung zu liefern, die in Sandy Green operierte. Im Gegenzug dazu sollte die Anklage wegen Brandstiftung fallen gelassen werden.

Die Beamten, die den Fall untersuchten, hatten Oliver bereits bei einer Reihe kleinerer Vergehen festgenommen und ihn aufgelesen, wenn er die Schule schwänzte. Da sie wussten, dass Oliver klug war und die Neigung hatte, ausgefeilte Lügen zu ersinnen, nahmen sie sein Angebot zwar zu Protokoll und übermittelten es dem MI5. Doch niemand nahm den Elfjährigen ernst.

Olivers vierzehnjähriger Komplize erhielt eine Freiheitsstrafe von vier Jahren für den Brandanschlag. Da Oliver kaum alt genug war, um strafrechtlich verfolgt zu werden, wurde er einer detaillierten psychiatrischen Begutachtung unterzogen und anschließend einer gesondert gesicherten Einheit überstellt. Dadurch konnte er in seinem Umfeld wohnen bleiben und weiter zur Schule gehen, doch er wurde streng überwacht und unterlag außerhalb der Schulstunden einer strikten Ausgangssperre.

Nachdem er sich vier Monate lang gut geführt hatte, wurden diese Ausgangssperre und die meisten anderen Bedingungen der Sicherheitsüberwachung gelockert.

Die Verhaftung

Im Juli 2016 verhaftete die Polizei zwei fünfzehn und siebzehn Jahre alte Brüder in Sandy Green aufgrund einer Information des MI5. Die Jungen hatten mit einer Reihe von Überfällen auf Tankstellen zu tun, deren Beute zur Finanzierung einer radikalislamischen Gruppe genutzt wurde.

Bei der Durchsuchung der Zimmer der Brüder wurden Beweise sichergestellt, die besagten, dass die Jungen darauf sparten, wegzulaufen und in Nordafrika eine militärische Ausbildung bei einer radikalen islamischen Terrororganisation zu erhalten. Im Moment sitzen die beiden in Untersuchungshaft und erwarten ihren Prozess wegen Raubüberfalls.

Bei ihrer Verhaftung erinnerte sich einer der Polizeibeamten daran, dass man einen von ihnen im letzten Sommer bereits beim Schuleschwänzen mit Oliver Lakshmi erwischt hatte. Dies legt die Vermutung nahe, dass Oliver möglicherweise tatsächlich Informationen über radikalislamische Organisationen hat.

Einsatzplan

Daniel und Leon Sharma werden in das private Pflegeheim Nurtrust in Sandy Green einziehen, mit James Adams als Einsatzleiter. Die Aufgabe der Zwillinge ist es, sich mit Oliver Lakshmi anzufreunden und herauszufinden, ob er tatsächlich über Kenntnisse über islamistische Terrororganisationen verfügt, und gleichzeitig sein Verhalten zu beobachten, um festzustellen, ob er sich als CHERUB-Rekrut eignen würde.

Sollten Informationen über islamistische Gruppierungen aufgedeckt werden, wird entweder der Versuch unternommen, die Gruppe zu infiltrieren, oder aber man gibt die Information an den Geheimdienst weiter und zieht sich zurück.

Bemerkung: Am 4. August wurde dieser Einsatzplan vom CHERUB-Ethikkomitee einstimmig befürwortet, unter der Voraussetzung, dass die Agenten folgende Punkte ZUR KENNTNIS NEHMEN:

Die Mission wird als Einsatz mit mittlerem Risiko eingestuft. Alle Agenten werden an ihr Recht erinnert, die Teilnahme an dieser Mission zu verweigern oder sich jederzeit daraus zurückzuziehen.

9

James wollte sein Motorrad mitnehmen, daher legte er die Regel, dass minderjährige Agenten nur im Notfall Auto fahren sollten, etwas großzügiger aus, sodass Leon und Daniel mit einem Ford Focus ST mit verdunkelten Scheiben vom Campus nach Sandy Green fuhren.

James hatte eine kleine Wohnung über einem Morrison's-Laden gemietet und war bereits unten gewesen, hatte über die Selbstbedienungskassen geflucht und sich einen Kaffee gemacht, als die Zwillinge mit einem Teil seines Gepäcks nach oben getrampelt kamen.

»Du parkst beschissen ein«, spottete Leon.

James sah ihnen vom Treppenabsatz entgegen, der durch eine nackte Glühbirne beleuchtet war. Die Tür zur Wohnung hinter ihm stand offen.

»Was ist denn passiert?«

»Wir haben den Focus hinten auf dem Parkplatz abgestellt, wie du gesagt hast«, erklärte Leon, als er die trübe eingerichtete Winzwohnung betrat. Die meisten Kleidungsstücke und zwei Aluminium-Flugkoffer mit Kommunikations- und Überwachungsgeräten waren bereits vom Campus geliefert worden. »Dieser Idiot hat versucht, rückwärts einzuparken, und das ging total daneben.«

»So schlimm war es auch wieder nicht«, meinte Daniel kopfschüttelnd.

»Hat euch jemand gesehen?«, fragte James misstrauisch.

»Nur ein Kerl in einem weißen Lieferwagen hat gehupt«, grinste Leon.

»Tee?«, fragte James. »Nurtrust ist nur ein paar Hundert Meter weiter, also passt auf, wenn ihr mich besucht.«

Nach Tee und Schokokeksen half James den Zwillingen, den Rest des Gepäcks aus dem Ford zu holen, und schickte sie dann zu Nurtrust. Leon drückte auf einen Klingelknopf an der verbarrikadierten Tür, die zwischen einem Wettbüro und einem Amt der Gemeindeverwaltung lag. Die Stimme, die aus der Sprechanlage kam, war völlig unverständlich, doch die Tür summte, und Leon drückte sie auf, worauf sie in einen mit Graffiti beschmierten Gang kamen, in dem es nach Putzmitteln roch.

Oben an der Treppe befand sich ein Büro, wo sie ein Sikh in Jeans und Jackett begrüßte.

»Leon und Daniel?«, fragte er und streckte ihnen die Hand hin. »Ich bin Gurbir. Willkommen in Nurtrust Sandy Green.«

Sie füllten ein Formular aus und sprachen über die Hausregeln, während im Büro nebenan ein mageres zwölfjähriges Mädchen haltlos schluchzte. Sie saß auf einem Sessel, hatte die Beine unters Kinn gezogen und hatte offensichtlich ihre ganze Habe in Form eines Schulrucksacks und zweier Leinentaschen bei sich.

Daniel versuchte ihr aufmunternd zuzulächeln, während Gurbir ihnen die Räume zeigte, die früher einmal das obere Stockwerk eines Möbelladens gewesen waren. Aus einer Küche drang der Geruch von verkochtem Gemüse. Zudem gab es einen Raum mit einem Pooltisch und Verkaufsautomaten sowie einen mit einem Fernseher und zerschlissenen Sesseln.

»Ihr seid in den Zimmern zwölf und fünfzehn«, verkündete Gurbir.

Sie kamen an einem verschlossenen Gang vorbei.

»Sind das die Einzelzellen für Missetäter?«

»Wir haben neun gesicherte Räume«, erklärte Gurbir. »Im Augenblick sind nur fünf davon besetzt. Selbst wenn diese Tür je offen sein sollte, dürft ihr dort niemals durch.«

»Was haben die Kids da drin denn getan?«, fragte Daniel und sah durch das bruchsichere Glas in der verschlossenen Tür.

»Da ist jetzt niemand«, sagte Gurbir. »Die meisten sind in der Schule.«

»Sie können also kommen und gehen?«, fragte Leon.

Gurbir lachte. »Das Gericht verhängt diverse Regeln und Ausgangssperren, aber das ist hier kein Gefängnis.«

Mittlerweile waren sie bei Zimmer zwölf angekommen.

»Daniel, du bist direkt gegenüber. Toiletten und Duschen sind am Ende des Ganges. Die Duschen sind abgeschlossen, ihr müsst euch also im Büro einen Schlüssel holen und ihn wieder abgeben, wenn ihr fertig seid.«

»Klar«, sagte Daniel.

Er warf seine Sachen in einen Raum mit einem kleinen Fenster, einem Klapptisch und einem Metallspind. Die Einrichtung wirkte modern, doch in der Luft hing noch der Zwiebelgeruch des letzten Bewohners, und das Fenster ließ sich nur ein paar Zentimeter nach innen öffnen.

Leon steckte seinen Kopf durch die Tür.

»Nicht gerade riesig«, fand er und rümpfte die Nase. »Hier stinkt es nach Schweiß.«

»Ist mir auch schon aufgefallen«, knurrte Daniel missmutig.

Im Gang wurde das schluchzende Mädchen auf Zimmer neun gebracht. Eine Sozialarbeiterin sprach beruhigend auf sie ein.

»Abigail, du wirst nur ein oder zwei Nächte hier sein, bis du zu einer Pflegefamilie in ein richtiges Haus kommst, ja?«

Abigail schluchzte und nickte kläglich.

»Ich bin bis sieben Uhr vorne, und bevor ich gehe, stelle ich dir noch die Nachtschicht vor.«

Während die Zwillinge auspackten, hörten sie Gepolter. Bei geöffneten Türen konnten sie in das Zimmer des jeweils anderen sehen. Auf dem Gang kamen Kinder in Schuluniformen vorbei. Die meisten waren zwischen vierzehn und siebzehn Jahren alt, ein paar davon aber auch jünger.

Daniel suchte gerade nach einer Steckdose, um sein Telefon aufzuladen, als er Oliver vorbeihasten sah. Ihre Zielperson ging auf die Toilette, lief dann in Zimmer dreizehn direkt neben Leon und kam eine Minute später in einer Trainingshose und einem Aston-Villa-Trikot wieder heraus.

»Hallo, Nachbar«, begrüßte ihn Leon.

»Hi«, erwiderte Oliver, ohne stehen zu bleiben.

Obwohl die Zwillinge Fotos von ihm gesehen hatten, überraschte sie sein Aussehen. Für einen Zwölfjährigen war er normal groß und hatte hellbraune Haut. Doch seine Statur ließ ihn wie einen kleinen Schläger wirken. Kräftiger Hals, breite Schultern, dicke Arme, und seine Beine ließen die Trainingshose fast aus den Nähten platzen.

»Ich bin Leon«, stellte dieser sich vor und lief ihm nach. »Weißt du, wo ich hier Seife und ein Handtuch kriegen kann?«

»Nenn mich Oli«, gab der andere zurück und musterte Leon, einen muskulösen Jungen mittlerer Größe mit blonden Strähnen im Haar. Ungeduldig riet er ihm: »Frag im Büro nach.«

»Ist gut«, erwiderte Leon.

Oliver betrat den Fernsehraum am Ende des Ganges. Dort saß ein Junge noch in Schuluniform auf den Kissen und spielte mit einer alten Xbox 360. Er sah zwar älter als Oliver aus, war aber eine magere Bohnenstange.

»Wes das Wiesel«, stellte Oliver streng fest. »Hast du mein Geld?«

»Ich schulde dir kein Geld.«

»Echt nicht?«, fragte Oliver und schlug sich mit der Faust in die Hand, während er auf ihn zu trat. »Gib mir einen Fünfer.«

Der magere Wes ließ die Steuerung fallen und hob schützend die Arme vors Gesicht. »Ich habe kein Geld.«

Oliver stieß Wes von den Kissen, und Leon sah entgeistert, wie er sich auf ihn stürzte, ihn dreimal kräftig in die Rippen boxte und in den Oberschenkel trat.

»Ich nehme die Xbox«, knurrte er. »Und du verschwinde, bevor ich richtig zuschlage.«

Wes rappelte sich auf und humpelte an Leon vorbei aus der Tür. Oliver grinste, bis er bemerkte, dass er beobachtet wurde.

»Hast du ein Problem?«, fragte er.

Leon lächelte, als fände er das, was er gerade gesehen hatte, in Ordnung.

»Womit hat der dich denn geärgert?«, wollte er wissen.

»Mickriges Wiesel«, erklärte Oliver und hob die Steuerung auf. »Den schlage ich regelmäßig. Dabei will ich nicht mal spielen. Die CDs sind alle verkratzt und die Spiele funktionieren nie richtig.«

»Ich habe eine PS4«, verkündete Leon. »Die habe ich zwar noch nicht ausgepackt, aber das dauert nur eine halbe Minute.«

»Ich hatte auch mal eine PS4 und eine Xbox«, erklärte Oliver und stemmte eine Hand in die Hüfte. »Aber die habe ich verkauft, weil ich das Geld für Klamotten und so gebraucht habe.«

»Echt?«, fragte Leon. Die Geschichte stank schlimmer als Daniels Zimmer. »Ich habe eine Menge Spiele. Hast du Lust?«

»Die meisten davon kenne ich wahrscheinlich schon«, meinte Oliver achselzuckend. »Aber ja, von mir aus. Hab ja sonst nichts zu tun.«

In diesem Augenblick kam Daniel aus seinem Zimmer, mit einem Raumspray, den er sich aus dem Büro geholt hatte.

»Ich baue die PS4 auf«, verkündete Leon.

»Ist das dein Bruder?«, fragte Oliver, als Daniel an ihnen vorbeikam. »Zwillinge?«

»Zweieiige«, erklärte Leon. »Ich habe das gute Aussehen.«

Daniel stieß ein lautes, falsches Lachen aus. »Wem willst du denn das weismachen, du mit deinem Gesicht wie ein Affenhintern.«

10

Leon baute die PS4 auf. Mit Oli und Daniel zusammen spielte er erst Call of Duty, dann FIFA16. Eine Weile gesellte sich ein Teenager namens Wilfred zu ihnen, dann kam ein Mädchen namens Rhea und begann mit Leon zu flirten. Sie sah aus wie fünfzehn und hatte tonnenweise Make-up im Gesicht.

»Echt sexy«, fand Leon, als er ihr beim Gehen mit den Blicken folgte. »Glaubst du, sie will was von mir?«

Daniel ärgerte sich, denn er war der Meinung, dass sich Rhea mit ihm beschäftigt hätte, wenn er an der Tür gesessen hätte und nicht auf dem Boden vor der Playstation.

»In welchem Zimmer wohnt sie?«, erkundigte sich Leon.

»S4«, antwortete Oli und keuchte dann auf, weil sein Torschuss über die Latte segelte. »Oh Mann, nicht doch!«

»S?«, fragte Leon.

Oli sah ihn an, als sei er unterbelichtet, und erklärte: »S wie Sicherheitstrakt.«

»Was hat sie denn angestellt?«

»Soweit ich gehört habe, hat Rhea mit ihren Brüdern Leute überfallen«, erzählte Oli. »Sie hat jemanden angelockt und ihre Brüder haben ihn überfallen und zusammengeschlagen. Die sitzen jetzt im Jugendknast, weil sie jemandem den Schädel eingeschlagen haben.«

»Echt jetzt?«, grinste Daniel. »Sieht aus, als hättest du da mal wieder voll auf einen Gewinner gesetzt, Bruderherz.«

Achselzuckend meinte Leon: »Aber sie hat einen klasse Hintern, da kann man ein paar kleine Nachteile schon in Kauf nehmen.«

Daniel schüttelte nur den Kopf.

»Neiiiin!«, stöhnte Oli, als er eine Ecke schoss. »Dieses Spiel ist echt Mist. Es macht lauter zufällige ...« Er warf die Steuerung auf ein Kissen und sah Leon an. »Übernimm du, ich liege 1:3 zurück.«

»Gib her«, verlangte Leon.

Oli schwitzte stark und Leon ekelte sich ein wenig vor der schweißverschmierten Steuerung.

»Angriff!«, rief er, nahm Daniel den Ball ab und stürmte nach einem Pass zur Seite aufs Tor zu. »Los, los, los... Mist!«

»Ich habe noch gar nicht zu Ende erzählt«, sagte Oli.

Leon und Daniel stöhnten innerlich, doch Oli war ihre Zielperson, also mussten sie zuhören.

»Ich bin in einen McDonald's gegangen«, sagte Oli, »da haben sie Gutscheine fürs Frühstück verteilt. Aber weil sie so beschäftigt waren und ich den ganzen Stapel mit Gutscheinen gesehen habe, bin ich über den Tresen gesprungen und habe mir den ganzen Block gegriffen. Da hatte ich jetzt ungefähr zweihundert Gutscheine und habe zwei Monate lang kostenlos Big Macs essen können.«

»Ich dachte, es seien Frühstücksgutscheine gewesen?«, verwies ihn Leon.

»Ja ...«, erwiderte Oli. »Ich meine, es waren gemischte Gutscheine. Ein paar waren für Big Macs und andere für Apfelkuchen und so.«

»Ah ja«, meinte Daniel. »Cool.«

Leon war der Meinung, dass Oli zu den Leuten gehörte, die jede Geschichte, die man erzählte, toppen musste, und beschloss, die Theorie zu testen.

»Unser älterer Bruder hat mit seinem Kumpel mal einen Burger King überfallen«, log er. »Dabei haben sie über achthundert Pfund ergattert. Die Cops haben ihn verfolgt, aber er ist ihnen entwischt.«

Oli nickte begeistert.

»Wenn ich die Schule schwänze, werde ich oft von den Bullen verfolgt. Einmal haben ich und ein Freund von mir ein iPad bei Selfridges am Bullring geklaut und für vierhundert verkauft.«

»Klasse«, fand Daniel. »Du solltest uns zeigen, wie das geht.«

Leon nickte. »Dann könnten wir zusammen Läden ausrauben.«

Da Olis Bluff aufgeflogen war, verschwand sein Lächeln.

»Ich muss jetzt total vorsichtig sein«, stieß er hervor. »Weil … die Ladendetektive kennen mich jetzt alle. Sie haben eine Sonderakte über mich.«

»Sonderakte«, wiederholte Daniel und bemühte sich, nicht zu lachen, als er seinen Bruder ansah. »Wow!«

»Aber ich würde gerne mit euch abhängen, Leute.«

»Du scheinst cool zu sein«, fand Leon, woraufhin sich ein Lächeln auf Olis Gesicht ausbreitete.

Leon war gut bei FIFA, doch er schaffte es nur, bis auf 2:3 aufzuholen, bevor die Zeit abgelaufen war.

Daniel sah Oli an. »Willst du gegen Leon spielen?«

Doch Oli sah durch die Tür auf den Gang. Dort war Abigail, das Mädchen, das bei der Ankunft der Zwillinge so geweint hatte. Sie war im Büro gewesen und hatte sich den Schlüssel für die Dusche geholt. Jetzt kam sie mit einem Handtuch und einem Kleiderbündel unter dem Arm aus ihrem Zimmer.

»Ich habe Gurbir sagen hören, dass Abigails Mutter

einen Unfall hatte«, erzählte Daniel. »Es steht auf der Kippe, ob sie überlebt.«

Leon nickte mitfühlend, doch Oli schien das egal zu sein.

»Pah«, machte er. »Meine Mutter starb, als ich drei war. Was nutzt ihr die Heulerei schon?«

Bei Olis Worten mussten Leon und Daniel an ihre eigene Mutter denken, die an Krebs gestorben war. Am anderen Ende des Ganges schloss Abigail eine Tür auf und betrat einen kleinen Raum mit einer Duschkabine am Ende.

»Wollen wir die kleine Heulsuse mal ärgern?«, erkundigte sich Oli.

Leon hatte keine große Lust darauf. »Wir könnten auch ein anderes Spiel spielen.«

Doch Oli war schon aufgestanden, ging hinaus und sah sich ein paarmal verstohlen um. Dann ging er zu Abigails Tür und rüttelte daran, nur um festzustellen, dass sie so schlau gewesen war, abzuschließen. Unverzagt winkte er Leon und Daniel zu.

»Wollt ihr mal was Lustiges sehen?«, fragte er.

Die Zwillinge liefen zu ihm. Am liebsten hätten sie ihm gesagt, er solle Abigail in Ruhe lassen, doch ihre Aufgabe war es, herauszufinden, ob er einen guten CHERUB-Agenten abgeben würde, und sie würden einen besseren Einblick in seine Persönlichkeit bekommen, wenn sie bei seinem Plan mitmachten.

»Ich gebe ihr mal einen echten Grund zum Heulen«, verkündete Oli grinsend, griff in die Hosentasche und nahm eine Zwanzig-Pence-Münze heraus.

Die Jungen hörten das Wasser laufen, als sie sich vor der Tür zur Dusche aufbauten. Außen steckte ein Schlüssel mit einem »Besetzt«-Schild daran, von innen war sie verriegelt. Von außen hatte dieser Riegel eine Vorrichtung, die aussah wie der Kopf einer großen Schraube, damit das Personal die Badezimmertür im Notfall auch von außen öffnen konnte.

Oli steckte die Münze in den Schlitz und drehte sie herum, um den Riegel zu öffnen. Dann sah er zu Leon und Daniel und zog schelmisch die Augenbraue hoch, bevor er sich gegen die Tür warf.

Sie flog nach innen auf, und Abigail kreischte auf, als Oli in den dampferfüllten Raum griff und das Licht ausschaltete. Dann stürmte er hinein und versetzte Abigail durch den Duschvorhang hindurch einen kräftigen Stoß, sodass sie gegen die Rückwand stürzte und ausrutschte. Oli schnappte ihr Handtuch und ihre sauberen Klamotten vom Regal, riss den Vorhang auf und warf die Sachen unter die laufende Dusche, sodass sie völlig durchweicht wurden. Abigail schrie vor Schmerz und Schreck auf. Oli rannte hinaus und drehte den Schlüssel herum, sodass sein Opfer schreiend in völliger Dunkelheit zurückblieb.

»Wenn du mich verpetzt, zahle ich es dir heim!«, warnte er und hämmerte an die Tür.

Abigail schrie weiter, während sich Oli zu den Zwillingen umdrehte und wie ein Irrer grinste.

»Wie cool war das denn?«, rief er.

*

Als Daniel drei Stunden später aus seinem Zimmer kam, leuchteten im Gang nur noch bläuliche Nachtlichter. Ein paar Räume weiter konnte man Abigail schluchzen hören, und ein paar Kinder spielten Musik, auch wenn nach zehn Uhr an den Wochentagen eigentlich nur Musik über Kopfhörer erlaubt war.

»Bist du noch wach?«, fragte er Leon, als er den Kopf durch dessen Tür steckte.

Das einzige Licht im Raum kam von dem Laptop auf dem Tisch, doch es reichte aus, dass Daniel seinen

Bruder mit seinem Telefon auf dem Bett sitzen sehen konnte.

»Zeig mal«, verlangte Daniel.

»Geht dich nichts an«, erklärte Leon. »Ich schicke Rhea eine WhatsApp.«

»Pass bloß auf, dass sie dir nicht eins überzieht und dir die Brieftasche klaut«, warnte Daniel. »Warum lädst du sie nicht ein?«

»Weil sie bis morgen früh in der Geschlossenen eingesperrt ist.«

»Darf ich mich setzen?«, fragte Daniel.

Leon nickte und zog die Beine an, um seinem Bruder Platz auf dem Bett zu machen.

»Und was hältst du von Oli?«, wollte Daniel wissen.

Leon schüttelte den Kopf.

»Ich glaube, die Cops hatten recht. Er ist ein totaler Angeber. Auf keinen Fall hat er Verbindungen zu irgendwelchen Terroristen.«

»Und als CHERUB-Agent sehe ich auch kein großes Potenzial«, fand Daniel.

»Nein«, bestätigte Leon. »CHERUB rekrutiert ja eine Menge verkorkster, ungehobelter Kids, aber ich glaube nicht, dass Oli auch nur das geringste Mitgefühl hat.«

»Nach dem Zähneputzen ist er wieder auf Wes das Wiesel losgegangen.«

»Ja, und er schlägt echt heftig zu«, nickte Leon. »Wes hat fast geheult. Bevor das hier zu Ende ist, könnte es sein, dass ich dem kleinen Mistkerl noch die Nase breche.«

Daniel lachte. »Du brichst ihm die Nase und ich die Daumen. Und diese Geschichte, dass er bei einem Gedichtewettbewerb eine Reise zum Tadsch Mahal gewonnen hätte!«

»Er wusste noch nicht mal, in welchem Land das liegt«, grinste Leon. »Was für ein Angeber!«

»Es ist nur so, Bruderherz, wenn wir vollkommen ehrlich sind …«

»Wenn wir James sagen, was wir wirklich von Oli halten, müssen wir am Montag wieder auf dem Campus unser Straftraining schieben«, vollendete Leon den Satz seines Bruders.

»Also lügen wir ihn an?«, forschte Daniel.

»Nicht wirklich«, erwiderte Leon mit verschwörerischem Lächeln. »Wir sollten nur sehr wirtschaftlich die Zeit berechnen, wann wir ihm die Wahrheit sagen.«

»Das sollte mindestens zwei Wochen dauern«, grinste Daniel.

11

Zwei Tage nach ihrer Ankunft in Nurtrust kam Daniel in der Uniform der katholischen Schule St. Andrews aus seinem kleinen Zimmer. Oli saß im winzigen Speisesaal des Heims und stopfte sich mit Nutellatoast voll.

»Hast du heute nicht Geschichte bei Mr Cunningham?«, fragte Oli. »Grüß den alten Knacker von mir.«

»Der Typ, der dich rausgeschmissen hat?«, fragte Daniel, schüttete sich Weizenflocken aus einer Riesenpackung in eine Schüssel und bedeckte sie mit Nüssen und Milch. »Hast du meinen Bruder gesehen?«

»Der ist vorhin mit Rhea verschwunden.«

Leon hatte den Abend zuvor mit Rhea im Fernsehzimmer herumgeknutscht. Da sie sexy war, war Daniel eifersüchtig.

»Alles klar für die Mittagspause?«, wollte Daniel wissen. »Wir schwänzen und gehen zu unserem Cousin?«

»Klar«, erwiderte Oli. »Ich habe schon tausendmal geschwänzt. Ich tue alles, um dem Sport zu entgehen.«

»Sagtest du nicht, du seist gut im Fußball?«

»Bin ich auch«, behauptete Oli. »Letztes Jahr war ich im Schulteam Torschützenkönig.«

Gegenüber am Tisch saß eine Achtklässlerin namens Mel. Sie hatte breite Schultern und lila Strähnen in ihrem geflochtenen Haar.

»Torschützenkönig!«, quiekte sie und prustete ihre

Cornflakes über den Tisch. »Du bist ja so ein Angeber, Oli! Mit deinen kurzen Stummelbeinen?«

»Was weißt du schon!«, fuhr Oli auf. »Du bist ja nicht mal an meiner Schule.«

»Nein, aber ich habe dich rennen sehen«, gab Mel zurück. »Gib mir einen Fußball, und ich wette, du kannst mich nicht einholen, geschweige denn mir den Ball abnehmen.«

»Rede ich etwa mit dir?«, fauchte Oli. »Ist das etwa dein Gespräch, Nilpferd?«

Mel sah Daniel an und deutete mit einem falschen Fingernagel auf Oli. »Der redet nur Mist.«

Vom Nebentisch aus mischte sich Wes das Wiesel ein und fragte: »Woran erkennt man, dass Oli lügt? Seine Lippen bewegen sich!«

Oli sprang auf, dass sein Stuhl über den Boden scharrte, und begann zu schreien. Da er noch nicht im Stimmbruch war, klang er wirklich schrill.

»Wenn du nicht die Klappe hältst, schlage ich dir die Nase ein!«

Jemand vom Küchenpersonal hörte sie und trat zwischen die Jungen.

»Beruhigt euch mal alle zusammen!«, befahl der Typ.

Anstatt sich zu setzen, ließ Oli den Rest seines Toasts stehen, schnappte sich seinen Rucksack und stürmte hinaus. Daniel hatte den größten Teil seines Frühstücks verschlungen und ignorierte die Aufforderung des Mannes, sein Geschirr wegzuräumen.

»Fickt euch, ihr Loser!«, schrie Oli und schnippte mit den Fingern nach hinten.

Daniel folgte ihm am Verwaltungsbüro vorbei die Treppe hinunter und den Gang entlang auf die Straße. Er hatte fünf Pfund bei sich und stellte fest, dass die Zeit noch für ein Frühstück bei McDonald's reichen würde. Doch der Anblick von Leon, der vor dem Schaufenster eines noch nicht geöffneten Wettbüros lehnte und mit Rhea knutschte, lenkte ihn davon ab.

»Nehmt euch ein Zimmer, ihr Perversen!«, rief Oli.

Rhea ließ Leon los und sah auf die Uhr in ihrem Telefon. Sie besuchte dasselbe Programm wie Oli, daher gab sie Leon einen Abschiedskuss.

»Bis später, Leon!«, sagte sie und ging dann Oli nach.

»Ich liebe diese Mission«, stellte Leon fest, als er seine Schultasche nahm. »Was für ein Mädchen!«

Daniel wollte Leon nicht merken lassen, dass er eifersüchtig war, doch die Zwillinge kannten einander zu gut, um ihre Gefühle voreinander zu verbergen.

»Keine Angst«, meinte Leon, nahm sein Telefon aus der Hosentasche und entsperrte es. »Ich habe mit Rhea gesprochen. Sie verkuppelt dich mit einer ihrer sexy Freundinnen. Ich kenne deinen Typ, sie ist *perfekt*!«

Daniel sah ihn aufgeregt an.

»Echt?«

»Hier ist ein Bild.«

Daniel sah auf das Telefon seines Bruders, das ein Verbrecherfoto einer Crystal-Meth-Abhängigen mit tief liegenden Augen und schwarzen Zähnen zeigte.

»Wahnsinnig witzig«, fand Daniel und stieß Leon heftig in den Rücken. »Und das ist nur reines Glück gewesen. Wäre anders gelaufen, wenn ich an der Tür gesessen hätte, als sie hereinkam.«

»Nä-nä-nänä-nä!«, spottete Leon und wischte sich den Lippenstift von der Backe. »Und? Ist Captain Angeber bereit für die Mittagspause?«

*

»Ich wette, er kommt nicht«, meinte Leon. »Feigling.«

Er befand sich mit Daniel in einer Seitenstraße, wo er auf einer niedrigen Mauer vor einer alten Autowerkstatt saß.

»Schick James eine Nachricht«, schlug Daniel vor, doch in diesem Augenblick kam Oli um die Ecke.

»Was geht, Leute?«, fragte er und schob sich eine Handvoll Chips aus einer Familienpackung in den Mund. »Sorry, dass ich so spät komme. Ich musste warten, bis die Pause vorbei war, weil sie heute jemanden am Tor postiert hatten.«

»Kein Problem«, meinte Leon und lief langsam los. »Unser Cousin will also, dass wir seine Garage ausräumen, und er zahlt uns dreißig Pfund dafür. Das dauert etwa drei bis vier Stunden.«

»Cool«, fand Oli. »Auf das Geld kommt es mir gar nicht so an, weil ich auf meinem Sparkonto dreitausend habe. Ich will nur Sport schwänzen, klar?«

»Wir haben schon öfter für ihn gearbeitet«, fuhr Leon fort. »Manchmal gibt er uns auch etwas Gras.«

»Ich rauche gerne mal einen Joint«, erklärte Oli. »Silvester hatte ich einen, der war bestimmt fünfundzwanzig Zentimeter lang, und den habe ich ganz allein geraucht.«

»Toll«, bemerkte Daniel. Er vermied es, seinen Bruder anzusehen, weil er wusste, dass er dann lachen müsste.

Sie gingen durch ein paar Nebenstraßen. Der Wind peitschte Regen und Blätter durch die Gassen. Als sie in eine Straße mit zweistöckigen Häusern kamen, ging eine ältere Frau gerade ihren überwucherten Gartenweg entlang, schloss das Tor hinter sich und kam ihnen gemäßigten Schrittes entgegen. Ein paar Meter vor den Jungen fiel ihr der Schüsselbund aus der Manteltasche. Offenbar hörte sie schlecht, denn obwohl es klirrte, ging sie weiter.

Daniel hob die Schlüssel auf und drehte sich nach der alten Dame um, weil er ihr nachrufen wollte, doch Oli verstellte ihm den Weg.

»Wir könnten doch da reingehen«, meinte er und zeigte auf das Haus. »Also haltet bloß die Klappe!«

Leon und Daniel sahen sich an.

»Manchmal haben alte Leute Bargeld im Haus«, erklärte Oli und schaute der alten Frau hinterher. »Manchmal Tausende. Oder Antiquitäten oder anderes Zeug halt.«

»Sie ist eine alte Frau«, verwies ihn Daniel.

»Du bist auch eine alte Frau«, erwiderte Oli und sah Leon an.

»Er könnte recht haben«, meinte dieser. »Alte Leute haben kein Vertrauen in die Banken.«

»Und wenn noch jemand da ist?«, fragte Daniel.

»Selbst wenn, dann ist der auch alt, der Ehemann oder so«, erklärte Oli. »Wieso willst du dich für dreißig Pfund bei deinem Cousin abrackern, wenn du hier alle möglichen Wertsachen abgreifen kannst?«

»Da hat er recht«, fand Leon.

Daniel gab Oli die verlorenen Schlüssel, und sie sahen sich um, bevor sie die zehn Meter Auffahrt zum Haus entlangliefen.

Vor der klapprigen Haustür mit einem Sprung in der Milchglasscheibe brauchte Oli eine geschlagene Minute, um herauszufinden, mit welchem der vier Schlüssel man den Riegel und das Hauptschloss öffnete.

»Die Tür ist doppelt abgeschlossen, was wohl heißt, dass sonst niemand zu Hause ist«, bemerkte Oli, als er das düstere Haus betrat.

Es war nicht sehr warm und im Flur roch es feucht. Im Wohnzimmer hingen viele gerahmte Fotos, und neben dem Fernseher stand ein alter Videorekorder, auf dem die Uhr blinkte. Leon sah sich in der Küche um, in der eine Futterschüssel stand und es nach Katze roch. Oli öffnete die Steingutgefäße auf der Arbeitsplatte, in der Hoffnung, dort Geld zu finden, sah aber nur alte Kekse, Mehl und Soßenpulver.

»Das ist das Risiko nicht wert«, fand Daniel.

Oli lachte. »Was für ein Risiko? Wenn sie mich schnappen, werden sie mich in ein sicheres Pflegeheim stecken. Aber da bin ich schon. Vielleicht verschärfen sie meine Ausgangssperre oder bringen mich wieder in den gesicherten Gang, aber echt jetzt, wen juckt das?«

Damit machte er den Schrank unter der Spüle auf und fand eine schwarze Emaillekiste in einem der Fächer. Sie war schmal und in verschiedene Abschnitte aufgeteilt, die handschriftliche Etiketten mit *Gas, Telefon, Tierarzt* und *Geburtstag* hatten.

»Tä-täh!«, rief Oli und setzte die Kiste auf den Esstisch, dass die Münzen darin rasselten. Er nahm den Deckel ab und holte achtzig Pfund in Zehnern sowie einen Fünfer und etliche Pfundmünzen heraus. »Ich wette, oben hat die alte Schachtel noch mehr.«

»Wir teilen uns in drei Richtungen auf«, sagte Leon, als Oli ihnen voran nach oben ging.

Daniel zögerte immer noch.

»Sie ist nur eine alte Dame«, meinte er, als sie oben an der Treppe ankamen.

»Na und?«, gab Oli zurück. »Haben irgendwelche alten Leute schon mal was für dich getan?«

Oben gab es zwei Zimmer und ein Bad. Neben dem Bett der Frau stand eine Schmuckschachtel. Oli griff sich den Münzring eines Mannes und ein paar Diamantohrringe, während Leon unter einem Stück Seife in einer Schublade voller BHs weitere siebzig Pfund entdeckte.

Das Bad ignorierte Oli, bekam aber fast einen Herzinfarkt, als er das zweite Schlafzimmer betrat, das von einem riesigen Krankenbett beherrscht wurde. Darüber war eine Vorrichtung angebracht, mit der man jemanden ins und aus dem Bett heben konnte, und er sah auch eine transportable Toilette.

Der Mann im Bett war etwas über vierzig und hatte

ergrautes, strähniges Haar. Er schnarchte leicht, doch wenn er atmete, schien es, als sei eine Seite seines Körpers vollständig gelähmt.

»Hier stinkt es tierisch!«, flüsterte Oli und zog sich das T-Shirt vor die Nase. »Aber ich glaube, wir sind auf Gold gestoßen!«

Neben verschiedenen medizinischen Geräten hing ein moderner Flachbildfernseher an der Wand und auf dem Bett lagen ein Laptop sowie ein Tablet-PC und eine Xbox mit einem halben Dutzend Spiele.

»Wir können diesen Kerl doch nicht ausrauben!«, warnte Daniel, der als Letzter hereinkam.

»Ich kenne jemanden, der uns das Zeug abkauft«, meinte Oli mit breitem Grinsen. »Damit verdienen wir leicht vier- oder fünfhundert Kröten.«

»Wir brauchen eine Tasche«, flüsterte Leon.

»Unter der Treppe habe ich einen Rollkoffer gesehen«, fiel es Oli ein. »Daniel, hol ihn!«

Doch Daniel wurde wütend und hob die Hände.

»Ich bin empört«, stellte er fest. »Ihr beide solltet euch schämen.«

»Das ist richtig viel Geld«, erwiderte Oli, »also wo ist das Problem?«

»Mit so etwas belaste ich mein Gewissen nicht«, erklärte Daniel. »Ich bin draußen.«

Leon folgte seinem Bruder auf den Flur und sah, wie er nach unten und aus der Tür stürmte.

Während Daniel die Auffahrt hinunterging, holte Leon den Rollkoffer unter der Treppe hervor. Als er zurückkam, zog Oli gerade unter dem Bett des Kranken die Computer und Ladegeräte aus den Steckdosen.

»Er ist schon den ganzen Tag angepisst«, erklärte er Oli. »Er will es zwar nicht zugeben, aber er ist total eifersüchtig, weil ich mit Rhea herummache.«

»Umso mehr Geld für uns«, meinte Oli, kroch unter

dem Bett hervor und wischte sich den Staub von den Knien seiner Hose.

Während Leon den Koffer aufmachte und die Xbox samt Zubehör einpackte, ging Oli um das Bett herum, das kaum dreißig Zentimeter von der Wand entfernt stand. Der Laptop des Kranken war ein teures Gerät, wahrscheinlich mehr wert als alles andere, was sie gestohlen hatten. Das Problem war nur, dass der Besitzer bei der Betätigung eingeschlafen war. Der Laptop lag offen auf seinen Oberschenkeln und ein Arm war auf die Tastatur gefallen.

Nervös sah Leon zu, wie Oli den Laptop in seine Richtung zog. Dann versuchte er den ausgestreckten Arm am Handgelenk zu greifen und anzuheben. Fast glaubte Oli, er hätte es geschafft, doch als er den Laptop zuklappte, fuhr der Mann im Bett hoch.

Er war ein großer Mann, über einsachtzig und übergewichtig.

»Wer zum Teufel bist du?«, rief er, als er sich aufrichtete. »Was machst du denn da?«

Oli versuchte sich am Bett vorbeizudrängeln, aber der Mann war nur auf der rechten Seite gelähmt und schaffte es, Oli mit einem Bein an der Wand einzuklemmen, während der Laptop zu Boden schepperte.

Oli wollte sich frei zappeln, doch der Mann drehte sich um, schwang die Faust und traf Oli hart am Kinn. Zum Glück für den Jungen war der Mann zu breit, um in die schmale Lücke zwischen Bett und Wand zu passen.

Oli stöhnte, als ihn der Schlag traf, aber er konnte sich ducken, schnappte sich den Laptop samt Kabel und krabbelte unter dem Bett hindurch.

»Alles in Ordnung?«, keuchte Leon, als er Oli aufhalf.

»Nein, null«, rief Oli und hielt sich den Kiefer. »Der Scheißkerl hat mich geschlagen!«

Rachsüchtig griff er eine Wasserflasche von einem

Nachttisch und warf sie dem Mann an den Kopf. Doch er verfehlte ihn, sodass sie nur am Bettrahmen abprallte und nicht zerbrach.

»Abschaum!«, brüllte der Mann, rollte sich herum und drückte einen Notrufknopf an einer Kette um seinen Hals.

Fünf Sekunden später kam eine Stimme aus der Kette: »GoldAlert Notrufzentrale. Was gibt es für ein Problem, Mr Brown?«

»Ich werde in meinem Bett ausgeraubt!«, schrie der Mann, während Leon und Oli den Reißverschluss des Koffers zuzogen und die Treppe hinunterpolterten. »Rufen Sie sofort die Polizei und dann rufen Sie meine Mutter auf ihrem Handy an!«

»Verdammt!«, rief Oli, hielt sich den Kiefer, grinste aber breit, als er Leon mit dem Koffer aus der Haustür und über die Auffahrt folgte. »Lass uns hier bloß verschwinden.«

12

Nachdem sich Daniel von Leon und Oli getrennt hatte, war er aus dem Haus und über die Straße gegangen und hatte fünfzig Meter weiter die Hecktür eines Mercedes-Lieferwagen mit einem Mietwagenlogo geöffnet. In dem geräumigen Heckteil saß James auf einem Klappstuhl und betrachtete die Videoaufnahmen aus dem Haus auf seinem Laptop.

Der Bildschirm zeigte die Aufnahmen von sechs verschiedenen Kameras. In der linken oberen Ecke lief der gelähmte Mann offensichtlich völlig geheilt herum. Im mittleren unteren Feld sah man Oli die Auffahrt hinunterlaufen und dahinter Leon mit dem schweren Rollkoffer.

»Haben Sie auch den Ton dazu?«, fragte Daniel.

James tat, als schauderte ihn.

»Der Junge hat so viel Anstand wie eine Kanalratte.«

»Ich habe gemacht, was Sie mir gesagt haben, Boss. Habe den Moralischen gespielt und Oli jede Menge Gelegenheiten gegeben, sich zu überlegen, ob das, was er macht, richtig ist.«

»Ich habe jedes Wort gehört«, erklärte James, »du warst großartig.«

»Vielleicht ist es ja ein Trauma oder so«, vermutete Daniel.

James sah ihn verwundert an. »Wie meinst du das?«

»Na ja, Oli war sein ganzes Leben lang Waise, kam von einem Waisenhaus ins nächste. Vielleicht, wenn er die

Gelegenheit hätte, in einer besseren Umgebung aufzuwachsen, dann würde er vielleicht ein besserer Mensch werden.«

»Und lass mich raten«, prustete James, »du hättest gerne noch eine Woche mehr Zeit, um Oli genau zu studieren und möglicherweise sein verborgenes Potenzial zutage zu fördern?«

»Aber CHERUB leidet doch unter Rekrutenmangel, oder?«, fragte Daniel.

James musste grinsen.

»Meine zynische Seite vermutet ja, dass ihr nur eure Rückkehr zum Campus verzögern wollt. Als erwarte euch eine wirklich heftige Strafe oder so.«

Daniel versuchte es ein letztes Mal. »Ich denke nur, dass Oli eine genauere Beurteilung verdient hat.«

»Ich auch«, stimmte James zu.

Daniel riss verwundert die Augen auf.

»Echt?«

»In letzter Zeit heißt die Devise, mögliche Rekruten so lange und intensiv wie möglich zu beobachten, bevor sie auf den Campus kommen und etwas von CHERUB erfahren. Nicht wie zu meiner Zeit, als man, nachdem man betäubt worden war, auf dem Campus aufwachte und gewarnt wurde, dass einem niemand glauben würde, wenn man etwas verriet.«

»Nackt aufzuwachen war auch ziemlich gruselig«, bemerkte Daniel.

»Und du bist nicht der Einzige, der gerne ein wenig dem Campus fernbleiben würde«, fügte James hinzu. »Jeden Tag einen halben Meter hoch Papierkrieg und John Jones bläst mir die Ohren voll. Budgetberichte, Einsatz-Briefings, Spontan-Besprechungen, Treffen des Ethikkomitees, Reintegrationspläne nach dem Einsatz. Aber so lange ich hier bei einer Mission bin, ist das alles NMP.«

»NMP?«

»Nicht mein Problem.«

Daniel grinste. »Wie lange werden wir Oli denn also unter die Lupe nehmen? Zwei Wochen?«

»Das hieße, es ein wenig zu überreizen«, meinte James lächelnd. »Aber ich muss auf jeden Fall noch die letzten drei Staffeln von *Game of Thrones* sehen. Und im Ernst, der Geheimdienst steckt so viel Mühe in die Infiltration des IS, dass ich glaube, wir können ein wenig mehr Zeit in die entfernte Möglichkeit investieren, dass Oli sich diese Terroristensache nicht ausgedacht hat.«

»Ich liebe *Game of Thrones*«, sagte Daniel. »Einer der Betreuer hat mich gezwungen, mein Nacktposter von Emilia Clarke von meiner Schranktür zu entfernen.«

»Wer ist sie?«, fragte James.

»Daenerys, die mit den Drachen.«

»Das ist meine absolute Traumfrau«, erklärte James und musste sich dann schnell räuspern, »nach Kerry selbstverständlich.«

»Natürlich, Boss.«

James lächelte.

»Und um den kleinen Oliver gründlich bewerten zu können, schätze ich, dass wir seine Fähigkeiten in einem strafferen Szenario testen sollten, nicht wahr?«

Daniel nickte begeistert.

»Ich gehe sofort los. Mit etwas Glück kriegt Oli einen Tritt in den Hintern.«

James tippte ein Icon auf seinem Laptop an.

»Hallo, Michael, bist du da? ... Leon und Oli haben das Haus verlassen. Sie sollten gleich in Sicht sein.«

*

»Nach links«, sagte Leon zu Oli, als sie an eine Querstraße kamen. »Wir können uns bei meinem Cousin verstecken, bis sich die Aufregung gelegt hat.«

Oli freute sich über ihren Beutezug und war noch aufgeblasener als sonst.

»Pfeif auf deinen Cousin und die dreißig Pfund für das Ausräumen der Garage«, krähte er. »Ich kenne da jemanden, Trey, der kauft gestohlene Sachen. Der gibt uns Bargeld. Mindestens dreihundert.«

»Aber die Cops werden nach uns suchen, Oli. Wir sollten lieber von der Straße verschwinden.«

Noch bevor Oli antworten konnte, hielt mit quietschenden Reifen ein verbeulter alter Renault-Geländewagen auf einem Behindertenparkplatz auf der anderen Straßenseite.

»Ihr kleines Diebsgesindel!« Der Mann, der aus dem Wagen sprang, war groß, trug Trainingshosen und ein farbbespritztes Kapuzenshirt. Doch noch furchterregender war ein großer schwarzer Rottweiler, der hinter ihm an einer Leine aus dem Wagen sprang. »Gebt mir die Sachen zurück!«

Oli erstarrte eine halbe Sekunde, bevor er merkte, dass Leon bereits losgerannt war. Sie rannten auf die Straße, um einer Frau mit drei kleinen Kindern auszuweichen.

»Bleibt gefälligst stehen!«, schrie der Mann. »Ich schlage euch die Schädel ein!«

Oli war zwar kräftig, aber nicht in Bestform.

»Warte auf mich!«, keuchte er und hielt sich die Seite, während Leon vorausrannte.

Leon erreichte die Hauptstraße und rannte an einem Café vorbei, doch Oli sah, dass der farbverspritzte Mann mit dem aufgeregten Hund nur noch ein paar Meter hinter ihm war. Da er erkannte, dass er seinem Gegner nicht davonlaufen konnte, rannte er durch ein Gartentor und riss eine Deko-Windmühle aus einem ordentlichen Vorgarten. Die war zwar aus Plastik, hatte aber ein Betongewicht in der Bodenplatte.

Der große Mann sprang über das Tor, doch eine Mischung aus Laub und dem an der Leine zerrenden Rottweiler ließ ihn ausrutschen, sodass er in einem schmerzhaften Spagat landete. Etwa zwei Sekunden lang konnte sich Oli freuen, so lange, wie der Mann brauchte, um aufzuschreien und den Hund von der Leine zu lassen.

»Nein!«, schrie Oli.

Dann schleuderte er die Windmühle auf den Sechzig-Kilo-Hund, die ihn aber nur streifte. Oli verwarf die Idee, wieder zum Gartentor zu rennen, und raste stattdessen an der Hecke zum nächsten Garten entlang. Er sprang hoch ab und wäre fast darübergekommen, hätte ihn nicht der Rottweiler mit der Pfote erwischt und wieder auf den ordentlich gemähten Rasen gezogen. Neugierig steckte eine Frau fünfzehn Meter entfernt den Kopf aus der Tür.

»Hilfe!«, schrie Oli, dem der Sabber ins Gesicht spritzte, als ihm der Hund auf die Brust sprang und ihn ankläffte.

Er hatte keine Ahnung, dass es sich um einen der Wachhunde vom CHERUB-Campus handelte, die nur bellen und ihr Opfer festhalten sollten, ohne es zu verletzen. Während der Hund Oli mit seinem Gewicht zu Boden drückte, sah der, wie sich der farbbespritzte Mann aufrappelte, nur um effektvoll von einem Jungen, der von der anderen Straßenseite her angelaufen gekommen war, mit einem Tritt – beziehungsweise einem vorgetäuschten Tritt – außer Gefecht gesetzt zu werden.

Oli erkannte Daniel, während die Frau in der Tür verschwand, um die Polizei zu rufen. Daniel rannte hinter den bellenden Hund und griff nach der Leine. Er musste mit aller Kraft daran zerren, um ihn weit genug zurückzuziehen, dass sich Oli befreien konnte. Als sich der Hund umdrehte, um sich auf Daniel zu werfen, wich der Vierzehnjährige zurück und wickelte die Leine um einen Zaunpfahl.

»Beweg dich!«, befahl Daniel, zerrte Oli an der Hose hoch und warf ihn förmlich über die Hecke, bevor er den Laptop von dem zertretenen Rasen klaubte und ihm folgte.

Oli war vom Ablauf der Ereignisse überrascht, doch sein Verfolger schien bewusstlos zu sein, und Leon hatte kehrtgemacht und wartete auf der Straße, als sie durch ein anderes Tor herauskamen.

»Mann, bist du langsam!«, neckte Leon, und Daniel gab Oli einen Stoß in den Rücken.

Verdreckt, geschockt und mit Hundesabber im Gesicht ließ sich Oli von Daniel weiterschubsen.

»Lauf schon los, die Cops sind gleich hier!«

Die Zwillinge zogen ihn weiter. Er spürte etwas Warmes zwischen den Beinen und stellte fest, dass er sich ein wenig in die Hose gemacht hatte, als er glaubte, der Hund würde ihn zerfleischen.

13

Die Realität sah so aus, dass Oli geheult und sich in die Hose gemacht hatte, doch noch bevor der Schmutz auf seiner Kleidung getrocknet war, hatte er die Geschichte umgeschrieben. Die drei Jungen saßen an einer schäbigen Hähnchenbude vor einem Tisch mit Colas und einer Riesenportion Fritten.

»Ich hatte es fast geschafft«, grinste Oli. »Dieser gigantische Köter hatte mich am Wickel, aber ich hätte ihn mit beiden Füßen weggetreten. Das könnt ihr glauben, der Hund hat Glück gehabt, dass Daniel ihn weggezogen hat.«

Daniel schüttelte den Kopf.

»Wenn ich dir nicht den Hintern gerettet hätte, wärst du jetzt Hundefutter.«

»Dieser Tritt ins Gesicht war klasse«, fand Oli. »Ich wusste nicht, dass du Karate kannst. Ich habe mal Muay Thai gemacht, hätte auch den schwarzen Gürtel bekommen, aber kurz vor der Prüfung kam ich in ein neues Pflegeheim.«

Er demonstrierte seine Fähigkeiten mit einem kurzen Hieb.

Leon lachte.

»Wenn du so die Faust ballst, brichst du dir beim ersten Treffer den Daumen.«

»Weiß ich«, behauptete Oli, tunkte Fritten in die braune Soße und steckte sie sich in den Mund.

»Wenn wir mit einem Rollkoffer voller Beute zu Nurtrust zurückkommen, besteht die hohe Wahrscheinlichkeit, dass wir innerhalb von drei Sekunden auffliegen«, bemerkte Leon.

»Die Schule hat noch auf wegen der Hausaufgabenbetreuung«, fiel es Daniel ein. »Und mein Schließfach ist noch leer.«

»Da passt aber der Koffer nicht rein.«

»Nein, aber der Inhalt«, gab Daniel achselzuckend zurück.

Oli wollte irgendetwas sagen, musste aber erst seine Fritten herunterschlucken.

»Wie ich schon sagte, Mann, ich kenne da diesen Trey. Ich habe früher schon was geklaut und er zahlt bar. Ist einer von den schweren Jungs, IS-Terror und so.«

Die Zwillinge mussten lachen.

»Was ist das Problem?«, knurrte Oli.

Leon grinste. »Nichts für ungut, Mann, aber du treibst es ein wenig zu bunt.«

»Was soll das denn heißen?«

»Na ja, du hast fast den schwarzen Gürtel im Muay Thai, weißt aber nicht, wie man richtig die Faust ballt«, zählte Daniel auf. »Du bist der Torschützenkönig deiner Schulmannschaft, bist aber nach zweihundert Meter Laufen schon außer Puste. Du hast eine PS4 besessen und weißt nicht, wo der L2-Knopf ist.«

Oli lief knallrot an.

»Schon gut, Kumpel«, beruhigte ihn Leon. »Wir mögen dich. Aber du musst dir kein wirres Zeug ausdenken, um uns zu beeindrucken.«

Darauf fiel Oli nichts ein, doch er musste unwillkürlich breit grinsen, als Leon ihn mit der Schulter anstieß, sodass er von seinem Plastikstuhl gegen die Fensterscheibe des Ladens kippte.

»Ich hatte nie viel im Leben«, erklärte Oli. »Ich schätze,

ich rede gelegentlich Müll. Aber das mit Trey ist echt wahr.«

»Bist du sicher, dass wir nicht von einer US-Drohne erledigt werden, wenn wir ihn besuchen?«, grinste Leon.

»Fick dich«, verlangte Oli und streckte ihm den schmutzigen Mittelfinger entgegen. »Ich habe früher schon geklaut und er kauft das Zeug. Und ein paarmal habe ich auch kleinere Jobs für ihn erledigt, Steine in Fensterscheiben schmeißen und so.«

Das klang eher weit hergeholt und Daniel schnaufte: »Warum will Trey, dass du Steine in Fensterscheiben schmeißt?«

»Er hat so einen Schutzgeldring«, erklärte Oli und verschränkte wütend die Arme, als er den Gesichtsausdruck der Zwillinge sah. »Das ist echt wirklich wahr, ihr Arschlöcher! Wenn ihr mir nicht glaubt, dann besuchen wir ihn eben.«

»Jetzt?«, sagte Leon ironisch und versuchte so, Olis Bluff auffliegen zu lassen.

Oli kratzte die letzten Fritten vom Teller und stand auf. »Wir nehmen den 84er Bus. Dauert nur zehn Minuten. Kommt ihr?«

Die drei hielten sorgsam nach Polizisten Ausschau, während sie auf den Bus warteten, und stiegen unter einer Eisenbahnbrücke aus. Von dort führte sie eine kopfsteingepflasterte Gasse vorbei an asiatischen Taxifahrern, die laut schwatzend neben ihren Toyotas standen. Sie betraten ein Taxibüro unter einem Eisenbahnbogen.

Misstrauisch blickte die Frau hinter der Plexiglasscheibe auf, als Oli nach Trey fragte.

»Er kennt mich«, erklärte Oli.

»Er hat ein Meeting«, erklärte die Frau und zog unter ihrer Burka skeptisch eine Augenbraue hoch. »Setzt euch.«

Die Jungen setzten sich auf ein klappriges Sofa neben einem altmodischen Propangasofen, aus dem es süßlich roch. Leon blätterte in einer alten Sportzeitschrift, und Daniel spielte an seinem Telefon, um James zu berichten, was sie gerade taten.

»Nur für den Fall, dass es Zweifel gibt«, erklärte Oli und nahm ein Samsung Galaxy mit einer rosa Abdeckung aus der Tasche. »Wir teilen alles durch drei, aber das hier ist allein meins.«

»Wo hast du das denn her?«, fragte Leon.

»Erinnert ihr euch noch an die Heulsuse, die ich in der Dusche eingeschlossen habe?«

»Abigail?«

Oli nickte. »Gelegentlich muss man sich mal als Taschendieb betätigen, oder?«

»Ihre Mutter stirbt und du klaust ihr das Telefon?«, fragte Daniel ungläubig.

»Das Leben ist scheiße und dann gehst du drauf«, meinte Oli achselzuckend.

Neben dem Servicetresen öffnete sich eine kleine Tür und ein Schwall Zigarettenrauch drang heraus.

»Trey hat jetzt Zeit«, erklärte ein alter Knabe in Pantoffeln. Die drei Jungen standen auf, doch er deutete auf Oli. »Nur du.«

Als Oli mit dem Rollkoffer drinnen verschwand, sah Daniel Leon an, schüttelte den Kopf und flüsterte: »Wer beklaut denn ein Mädchen, dessen Mutter gerade gestorben ist?«

Leon nickte zustimmend. »Bevor wir zum Campus zurückkehren, werde ich Oli mal bei Nurtrust in eine der Duschen schubsen und ihn ordentlich verprügeln.«

»Das ist ein netter Einfall, aber dann schmeißen sie uns bei CHERUB achtkantig raus.«

»Und wer soll es ihnen sagen?«, fragte Leon. »James ist cool.«

Sie spielten mit ihren Telefonen und beobachteten die Zeit. Fünf. Fünfzehn. Fünfundzwanzig Minuten.

»Vielleicht haben sie ihn umgebracht«, vermutete Leon.

»Vielleicht hat er sich auch unseren Anteil gekrallt und ist zur Hintertür raus«, sinnierte Daniel.

Schließlich tauchte Oli wieder auf, ein wenig unsicher und nach Zigarettenqualm stinkend. Er zog sich die Jacke zu und ging zur Tür.

»Und?«, erkundigte sich Daniel. »Wie viel haben wir gekriegt?«

Erst als sie die Gasse hinter sich gelassen hatten und zur Bushaltestelle gingen, antwortete Oli.

»Sechzig Pfund für jeden«, erklärte er und holte ein Bündel Geldscheine aus der Tasche.

»Was?«, rief Daniel. »Das war ein Sony-Laptop für zwölfhundert! Und die Xbox!«

»Ich habe versucht, zweihundert rauszuholen«, verteidigte sich Oli. »Trey hat gesagt, dass der Markt gesättigt ist. Das heißt, dass niemand das Zeug kauft.«

»Du hättest gehen sollen«, behauptete Leon.

Oli schüttelte den Kopf.

»Das Risiko muss man eingehen, okay? Trey ist ein wichtiger Mann. Wenn man einfach geht, beleidigt man ihn. Und er ist nicht jemand, den man gerne zum Feind haben will.«

Daniel gab Oli einen leichten Stoß und bugsierte ihn in das Häuschen der Bushaltestelle.

»Leg uns ja nicht rein!«

»Was hast du für das Telefon bekommen?«, wollte Leon wissen. »Mach die Taschen auf!«

Oli war den Tränen nahe, als Daniel und Leon näher kamen. Sie zogen seine Jacke auf, durchsuchten die Innentaschen und ließen ihn die Taschen seiner schmutzigen Trainingshose umkrempeln. Alles, was sie fanden, waren ein paar Pfundmünzen und ein Ausweis der Neustart-Einrichtung.

»Und wo ist dein Anteil, Volldepp?«

»Ich habe keinen bekommen«, stieß Oli hervor. »Es waren hundertzwanzig für uns alle drei. Ich habe es versaut, klar? Und ich hatte euch meinen Anteil gegeben, weil sich Trey wie ein Arschloch aufgeführt hat und ich euch nicht enttäuschen wollte.«

Die Tränen traten ihm in die Augen, sodass die Zwillinge Mitleid mit ihm bekamen, weil er so jämmerlich wirkte.

»Tut mir leid.«

»Wir sollten zurückgehen und die alle zusammenschlagen«, schlug Leon vor.

Oli hob ängstlich die Hände.

»Das sind ernst zu nehmende Gangster. Mit denen legt man sich nicht an. Aber da ist noch etwas.«

»Was denn?«, wollte Leon wissen.

»Trey sagte, dass er einen Job hätte. Ich habe für euch beide gebürgt, und er meinte, wir könnten einen Haufen Zeugs klauen. Dauert wahrscheinlich nur ein paar Stunden, aber es muss heute Nacht sein.«

»Was für ein Job denn?«, erkundigte sich Leon.

»Und woher wissen wir, dass er uns auch bezahlt?«, fügte Daniel hinzu.

14

»Trey Al-Zeid«, sagte James. »Er betreibt ein Taxibüro und ist möglicherweise in die Erpressung von Schutzgeldern verwickelt. Meine Leute haben ihn nicht zu Gesicht bekommen.«

James saß in seiner Wohnung. Die Frau am anderen Ende des Telefons war Aisha Patel, eine Geheimdienstmitarbeiterin bei der West Midland Police.

»Der Name sagt mir nichts«, sagte sie. »Ich nehme mal an, sie haben seinen Hintergrund schon durchleuchtet?«

»Klar«, antwortete James. »Mitte dreißig. Seinem älteren Bruder gehört diese Taxifirma und noch ein Betrieb weiter im Süden der Stadt. Es liegen ein paar Verkehrsdelikte gegen ihn vor und 2004 wurde er einmal bei einem Protestmarsch gegen den Krieg verhaftet.«

»So, so«, machte Aisha. »Ich frage mal den Einsatzleiter hier, ob er etwas weiß, was nicht in den offiziellen Polizeiberichten steht.«

»Was ist mit der möglichen Beteiligung an Schutzgelderpressungen?«

»Wir wissen, dass es das gibt«, antwortete die Beamtin. »Im Norden von Birmingham gibt es Hunderte kleiner Betriebe, hauptsächlich im Besitz von Asiaten, und es gibt mehr als genügend Hinweise, dass kriminelle Banden Schutzgelder von den Gastwirten und Geschäftsinhabern verlangen, damit sie für ihre *Sicherheit* sorgen.«

»Was für Hinweise?«, fragte James.

»Leute, die mit gebrochenen Daumen in der Notaufnahme auftauchen und sich weigern zu erzählen, wie es passiert ist, eingeschlagene Fensterscheiben, Brandanschläge auf Geschäfte und Betriebsgelände. Doch die Menschen sprechen nicht gerne mit der Polizei. Das Misstrauen zwischen der Polizei und der asiatischen Gemeinde reicht weit zurück. Wer etwas sagt, muss Angst um seine Familie und seine Freunde haben. Wir können zwar für die Sicherheit einer Einzelperson und seiner nächsten Angehörigen sorgen, aber es ist völlig unmöglich, eine weitläufige Familie mit Eltern, Cousins, Tanten, Onkeln und so weiter zu beschützen.«

»Und wer steckt hinter der Schutzgeldbande?«, fragte James. »Ist es eine große Organisation, oder sind es verschiedene Banden, die um ihre Gebiete rivalisieren?«

»Im Laufe der letzten zehn Jahre wurden die Mittel für die Polizei um ein Viertel gekürzt«, erklärte Aisha. »Wir wissen, dass es ein Problem gibt, aber wir haben nicht die Möglichkeit, genauer nachzuforschen.«

James nickte.

»Das höre ich öfters.«

»Aber ich habe auf jeden Fall Kollegen, die gerne jede Information aufnehmen würden, die Sie über Mr Al-Zeid zutage fördern«, sagte Aisha. »Und falls die Beamten hier auf irgendetwas Nützliches stoßen, lasse ich es Sie wissen.«

*

Leon stieß Rhea sanft gegen die Tür seines Zimmers, legte ihr die Hand in den Nacken und saugte an ihrer Unterlippe. Ihre Zungen fanden sich, während er die Hand über ihren Rücken tiefer gleiten ließ und sie einen bestrumpften Fuß hinten an seinem Bein hinaufschob, als er ihr an den Hintern griff.

»Hey!«, rief Daniel und ballerte von außen an die Tür.

»Ignorier ihn!«, flüsterte Rhea und fasste Leon um die Taille.

Leon zögerte und sah sich um, ließ sich aber von Rhea zum Bett manövrieren.

»Zehn vor neun, Kumpel!«, rief Daniel und rüttelte am Türknauf. »Schwing deinen Hintern hier raus!«

»Nicht«, warnte Rhea und sah Leon böse an, als er sich widerstrebend losmachte. »Was ist denn so verdammt wichtig?«

»Ich darf die Sperrstunde um neun Uhr nicht verpassen«, erklärte Leon und rief zur Tür: »Herein!«

Rhea runzelte die Stirn, als Oli und Daniel in Schuhen und Jacken hereinkamen. Leon setzte sich aufs Bett, nahm sein Telefon und zog sich seine Adidas an.

»Ist sie eingeweiht?«, fragte Oli.

Rhea nickte und streckte die Hand aus. »Einen Zehner.«

»Wir haben fünf gesagt«, erinnerte sie Leon.

»Einseitige Nachverhandlungen«, erklärte Rhea und wackelte mit den Fingern. »Sieben Minuten bis zur Sperrstunde.«

»Verdammter Blutsauger«, sagte Leon grinsend und wünschte, er müsste nicht gehen, während er zwei zerknitterte Fünfpfundscheine aus der Jeans zog und sie ihr gab.

»Schön, mit Ihnen Geschäfte zu machen«, sagte Rhea. Leon küsste sie flüchtig, nahm dann seine Schultasche und folgte den anderen durch den Gang zum Büro.

Gurbir hörte die drei Jungen zum Ausgang gehen und kam heraus, wobei er demonstrativ auf seine Uhr tippte.

»Nein, nein, nein!«

»Es ist noch vor neun!«, sagte Oli. »Wir wollen doch nur nach gegenüber zu Morrison's. Da haben sie Jaffakekse für ein Pfund!«

»Alle drei?«, fragte Gurbir und schlug Daniel auf den Rucksack. »Mit Gepäck? Wie blöd sehe ich eigentlich aus?«

Oli grinste. »Sie sehen eigentlich immer ziemlich blöd aus, Gurb.«

Gurbir lächelte und hob einen Finger.

»Einer von euch darf rüber zu Morrison's. Und beeilt euch lieber. Spätestens zehn nach neun!«

»Aber vor neun dürfen wir noch raus«, beschwerte sich Oli. »Sie beschneiden unsere Menschenrechte!«

»Ihr haltet mich wohl für ...«

Bevor Gurbir zu Ende sprechen konnte, ließ Rhea aus dem Fernsehzimmer einen gellenden Schrei ertönen.

»Die prügeln sich! Die prügeln sich! Er hat Jono mit einem Messer angegriffen!«

»Bleibt hier!«, verlangte Gurbir und sah die drei Jungen scharf an, bevor er mit klirrenden Schlüsseln davoneilte.

Sobald er außer Sichtweite war, schoss Leon in das Büro und drückte auf ein paar grüne Knöpfe, um die Tür zu entriegeln. Als Gurbir das Fernsehzimmer erreichte, wo ihm eine lächelnde Rhea erzählte, dass sie nur Spaß gemacht hätte, waren Leon, Oli und Daniel bereits die Treppe hinunter und durch den langen Gang auf die Straße gerannt.

»Super«, sagte Daniel und atmete die frische Luft ein.

»Noch zehn Minuten«, stöhnte Leon auf dem Weg zur Hauptstraße. »Ich war sooo dicht davor, Rhea das T-Shirt auszuziehen.«

»Geiler Sack«, höhnte Daniel, als Oli sie zu einer verbeulten Honda-Limousine mit einer Telefonnummer an der Seite führte. Der Fahrer sah sie misstrauisch an, als sie hinten einstiegen.

»Ich habe Sie gerufen«, erklärte Oli dem Fahrer und wedelte mit einem Zwanziger. Leon und Daniel sahen durch das Rückfenster, ob sie Gurbir oder jemand anderen von Nurtrust entdecken konnten. »Fahren Sie los.«

Zehn Minuten fuhren sie durch die Dunkelheit. Ihr Ziel war eine kleine Ladenzeile in einem achtstöckigen Gebäude mit Büros und Studentenunterkünften. Die Zwillinge folgten mit ihren Blicken Tätowierungen und einem Minirock in ein volles chinesisches Take-away-Restaurant. Auch ein Lebensmittelladen schien mit den Studenten gute Geschäfte zu machen, doch der dritte Laden in der Reihe war verbarrikadiert, und der letzte war eine Reinigung. Obwohl er schon geschlossen hatte, sah man drinnen noch zwei Leute arbeiten.

»Es gibt einen Nebeneingang«, erklärte Oli und ging voran.

Das Tor war von innen verschlossen, doch über den Sims an dem Ziegelpfosten daneben konnten sie leicht hochklettern und hinüber auf einen schmalen Hof springen. Hier fiel aller Müll aus den Studentenwohnungen durch Fallrohre in vier große Müllcontainer. Der Geruch daraus mischte sich mit der süßlichen Luft aus den Trocknern der Reinigung.

»Kann man die Tür überhaupt von außen aufmachen?«, fragte Leon, als er Oli eine Metalltreppe hinauf folgte.

»Ich war schon mal hier«, erklärte Oli triumphierend, öffnete die Tür und betrat einen Gang. »Ich habe in den Sommerferien für Trey hier ein paar Dinge erledigt.«

Ein Bewegungsmelder ließ die Lichter aufflackern und zeigte ihnen einen nackten Betongang mit Rohren und Leitungen an der Decke. Das Poltern der Trockner in der Reinigung unter ihnen ging in der hämmernden Musik einer Studentenparty über ihnen unter. Oli schien sich auszukennen und nahm einen Schlüssel aus der Tasche, als sie sich einer schlichten grauen Tür näherten. Auf einem billigen Plastikschild stand *Sunray Travel*.

»Trey hat mir den Schlüssel gegeben«, erklärte Oli. »Er kennt den Hausmeister.«

Oli brauchte eine halbe Minute, um herauszufinden, dass man den Schlüssel erst in die eine und dann in die andere Richtung drehen musste, um das Schloss zu öffnen. Dann erklang ein Einbruchsalarm, als die Tür aufging, doch Oli brachte ihn zum Schweigen, indem er einen Plastikknopf gegen die Steuereinheit auf der Innenseite der Tür hielt.

Sie sahen eine Reihe von Lichtschaltern, doch Oli schaltete nur einen davon ein, während Leon über den mit Teppich belegten Boden schlich und durch das Rollo auf die Straße sah.

»Und was sollen wir hier tun?«, fragte Daniel, als er drei Schreibtische mit MacBooks und einen vierten mit einem großen, hochauflösenden Bildschirm sah, der an einen Mac Pro angeschlossen war. Vom Büroraum gingen eine Toilette und eine Küchenzeile ab und hinter einer Glaswand standen ein großer Drucker und ein Regal mit Druckerpapier im Großformat.

»Hier drucken sie wohl Urlaubsprospekte und so etwas«, meinte Leon, als er den Druckerraum sah.

Gleich neben der Tür lag ein Stapel A2-Poster mit dem arabischen Alphabet und dem Logo einer lokalen Moschee. Ein weiteres Poster zeigte Bilder muslimischer Propheten, gedruckt für die gleiche Organisation.

»Also Trey will, dass wir den Laden hier auseinandernehmen«, meinte Oli. »Ich werde die Spülbecken in der Küche und im Bad zustopfen und das Wasser laufen lassen. Ihr demoliert den großen Drucker. Der soll über fünfzigtausend wert sein. Dann werfen wir das ganze Papier und so auf den Boden, damit es aufweicht.«

»Können wir auch etwas klauen?«, erkundigte sich Daniel mit einem Blick auf einen schicken Wacom-Tabletcomputer und ein Gerät zur Bearbeitung von Videos.

»Klauen oder kaputt machen«, meinte Oli auf dem Weg in die Küche. »Das hat Trey gesagt.«

Um seine Aussage zu bestätigen, nahm Oli eine verwelkte Topfpflanze, kippte die Erde auf einen Schreibtisch und hob ihn dann an einem Ende an, sodass alles darauf zu Boden rutschte. Daniel steckte MacBooks und Computer in seinen Rucksack, während Oli die Küchenspüle mit einer Plastiktüte verstopfte, die er mit einem Papierpaket beschwerte. Leon ging zum Drucker.

Da er keine Lust hatte, einen elektrischen Schlag zu bekommen, riss er den Stecker aus der Wand. Der Drucker war einen Meter tief, schulterhoch und fast drei Meter breit vom Papiereinzug bis zur Ausgabe. Er machte ein paar Plastikabdeckungen auf und trat ein paarmal zu, doch der Drucker war ziemlich stabil. Also ging Leon in die Küche.

»Es geht schneller und ist leiser, wenn wir einfach Wasser darüberschütten«, meinte er zu Oli.

Er ging mehrere Male hin und her und goss Eimer voller Wasser über den Drucker, dann zog er die Tonerpatronen und Papierkartons aus den Regalen. Daniel amüsierte sich damit, die Tische umzustoßen und den Inhalt der Schubladen auf den Boden zu kippen. Oli schien Erfahrung mit dem Fluten von Räumen zu haben und brachte nicht nur die Waschbecken in Bad und Küche zum Überlaufen, sondern nahm auch den Deckel vom Spülkasten der Toilette ab und verkeilte das Einlassventil, sodass das Wasser auch aus der zugestopften Toilette überfloss.

Zehn Minuten nach ihrem Eintreffen war das Büro verwüstet und die Pfützen, die aus Küche und Badezimmer flossen, hatten sich vereinigt und krochen über die Teppichfliesen.

»Da wird sich aber jemand tierisch ärgern, wenn er morgen früh zur Arbeit kommt«, meinte Daniel und steckte den runden Mac Pro in Leons Rucksack.

»Halb zehn«, meinte Oli, als sie wieder auf den Gang traten.

»Was ist mit den gestohlenen Sachen«, fragte Leon. »Gibt uns Trey dafür Bargeld?«

»Trey will nichts haben, was ihn hiermit in Verbindung bringt«, erklärte Oli, als sie wieder zu den Müllkübeln gingen. »Ich kenne eine schäbige Pfandleihe in der Stadt, die wahrscheinlich das meiste davon nimmt.«

»Und wo bewahren wir es heute Nacht auf?«

»Keine Angst, ihr Feiglinge«, grinste Oli. »Gurbirs Schicht ist mittlerweile zu Ende. Nachts sind nur Zeitarbeiter von der Agentur da und denen ist alles egal.«

15

In der letzten Stunde am nächsten Tag hatten sie Sport. Leon zog sich den Blazer über sein Fußballtrikot und lief in Shorts und verdreckten Socken aus dem Umkleideraum. Daniel hatte es vorgezogen, sich Trainingshosen über das Trikot zu ziehen, und kam ein paar Sekunden später.

»Schönes Tor«, lobte ein größerer Junge Daniel. Die Zwillinge waren erst seit einer Woche an der Schule, daher kannten sie noch kaum die Namen ihrer Mitschüler.

»Danke«, antwortete Daniel.

Da sie sich hatten umziehen müssen, kamen sie erst nach den Kindern aus der Schule, die direkt vom Unterricht herausgeströmt waren. Als die Zwillinge über den gepflasterten Hof gingen, standen nur noch ein paar Achtklässlerinnen um einen Tischtennistisch herum. Erstaunt sahen sie den schlanken Mann, der Oli am Tag zuvor in das Büro des Taxiunternehmens gewinkt hatte. Er wartete auf der Straße vor der Schule.

»He, Jungs!«, rief er und winkte sie zu einem siebensitzigen VW, der gegenüber parkte. »Steigt ein!«

Die Zwillinge warteten neugierig auf eine Lücke im fließenden Verkehr und rannten hinüber. Hätten sie ihre Kommunikationsgeräte in den Ohren gehabt, hätten sie James warnen können, aber die hatten sie vor dem Fußballspiel auf einem matschigen Platz herausgenommen.

Im Auto war der Beifahrersitz so herumgedreht worden, dass er in den Innenraum gerichtet war.

»Wisst ihr, wer ich bin?«, fragte ein untersetzter dunkelhäutiger Mann.

Der Dünne gab den Jungen zu verstehen, sie sollten durch die Schiebetür des Wagens einsteigen, doch die blieben stehen.

»Worum geht es denn?«, fragte Daniel.

»Ich bin Trey«, sagte der Untersetzte, während sich ein noch größerer Kerl vom Fahrersitz her umdrehte und die Zwillinge finster ansah. »Ich suche euren Freund Oli, den Schlauberger. Muss der nachsitzen oder was?«

Die Zwillinge zuckten mit den Achseln und Leon antwortete: »Der ist nicht an dieser Schule. Er ist bei diesem Neustart-Programm. Das ist... ich weiß nicht genau wo.«

»Hier ist er rausgeworfen worden«, ergänzte Daniel.

Der kleine Dünne drängte die Jungen weiter in den Lieferwagen, doch Leon stieß seinen Arm weg, als er ihn schubste.

»Fass mich nicht an!«, knurrte er.

»Wir verschwinden hier«, bestätigte Daniel.

Doch als er einen Schritt zurück machen wollte, zog Trey einen kleinen Revolver und spannte den Hahn.

»Rein hier!«, befahl er.

Leon fragte sich, ob er irgendwie an das Kommunikationsgerät in seinem Rucksack kommen könnte, um James zu benachrichtigen, als er sich auf die mit einer blauen Decke bedeckte Rückbank setzte. Der Schmächtige knallte die Tür zu, schaffte es aber nicht, ins Auto zu springen, bevor Trey seinem Fahrer das Zeichen gab, loszufahren.

»Was wisst ihr über meine Druckerei?«, fragte Trey und steckte die Waffe ein. »Man sagte mir, dass Oli Nurtrust gestern mit zwei älteren Jungen verlassen hat. Das seid ihr, oder?«

Trey verfügte offensichtlich über eine Informationsquelle, daher nickten die Zwillinge.

»Ja.«

»Was zum Teufel gibt euch den Mumm, meine Druckerei zu überfallen? Habt ihr geglaubt, damit kommt ihr durch?«

»Der kleine Drecksack hat mir den Schlüssel unter der Nase weg gestohlen!«, fügte der Fahrer hinzu.

Leon und Daniel fiel der Unterkiefer herunter. »Das war Ihr Laden?«

»Der von meinem Vater«, antwortete Trey. »Wie blöd seid ihr eigentlich?«

»Oli hat uns erzählt, dass Sie einen Schutzgeldring betreiben«, erklärte Leon. »Er sagte, wir sollten den Laden aufmischen, weil der Besitzer nicht gezahlt hat oder so.«

»Ich habe diesem Wiesel Oli vierhundert gegeben«, sagte Trey und sah seinen Fahrer an. »Aber er hat sich aufgeregt, weil ich gesagt habe, das rosa Telefon sei nicht viel wert, weil es schon ein paar Jahre alt ist.«

»Vierhundert!«, keuchten die Zwillinge.

Sie hatten zwar Olis Kleidung durchsucht, aber Geld konnte er auch leicht in seiner Unterwäsche oder einer Socke versteckt haben.

»Uns hat er jedem sechzig gegeben.«

Als der VW um eine Ecke bog, beugte sich Trey auf seinem Sitz weit genug vor, dass die Jungen den Knoblauch in seinem Atem riechen konnten.

»Lügt mich lieber nicht an«, warnte er. »In meiner Werkstatt habe ich einen schönen Schraubenschlüssel zum Daumenbrechen. Aber ich lasse euch laufen, wenn ihr mir helft, unseren Goldjungen zu finden. Habt ihr seine Nummer?«

Leon hatte wenig Bedenken, Oli auszuliefern. Er nahm sein Telefon aus dem Blazer und erklärte, dass es in der Schule ausgeschaltet sein musste. Tatsächlich war sein Telefon so modifiziert, dass er mit einer besonderen Tastenkombination dafür sorgte, dass alle Anrufe und Nachrichten über den Campus auch an James weitergeleitet wurden.

»Oli, Mann, wo bist du?«, begann Leon. »Du hast die Schule geschwänzt? Gut… Wann kommt dein Bus? Sollen wir uns auf Fish & Chips treffen oder so?… Kennst du den Parkplatz hinter Morrison's? Komm da hin, wenn du vom Bus kommst… Ich muss dir was zeigen.«

Trey runzelte die Stirn, als Leon den Anruf beendete und tief Luft holte. James bekam in seiner Wohnung ein Alarmsignal auf seinem Telefon und hörte mit. Beeindruckt stellte er fest, dass Leon geistesgegenwärtig genug gewesen war, den Treffpunkt gleich vor seine Haustür zu legen.

»In zwanzig Minuten«, sagte Leon.

*

Da James es nicht riskieren wollte, mit einem Fernglas gesehen zu werden, lehnte er sich aus dem Fenster und positionierte ein paar winzige drahtlose Kameras so, dass er den Parkplatz überwachen konnte. Dann nahm er eine Taserpistole und eine halbautomatische Glock und ging dann auf den Parkplatz, wo er den Focus auf einem Behindertenparkplatz mit vernünftiger Aussicht parkte.

Während er auf die gedämpften Geräusche lauschte, die von Leons Telefon übertragen wurden, kam ein Parkwächter in einer orangen Weste und begann, ihm einen Strafzettel zu schreiben.

»Verzisch dich!«, knurrte James, ließ das Fenster auf der Fahrerseite herunter und winkte mit einem Polizeiausweis.

Ein paar Minuten später fuhr der VW auf den Hof und parkte ein paar Plätze weiter. Mit einer der Kameras zoomte James auf das Rückfenster des Lieferwagens ein, sodass er hineinsehen konnte. Die Zwillinge sahen aus, als ginge es ihnen gut. Trey und der Fahrer unterhielten sich über ein Geburtstagsgeschenk.

Daniel durfte aussteigen und winkte James verstohlen zu, als er auf den Hintereingang von Morrison's zuging. Wahrscheinlich wollte er vorne wieder hinaus, um auf Oli zu warten, wenn dieser aus dem Bus stieg. James stieg ebenfalls aus und folgte ihm durch die Tür in den kleinen Supermarkt, wo er ihn schnell einholte.

»Alles in Ordnung?«, erkundigte er sich.

»Trey hat eine Waffe, aber er wedelt nicht damit herum. Aber er sagt, dass Leon es büßen wird, wenn ich nicht zurückkomme.«

»Bist du sicher?, fragte James, während sie zum Vorderausgang liefen. »Ich kann Leon da rausholen, wenn du willst.«

»Trey will nur diesen kleinen verlogenen Scheißkerl Oli in die Finger kriegen«, erklärte Daniel. »Würde mich selbst interessieren, was der vorhat. Dieser kleine Betrüger ...«

»Nimm das hier«, sagte James und reichte ihm eine Pfeffersspraydose in der Größe eines Lippenstifts. »Ist gegen Bärenangriffe«, fügte er warnend hinzu. »Wenn du es im Wagen versprühst, macht, dass ihr rauskommt, weil ihr schon von den Dämpfen blind werden könnt.«

»Na toll, Q.«

»Passt auf euch auf.«

Während Daniel durch die vordere Automatiktür auf die Straße ging und sich zur Bushaltestelle davor begab, nahm sich James ein paar Vitamindrops vom nächstbesten Regal und zahlte an der Selbstbedienungskasse, damit er wie ein normaler Kunde wirkte, als er wieder auf den Parkplatz schlenderte.

16

James warf einen prüfenden Blick nach vorne, ob in Treys VW noch alles ruhig war, dann rief er eine Bus-Tracker-App auf seinem Handy auf, um zu sehen, wo sich Oli aller Wahrscheinlichkeit befand. Auf der App hieß es, dass er noch sieben Minuten warten müsste, als Oli und Daniel gerade hinten aus dem Supermarkt kamen.

»Was ist denn hier hinten?«, fragte Oli, dem offenbar Bedenken kamen.

Zehn Meter weiter stieg Trey aus dem VW aus. Bei seinem Anblick versuchte Oli, wieder in dem Supermarkt zu verschwinden.

»Komm sofort hierher!«, brüllte Trey, während Daniel Oli am Mantel packte, ihm den Arm um die Brust legte und ihn vor sich her bugsierte.

»Lass mich los, du Sackgesicht!«, schrie Oli, dem der Rucksack über den Arm rutschte. »Du weißt ja gar nicht, was du da tust!«

»Ich weiß nur, dass du uns reingelegt hast«, grollte Daniel. »Und du hast gelogen, als du gesagt hast, wir würden das mit der Druckerei für Trey tun.«

Nach ein paar stolpernden Schritten wurde Oli von Daniel zu Trey geschubst, der ihn ins Auto zerrte.

»Tür zu!«, befahl Trey, während Daniel hinterhersprang.

Der Fahrer ließ den Wagen an, der mit lauten Ping-

Tönen gegen die halb geschlossene Schiebetür protestierte. Sobald Daniel sie zugeknallt hatte, setzte er sich wieder neben Leon auf die Rückbank. Oli versuchte, sich zwischen sie zu quetschen, doch Trey stieß ihn mit dem Gesicht nach unten in die Lücke zwischen den vorderen und hinteren Sitzen und drückte ihn mit einem Bauarbeiterstiefel nieder.

»Glaubst du, ich würde nicht merken, dass du es warst, der den Schlüssel geklaut hat?«, rief Trey. »Ich war gut zu dir, Oliver. Ich habe dir Jobs gegeben, als alle anderen sagten, du seist zu jung, als dass man dir trauen könnte. Und so dankst du es mir?«

Trey hatte einen Stiefel auf Olis Rücken gestellt und trat ihm mit dem anderen seitlich an den Kopf. Nicht mit voller Wucht, aber kräftig genug, dass Oli aufkeuchte.

»Dir mangelt es an Respekt!«, brüllte Trey. »Du hast es ernsthaft versaut!«

James spürte, wie sein Herz schneller schlug, als er den Motor des Focus startete. Er wollte nicht zu weit zurückbleiben, doch da er Daniels und Leons Telefon orten konnte, war es kein Problem, wenn er den VW aus dem Blick verlor.

Ein hereinkommender Fiat versperrte ihm kurz den Weg vom Parkplatz, dann kam ein Mann mit einem Einkaufswagen. Leons Trackersignal schien stehen geblieben zu sein. James vermutete, dass sie an einer Ampel standen, doch nach dreihundert Metern und einer Abbiegung zu einer Nebenstraße sah er den VW in einer gepflasterten Einfahrt stehen, die zu einem schäbigen kleinen Schuppen führte. Treys Schläger/Fahrer schloss gerade die Tür.

James parkte auf der anderen Straßenseite und nahm ein Lasermikrofon aus dem Überwachungskoffer, damit er mithören konnte. Trey stieß Oli im Inneren des Schuppens gegen eine abgenutzte Werkbank.

»Siehst du diesen Schraubstock?«, schrie Trey und hielt Oli direkt mit der Nase davor. »Eine Lüge, ein dummer Spruch, und ich werde ihn dazu benutzen, dir jeden Knochen in der Hand zu brechen, verstanden?«

Die Zwillinge standen daneben, atmeten Sägemehl ein und betrachteten eine große Tischsäge, eine Drehbank und ein paar andere Werkzeuge zur Holzbearbeitung. Rostige Farbdosen und halb fertiggestellte Fensterrahmen ließen vermuten, dass hier schon lange niemand mehr gearbeitet hatte.

»Wo sind die Laptops?«, wollte Trey wissen.

Oli sah ängstlich aus, zuckte aber mit den Achseln. »Hab ich verkauft.«

»An wen?«

»Das weiß nur ich.«

Trey packte Oli am Genick, hob ihn mit einer Hand hoch und knallte ihn hart auf den Tisch. Auch wenn Leon und Daniel nicht mit James kommunizieren konnten, waren sie doch imstande, ihre Lage selbst einzuschätzen. Treys Fahrer war groß, aber wenn sie ihn überraschten, konnten sie ihn wahrscheinlich überwältigen. Bei Trey war das wegen der Waffe schwieriger, aber es würde ihm schwerfallen, sie schnell zu ziehen, solange er Oli festhielt.

»Willst du dich mit mir anlegen, du Lümmel?«, brüllte Trey. »Ich bring dich um!«

»Wenn du das machst, findest du deine Laptops nie. Und was wird dein Onkel sagen, wenn er feststellt, dass du dir von einem Schuljungen den Schlüssel von der Druckerei hast klauen lassen und der Laden Schrott ist?«

Trey hielt Olis Handgelenke mit einer Hand hinter seinem Rücken und holte mit der anderen einen Presslufttacker von einem Regal unter der Werkbank hervor.

»Letzte Chance, Oliver!«

»Was ist denn auf den Laptops, Trey?«, neckte ihn Oli.

»Was wird denn Onkelchen sagen, wenn er erfährt, dass du sie verloren hast?«

In dem Presslufttacker befand sich eine Patrone voller kräftiger Tackerklammern, die dünne Sperrholzplatten durchschlagen konnten, wie sie sich zum Beispiel in Schubladen oder an den Rückseiten von Küchenschränken fanden. Als Trey den Abzug drückte, gab es einen leisen Knall und eine Klammer mit 10 mm langen Enden fuhr Oli in den Handrücken.

»Sag es mir sofort oder ich kreuzige dich!«, schrie Trey.

Oli schrie vor Schmerz auf, als Trey den Tacker erneut hob, um abzudrücken.

»Neiiin!«, jaulte Oli mit tränenüberströmtem Gesicht. »Bei einem Pfandleiher.«

»Wo?«

»Booth Street, am Bahnhof.«

Trey wandte sich zu seinem Fahrer.

»Überprüf das. Und sieh nach, ob wir es dahin schaffen, bevor sie schließen.« Dann brüllte er Oli an: »Wie kannst du es wagen, mich zu bestehlen?«

Er schoss eine weitere Metallklammer in Olis Hand. Während der Zwölfjährige aufschrie, sah Leon, dass der Fahrer völlig darauf konzentriert war, an seinem Telefon zu googeln. Er blickte zu Daniel, der kurz in Richtung Trey nickte.

»Klar«, murmelte Leon.

Er warf sich auf den Fahrer und traf ihn mit einem hoch gezielten Tritt aus der Drehung an der Schläfe, der ihn bewusstlos werden ließ. Noch während er fiel, schnappte sich Daniel ein Stück Holz, das an der Wand lehnte, und stieß es Trey kräftig in den Bauch. Der keuchte auf und Daniel brachte ihn mit einem Tritt in die Kniekehle zu Fall und riss ihm den Tacker weg. CHERUB-Agenten werden zwar dazu ausgebildet, nur ein Minimum an Gewalt einzusetzen, doch Daniel hatte nicht viel übrig für Leute, die zwölfjährige Jungen mit dem Tacker traktierten. Selbst wenn fraglicher Zwölfjähriger ein verlogener Mistkerl war …

»Und wie gefällt dir das hier?«, schrie er, hielt Trey den Tacker an den Hintern und feuerte ihm drei Klammern durch die Jeans.

»He!«, rief Leon, klimperte mit den VW-Schlüsseln und versetzte Daniel einen Stoß. »Wir haben schon genug Probleme!«

Daniel wusste, dass sein Bruder recht hatte, also holte er mit dem Werkzeug aus und schlug Trey damit bewusstlos, anstatt eine weitere Klammer abzufeuern. Dann bückte er sich, nahm ihm dem Revolver weg und überprüfte instinktiv den Lauf, bevor er ihn in die Tasche seiner Trainingshose steckte.

»Eine mickrige Kugel«, bemerkte er und stieß seinen Bruder an.

Oli brüllte wie am Spieß, und als die Zwillinge zu ihm kamen, sahen sie, dass zwar die erste Tackerklammer nicht viel Schaden angerichtet hatte, die zweite aber tief im Knochen seines Zeigefingers saß.

»Eklig«, fand Leon.

In gewissem Maße tat Oli den Zwillingen leid, denn trotz all seiner Fehler war er ein Kind, das schon einiges durchgemacht und es nicht leicht gehabt hatte. Doch für die Mission mussten sie ihre Rolle beibehalten und Oli hatte sie belogen und betrogen.

»Wo ist das Geld, das du heute bekommen hast?«, fragte Leon.

Oli hatte Tränen in den Augen.

»In meinen Shorts«, schluchzte er.

Leon brauchte ein paar Sekunden, um das zu begreifen, und als er Olis Jacke anhob, sah er, dass er Shorts mit Taschen unter seiner Jeans trug.

»Das Geld gehört uns«, erklärte Leon, riss eine Tasche mit Klettverschluss auf und nahm mehrere Hundert Pfund in Zwanzigern heraus.

»Alles«, fügte Daniel hinzu.

»Bitte«, schniefte Oli.

»Hier sind sechshundert Pfund«, stellte Leon zufrieden fest. »Irgendwas dagegen?«

In Olis Blick flackerte Wut auf, doch er seufzte nur: »Es gehört euch. Tut mir leid, ja?«

Treys Fahrer kam wieder zu sich und wollte zur Tür.

»Keine Bewegung!«, schrie Leon, winkte mit dem Tacker und unterstrich seine Drohung, indem er ein paar Schüsse in die Decke feuerte.

Daniel half dem stöhnenden Oli von der Werkbank herunter.

»Dann bringen wir dich mal besser ins Krankenhaus«, meinte Daniel und zog ein Papiertuch aus einem Spender. »Wickel dir das hier um die Hand.«

»Ich fahre«, verkündete Leon und klimperte mit den VW-Schlüsseln.

17

Freja war gebürtige Dänin, Anfang sechzig und hatte hexenartiges graues Haar. Mit Bewegungen, die zu einer wesentlich jüngeren Frau gepasst hätten, öffnete sie die Tür zu ihrem kleinen Laden. Er lag in einer Seitenstraße in der Nähe des Bahnhofs Birmingham New Station. Als sie hinaustrat, um ein Schild mit der Aufschrift *Wir kaufen Gold gegen* £££ aufzustellen, wartete schon ein Kunde im Anzug auf sie.

Er wollte eine neue Batterie für seine Uhr. Freja zog ein Dutzend kleiner Plastikschubladen hinter dem Tresen auf, bis sie die richtige Größe gefunden hatte. Sie verlangte vier Pfund und bot ihm an, sie kostenlos einzusetzen, doch er schien es eilig zu haben und sagte, er wolle es selbst machen. Während sie die ersten Tageseinnahmen in die Kasse legte, hörte Freja die Glocke über der Tür und sah im Glasschrank mit den gebrauchten Kameras die Gestalten zweier großer Männer gespiegelt.

»Guten Morgen, meine Herren.«

Trey hatte die meiste Zeit des gestrigen Abends in der Notaufnahme verbracht. Unter seiner Hose befand sich ein Verband über der Stelle, wo man ihm die drei Klammern aus dem Fleisch gezogen hatte. Mit seinen großen Händen trommelte er auf den Tresen.

»Gestern war ein Junge hier«, begann er. »Untersetztes Kerlchen. Vier MacBooks Air, die mir gehören. Ich will keinen Ärger machen; ich zahle zurück, was auch immer Sie dem Jungen gegeben haben.«

Treys Fahrer hinter ihm zog ein Bündel Fünfzig-Pfund-Scheine hervor.

»Sechshundert waren das, nicht wahr?«

Freja erstarrte. Sie machte den Eindruck, als hätte sie derartige Situationen schon öfters erlebt. In diesem Moment drehte sich der Fahrer um, verschloss die Tür und drehte das Schild an der Ladentür auf *Geschlossen*.

»In diesem Laden lagern wir keine Laptops oder anderen hochwertigen Geräte«, erklärte Freja. »Ich habe gestern nicht gearbeitet. Aber wenn mein Kollege einen Computer gekauft hat, dann wird er ihn zu unserem Verkäufer gebracht haben. Da werden die Geräte entweder in ihre Einzelteile zerlegt oder die Daten gelöscht und wir verkaufen sie auf E-Bay.«

»Können Sie sie zurückbekommen?«, fragte Trey. »Auf den Geräten sind Daten, die für uns wichtig sind. Ich biete Ihnen zweihundert extra für Ihre Mühe.«

Diese Aussicht ließ Freja leise lächeln.

»Ich sehe mal nach.«

Die alte Dänin musste erst den alten Windows-PC hinter der Kasse hochfahren.

»Zahlen Sie öfters Kindern Geld, die die Schule schwänzen?«, erkundigte sich Trey und versuchte, etwas drohend zu klingen. »Sie haben Glück, dass ich nicht zur Polizei gegangen bin.«

Freja lächelte ihn verkrampft an, loggte sich in ihren Computer ein und suchte in einer Datenbank nach den Rechnungen vom letzten Nachmittag.

»Ich arbeite hier schon seit über zwölf Jahren«, meinte sie verschmitzt. »Nach meiner Erfahrung gehen die Leute entweder gleich zur Polizei oder gar nicht.«

Trey versuchte böse dreinzublicken, trommelte aber nur weiter mit den Fingern und hielt den Mund.

»Sechshundert, Vier-Mal-Dreizehn-Zoll-MacBook-Computer«, verkündete Freja schließlich und drehte den Monitor, sodass Trey ihn sehen konnte. »Ich kann unseren Vertrieb anrufen und fragen, ob wir sie zurückbekommen können, bevor die Daten gelöscht werden.«

Trey nickte und sah dann gespannt zu, wie Freja zu einem altmodischen Schnurtelefon mit einer verdrehten Kordel griff. Es war nur ein kurzes Gespräch.

»Sie haben Glück«, meinte sie. »Es dauert ein paar Tage, bis die Sachen bearbeitet werden. Unser Verkäufer kann die Laptops zurückbringen, wenn er heute Abend seine Runde macht. Achthundert Pfund decken unsere Ausgaben und unsere Bearbeitungsgebühren. Ich schlage vor, Sie schauen kurz vor Ladenschluss um sechs Uhr noch einmal herein. Oder gleich morgen früh.«

Trey sah enttäuscht aus, doch eine rasche Abwicklung interessierte ihn mehr als die zusätzlichen zweihundert Pfund.

»Besteht eine Möglichkeit, die Computer früher zu bekommen?«

»Der Verkäufer sitzt in Watford«, erklärte Freja. »Wenn Sie mir Ihre Handynummer hier lassen, rufe ich Sie gerne an, sobald sie hier sind.«

Trey schüttelte den Kopf und schrieb dann seine Nummer auf einen Goldankauf-Flyer.

Nachdem die beiden großen Männer gegangen waren, nahm Freja das Blatt mit in ein Hinterzimmer, das durch einen Perlenvorhang vom Rest des Ladens abgetrennt war.

Abgesehen von einem Wasserkocher und einem Toaster war der Raum bis zur Decke mit Krempel vollgestopft, von alten Zeitungen über Pappschachteln voller kaputter Elektrogeräte bis zu Regalen mit Musikinstrumenten.

In einer Ecke stand ein winziger Schreibtisch, an dem James Adams vor vier offenen MacBooks saß. Da sie alle gesichert und verschlüsselt waren, hatte er die Rückseiten abgeschraubt und fertigte mit Hilfe seines eigenen Laptops Bit-für-Bit-Kopien der Festplatten an.

»Das haben Sie richtig gut gemacht«, sagte er freundlich.

Freja lächelte.

»Ich bin schon seit fünfundzwanzig Jahren in dem Geschäft. Man gewöhnt sich daran, dass einem die Cops Fragen stellen und dass Leute ihre Sachen zurückwollen. Wie lange wird es dauern, bis die Festplatten kopiert sind?«

»Ein paar Stunden«, meinte James.

»Warum nehmen Sie die Dinger nicht einfach mit?«

James lächelte. »Die Informationen sind meist wertvoller, wenn die bösen Jungs nicht wissen, dass man sie hat.«

»Und um was geht es nun, Detective?«, erkundigte sich Freja. »Muss ich mir Sorgen machen?«

»Ich bin da an etwas dran«, meinte James. »Aber zu diesem Zeitpunkt habe ich noch keine Ahnung, was dieses Etwas sein könnte.«

*

Kurz nach vier Uhr nachmittags bekam Trey seine Laptops zurück. Neunzig Minuten später kam der Haupteinsatzleiter von CHERUB, John Jones, in Birmingham an und setzte sich mit James, Leon und Daniel an den Esstisch in der Wohnung über Morrison's.

»Zwei Stück Zucker«, sagte James und stellte einen angeschlagenen Becher mit der Aufschrift *Die beste Tante der Welt* vor seinen Boss.

»Und was war auf den Laptops?«, wollte Leon wissen.

»Die verschlüsselten Daten wurden in die GCHQ-Dechiffrierungs-Zentrale in Cheltenham geschickt«, begann James, setzte sich neben Daniel und zog einen Schokoladenkeks aus einer Packung. »Den unverschlüsselten Daten nach wurden zwei der MacBooks in der Druckerei zur Bearbeitung von Broschüren, Flyern, E-Mails und anderem Bürokram benutzt. Die beiden anderen sind interessanter. Auf dem einen fanden sich eine Menge Poster und Flyerentwürfe für islamische Gruppierungen, was bedeutet, wir müssen überprüfen, ob es sich bei den Drucksachen um Broschüren und Banner für extremistische Gruppierungen handelt. Wir haben auch Webdesign-Software und Hinweise darauf gefunden, dass man mit dem Computer Webseiten für extremistische Organisationen entwickelt und gepflegt hat.

Der vierte Laptop hat höhere Spezifikationen als die anderen. Login und E-Mail-Daten lassen uns vermuten, dass er für ähnliche Zwecke genutzt wurde. Die Festplatte wurde partitioniert und der eine Teil wurde mit einer 512-Bit-Verschlüsselung versehen. Es befinden sich mehrere Hundert Megabyte Daten darauf, und ich vermute, dass es diese Daten sind, die Trey unbedingt zurückhaben wollte.«

»Wie lange wird die Entschlüsselung dauern?«, wollte Daniel wissen.

Leon ließ es gern raushängen, wenn er mehr als sein Bruder wusste.

»512 Bits kann man nicht entschlüsseln, du Depp.«

James nickte. »Eine Entschlüsselung mit brutaler Gewalt würde selbst mit den schnellsten Computern Jahrzehnte dauern. Aber die grundlegende Schwachstelle jeder Verschlüsselung ist, dass irgendwo irgendjemand diesen Schlüssel kennen muss.«

»Während sich James auf die Rechner konzentriert hat«, meldete sich John zu Wort, »habe ich mal ein wenig mehr über Trey Al-Zeid nachgeforscht. Wir haben uns mit der Polizei vor Ort unterhalten. Sie unterstützen Olis Vermutung, dass er etwas mit der Erpressung von Schutzgeldern von Taxigesellschaften, Läden und Gaststätten hier in der Gegend zu tun hat. Allerdings können sie nicht genau sagen, wohin sein Geld verschwindet.

In der Gemeinde gehen Gerüchte um, dass mit dem Geld militante islamische Gruppierungen in Nordafrika und dem Nahen Osten unterstützt werden. Andere wiederum behaupten, das sei alles Schall und Rauch und dass Trey einer größeren Bande von Schutzgelderpressern angehört.«

»Es ist recht unwahrscheinlich, dass man sich mit seinem Schutzgelderpresser anlegt, wenn man befürchten muss, dass der etwas mit schwerem Terrorismus zu tun hat«, warf James ein.

»Treys Vater gehört eines der größten Taxiunternehmen in Birmingham, und man vermutet, dass er etwas mit der Schutzgelderpressung zu tun hat, doch der eigentliche Drahtzieher scheint jemand zu sein, den alle Onkel nennen. In den letzten Jahren wurde er ein paarmal bei verschiedenen Ereignissen fotografiert, doch bislang konnte er seinen Namen gut geheim halten.«

Leon nickte wissend.

»Oli hat zu Trey etwas davon gesagt, dass sein Onkel wütend werden würde wegen der gestohlenen Laptops. Dieser Rechner enthält also wahrscheinlich Informationen über Onkels Identität und darüber, wo das Geld aus den Erpressungen hinfließt.«

James und John nickten.

»Ich denke, wir können mit Fug und Recht davon ausgehen, dass der Rekrutierungsteil dieser Mission gestorben ist«, meinte James. »Oli ist zwar clever genug für einen CHERUB-Agenten, aber er ist einfach zu …«

Während er noch nach einer korrekten Formulierung

für seinen Boss suchte, beendete Daniel den Satz für ihn:

»Oli ist der ekelhafteste Junge, der mir je begegnet ist.«

James nickte zustimmend.

»Ihr beide habt ihn zwar vor Trey gerettet, aber ich denke, wir können davon ausgehen, dass er ihn sich erneut schnappen wird. Wir werden also dafür sorgen, dass er einen neuen Nachnamen bekommt und in ein Pflegeheim ein paar Hundert Meilen entfernt von hier verlegt wird.«

»Können wir der Welt nicht einen Gefallen tun und ihn erschießen?«, fragte Daniel dreist.

»Ich wünschte es.« James grinste. »Besonders da ich es bin, der ein neues Pflegeheim suchen und den ganzen Papierkrieg für seine Verlegung führen muss.«

»Dann bleiben wir also noch eine Weile länger?«, fragte Leon.

James nickte. Die Zwillinge lächelten, denn das bedeutete, dass ihnen noch mehr schweres Training auf dem Campus erspart blieb. Doch Daniel kam noch ein anderer Gedanke.

»Ich habe Trey ein paarmal getackert und ihm seinen Revolver geklaut.«

»Und wir haben die sechshundert genommen, die Oli für die Laptops bekommen hat«, fügte Leon hinzu.

»Wir sind also nicht gerade die Lieblinge des Monats«, schloss Daniel.

James und John grinsten sich an.

»Wir werden daran arbeiten müssen, dass ihr bei Trey wieder gut angesehen seid«, meinte James. »Keine Sorge, ich habe da so ein paar Ideen.«

18

Gurbir rief Rhea nach, die langbeinig am Büro vorbeistelzte, in einer Schuluniform, die gegen mindestens zehn Regeln verstieß.

»Was denn jetzt schon wieder, Gurbilein?«, fragte Rhea und ließ verächtlich ihre Kaugummiblase platzen, als sie ins Büro sah. Doch ihr Ausdruck erhellte sich sofort, als sie einen gut aussehenden Siebzehnjährigen auf einem Plastikstuhl sitzen sah, mit einem hellgelben North-Face-Rucksack vor den Füßen.

»Das ist Ryan«, stellte Gurbir vor. »Ich muss telefonieren, könntest du ihn vielleicht zu Zimmer dreizehn bringen?«

»Olis Zimmer?«, wunderte sich Rhea.

»Oli wurde zu einer Pflegefamilie etwas weiter weg verlegt«, erklärte Gurbir.

Rhea zog die Brauen hoch.

»Gut, dass wir den kleinen Scheißer los sind.«

Gurbir lächelte schwach und Rhea winkte Ryan mit einem lila Fingernagel.

»Kommst du?«

Ryan schwang sich den gelben Rucksack über die Schulter und schnappte sich eine Reisetasche. Auf dem Weg durch den Speisesaal betrachtete er Rhea, ein wenig abgestoßen von dem Zigarettengestank, der von ihr ausging.

»Deine Jeans gefallen mir«, sagte Rhea.

»Danke«, sagte Ryan. »Diesel. Habe ich mir von meinem Geburtstagsgeld gekauft.«

»Ich mag es, wenn sie so eng sind, dass man es sieht, wenn sie sich vorne ausbeulen«, meinte Rhea und rief, als Ryan panisch an sich heruntersah: »Reingelegt!«

»Bist du schon lange hier?«

»Zu lange und noch drei Monate in der sicheren Abteilung«, erklärte Rhea und trat die halb offene Tür zu Olis Zimmer ganz auf. Es war gelüftet worden, und das Bett war frisch bezogen, aber Olis Aston-Villa-Poster hingen noch an der Wand.

Das Bett quietschte, als der große Rucksack darauf landete.

»Vielleicht zeige ich dir ja mal die Gegend«, schlug Rhea vor und trat näher. »Das heißt, wenn du willst.«

»Klar doch«, lächelte Ryan.

»He, du Wichser!«, rief Daniel, der ins Zimmer gelaufen kam und seinem großen Bruder einen freundschaftlichen Knuff in die Schulter versetzte. »Wie war die Zugfahrt?«

Hinter ihm kam Leon herein und erschrak. Er wurde sich bewusst, dass Rhea ein Jahr älter war als er selbst, und wenn sie hohe Schuhe trug, war sie genauso groß wie er. Ryan war fast einen Kopf größer, wodurch sie so aussah, als wäre sie die perfekte Freundin für ihn.

»Ich habe dich vermisst«, behauptete er und markierte sein Revier mit einem Kuss. Rhea ließ ihn widerwillig über sich ergehen und trat dann zurück.

»Du hast mich seit dem Frühstück vermisst?«, fragte sie ungläubig und schüttelte den Kopf. Dann lächelte sie Ryan an. »Ihr seid also Brüder? Die Ähnlichkeit ist unverkennbar.«

»Ich habe den ganzen Anteil an gutem Aussehen und Intelligenz mitbekommen«, erklärte Ryan, »die Zwillinge nur je eine Hälfte.«

»Leck mich«, grinste Daniel, doch Leon war zu eifersüchtig, um ebenfalls zu lächeln.

»Ich lasse euch Brüder dann mal allein«, meinte Rhea und genoss Leons Unbehagen, als sie Ryan beim Hinausgehen zuzwinkerte.

»Sollen wir in mein Zimmer gehen?«, fragte Leon, doch Rhea machte sich nicht einmal die Mühe, zu antworten.

»Schick«, grinste Ryan. Er wollte sich zwar nicht einmischen, konnte aber nicht widerstehen, seinen kleinen Bruder zu ärgern.

»Ich hab sie zuerst gesehen!«, erklärte Leon, sobald Rhea außer Sichtweite war.

»Stell dich nicht so an«, meinte Ryan. »Sie hat angefangen, mit mir zu flirten. Woher sollte ich wissen, was da läuft?«

»Wenn ich so aussehen würde wie Leon, würde ich mir auch Sorgen machen«, warf Daniel ein.

»Ha!«, erwiderte Leon. »Wann hast du denn das letzte Mal mit jemandem rumgeknutscht, du Hengst?«

Nach ganzen zwei Minuten war Ryan wieder eingefallen, dass er seine beiden Zwillingsbrüder theoretisch zwar liebte, dass es aber extrem nervig war, tatsächlich mit ihnen zusammen zu sein.

»Ich habe mit James gesprochen, bevor ich hierherkam«, sagte er in dem Versuch, die Leitung zu übernehmen. »Ich packe aus, esse etwas, und dann gehen wir Trey besuchen.«

*

Ryan hatte einen alten Peugeot 208 bekommen und fuhr mit seinen Brüdern in südlicher Richtung ein paar Kilometer bis nach Edgbaston zu einem Einfamilienhaus mit einer moosüberwachsenen Einfahrt. Neben einem siebensitzigen Citroën mit alten Kindersitzen stand ein

BMW M3-Coupé. Das war zwar nicht luxuriös, aber ziemlich beeindruckend für jemanden, dessen einziger offizieller Job darin bestand, als Teilzeit-Controller im Taxiunternehmen seines Vaters zu arbeiten.

Die Frau an der Tür wirkte gestresst. Zwei kleine Kinder liefen halb nackt herum, in der Mikrowelle wurden gerade Fläschchen sterilisiert, die Waschmaschine lief, und auf dem Herd kochte Essen.

»Wir brauchen keine überteuerten Putzmittel«, sagte sie müde und wollte die Tür zuschieben, bevor sie noch ganz offen war. »Steht auf dem Schild: Hausieren verboten.«

»Wir kommen, um Ihren Mann zu sprechen«, erklärte Ryan höflich, »wenn Sie Mrs Al-Zeid sind.«

»Er erwartet uns«, fügte Leon hinzu.

Die Frau grunzte, wischte sich mit dem Handrücken über die fettige Stirn und rief nach oben: »Trey, hier sind drei Jungen!«

»Was für Jungen?«, rief Trey zurück. »Sag ihnen, sie sollen verschwinden!«

»Sie sagen, du erwartest sie.«

»Ich erwarte keinen …«

Der Rest seines Satzes ging unter, weil eines der Kinder in der Küche ausgerutscht war und anfing zu heulen.

»Komm einfach runter«, schrie die Frau, ließ die Türe offen und eilte in die Küche, um ein aufgeregtes Kleinkind zu beruhigen. »Als hätte ich nicht schon genug zu tun!«

Die Jungen ergriffen die Gelegenheit, einzutreten. Es roch nach Bleichmittel, und aus einer Tür sah ein Kleinkind, das wissen wollte, wer da gekommen war. Daniel nutzte den Augenblick, um ein winziges Abhörgerät hinter einem Heizkörper an der Wand anzubringen.

»Was zum Teufel soll das?«, fuhr Trey auf, der, eine

Hand an seinem Hintern, in einem Sonics-Basketballshirt oben an der Treppe auftauchte. »Das hier ist mein Zuhause! Legt euch lieber nicht mit mir an!«

Als er die Treppe hinunterhumpelte, sah er zunächst Ryan. Er kannte ihn nicht, dafür aber erkannte er die Zwillinge und zog wütend die Augenbrauen hoch.

»Ihr habt ja Nerven!«, rief er. »Woher wisst ihr überhaupt, wo ich wohne?«

»Das ist nicht schwer, wenn man schlau ist«, erwiderte Ryan, ohne ins Detail zu gehen. »Ich dache, es sei besser, Sie hier abzufangen als im Taxibüro, wo Sie von Ihren Kumpels umgeben sind.«

Damit zog er den kleinen Revolver hervor, den Lauf auf den Boden gerichtet. Die Trommel war offen, sodass er nicht abgefeuert werden konnte.

»Ein teures Stück«, bemerkte er, als Trey danach griff.

»Wo sind die Kugeln?«

»Das ist eine Geste guten Willens«, sagte Ryan. »Aber sehe ich aus, als wäre ich dumm genug, einem potenziellen Feind eine geladene Waffe zu geben?«

Trey grunzte.

»Weshalb seid ihr hier?«

»Ich bin gerade zu den beiden nach Nurtrust gezogen«, erklärte Ryan. »Sie sind hier ein einflussreicher Mann. Meine Brüder und ich wollen Sie nicht zum Feind haben.«

»Immerhin haben wir Ihnen geholfen, Oli zu finden«, fügte Daniel hinzu.

Der Zwerg in der Küche hatte endlich aufgehört zu brüllen, daher zog Trey die Küchentür zu, damit seine Frau nicht mithören konnte.

»Dieser Scheißkerl«, zischte er und deutete auf Leon, »dieser Scheißkerl hat mir drei Metallklammern in den Hintern geschossen! Ich kann nicht sitzen und mein Fahrer hat eine gebrochene Nase.«

»Durch Jeans und Unterhose«, verwahrte sich Daniel. »Und nicht in den Knochen wie bei Oli.«

»Sie haben meine Brüder als Geiseln genommen«, sagte Ryan ruhig. »Was sie getan haben, geschah aus Angst. Aber eigentlich hat Oli den ganzen Ärger verursacht.«

»Und warum entschuldigt *er* sich nicht?«

»Oli ist weg«, sagte Daniel. »Neues Pflegeheim.«

»Wo?«

Die Zwillinge zuckten mit den Achseln.

»Wir sind jung und fit«, erklärte Ryan. »Und meine Brüder wollen nicht in Furcht vor Rache leben.«

»Wir werden arbeiten«, erklärte Daniel.

»Botengänge, Jobs. Wie die, die Sie Oli gegeben haben.«

Trey hielt inne und fuhr sich mit der Hand über die Bartstoppeln.

»Schönes Chaos, was ihr angerichtet habt. Nicht nur die Druckerei. Das Wasser ist bis in den Laden darunter geflossen. Der muss total renoviert werden.«

»Was ist mit der Versicherung?«, fragte Leon.

Trey schnaubte.

»Das Überfluten war eine kriminelle Handlung, daher will die Versicherung einen Polizeibericht. Und ich will nicht, dass die Cops da herumschnüffeln.«

Wissend nickten die Brüder.

»Also muss alles raus«, erklärte Trey. »Oben und im Laden darunter. Ich besorge euch einen Laster. Ihr kommt morgen nach der Schule und fangt an, alles auszuräumen, was beschädigt worden ist. Ich denke, das wird ein paar Abende dauern, vielleicht auch noch einen Teil des Samstags. Am Montag kommt der neue Teppich, bis dahin muss also alles fertig sein.«

»Klingt fair«, fand Ryan. »Ich werde meinen Brüdern helfen. Und dann sind wir quitt?«

»Na, so ungefähr«, meinte Trey. »Und natürlich will ich die sechshundert zurück, die ihr Oli abgenommen habt.«

Lächelnd zog Ryan einen Umschlag aus der Tasche.

»Ihre Kugel und sechshundert in bar.«

Trey schnappte sich den Umschlag.

»Morgen nach der Schule«, bestimmte er und drohte ihnen mit dem Finger. »Und ihr erzählt lieber niemandem von meiner Adresse. Nächstes Mal, wenn ihr mich sehen wollt, ruft ihr im Taxibüro an und macht einen Termin aus, wie jeder andere.«

19

Monty war gerade mal Anfang zwanzig, spindeldürr und hatte fettiges Haar.

»Da habt ihr ja eine schöne Sauerei angerichtet«, stellte er fest, als er die Tür zu dem Büro mit dem Schild *Sunray Travel Agents* aufschloss und das Licht anschaltete.

In dem demolierten Raum summten lautstark zwei Gebäudetrockner, die die Feuchtigkeit aus der Luft saugten und durch lange Schläuche in die Toilette pumpten. Bei den beiden ersten Schritten spürte Ryan noch nichts, doch beim dritten quatschte der Teppich unter seinen Schuhen.

»Ihr müsst alles rausbringen, was kaputt ist«, befahl Monty, der über den nassen Teppich ging und auf den Druckerraum deutete. »Das nasse Papier fliegt unten in den Müll und dann müssen die Teppichfliesen entfernt werden.«

Das Papier wegzuwerfen dauerte nicht lange, doch die Teppichfliesen waren höllisch. Mit einem Teppichmesser bewaffnet gingen die Jungen in je einer Ecke auf die Knie und begannen mit der Arbeit. Einige Fliesen ließen sich mit einem kräftigen Ruck losreißen, aber da, wo viel Kleber verwendet worden war, mussten sie sie Stück für Stück abkratzen.

Nach zwanzig Minuten hatte Ryan neun von über vierhundert Fliesen entfernt. Seine Jeans waren nass, seine Knie und Ellbogen schmerzten, und an seinen Fingern klebte die braune Paste, mit denen die Fliesen an den Boden geklebt worden waren.

»Ihr solltet euch beeilen«, bemerkte Monty, als er einen schick gekleideten Techniker hereinführte.

Ryan arbeitete sich am Rand der Zwischenwand zwischen den Schreibtischen und dem Druckraum entlang und sah dem Techniker zu, wie er den Drucker auseinandernahm.

»Die Dinger vertragen es nicht, wenn sie gewässert werden«, sagte der Techniker zu Monty. »Diese Maschine ist im Eimer. Es ist billiger, eine neue oder eine überholte zu kaufen.«

»Nein«, erklärte Monty. »Wir haben einen großen Auftrag für nächste Woche. Da muss die Maschine wieder laufen.«

Der Techniker nickte verständnisvoll.

»In unserem Laden haben wir ein Demogerät, das wir Ihnen selbstverständlich gerne für den Druck zur Verfügung stellen, und Ende nächster Woche können wir Ihnen ein neues 950L-Modell liefern.«

Seufzend klopfte Monty auf das Gerät.

»Dieses Gerät hier muss am Dienstag wieder laufen. Ich zahle extra, wenn Sie das Wochenende über daran arbeiten.«

»Mit dem neuen 950L können Sie auch in Neonfarben drucken und bekommen einen zweijährigen Garantievertrag«, fuhr der Techniker fort.

Entsetzt deutete Monty auf die Tür.

»Mein Boss will, dass hier alles sauber ist und glatt läuft, wenn er am Dienstagnachmittag mit *seinem* Boss hier ankommt.«

Der Techniker trat zurück und wischte sich mit einem Lappen den Toner von den Fingern.

»Ich würde Ihnen ja gerne helfen, aber ich könnte

eine Woche an diesem Gerät arbeiten, ohne für den Erfolg garantieren zu können. Diese Dinger sind einfach nicht dafür gemacht, dass man Wasser hineingießt.«

Die Jungen rissen weiter an den Teppichfliesen, während Monty den Techniker aus dem Gebäude begleitete.

»Der mysteriöse Onkel wird also am Dienstag hier auftauchen«, flüsterte Daniel.

»Klingt ganz so«, bestätigte Ryan.

Wie bei den meisten Sachen hatten die Jungen beim Fliesenentfernen nach einer Weile den Bogen raus und hatten bis um neun Uhr abends fast die Hälfte davon fertig. Monty arbeitete im hinteren Teil des Raumes an einem Mac Pro, um neue Speisekarten für ein Restaurant zu entwerfen.

Während der Arbeit verteilten die Jungen Abhörgeräte unter allen Tischen und brachten zusätzlich spezielle Hochfrequenzmikrofone an, mit denen Tastenanschläge aufgezeichnet werden konnten. Auch wenn das Geräusch für menschliche Ohren immer gleich klang, war es mit spezieller Abhörsoftware möglich, die geringsten Klangunterschiede für die verschiedenen Tastentöne auszumachen und mithilfe einer einfachen Dechiffrierungstechnik herauszufinden, was geschrieben worden war.

Nach zehn Uhr hatten die Sharma-Brüder drei Viertel der Teppichfliesen entfernt, als sie Monty nach unten in den Laden schickte.

»Können wir bald aufhören?«, erkundigte sich Leon. »Mir tun schon die Knie weh von der ganzen Herumkriecherei!«

Die Antwort lautete Nein. Unten war ein offener Laster rückwärts vorgefahren und ein Mann im Overall hatte das Stahlgatter vor dem Laden aufgeschlossen. Entsetzt betrachteten die Jungen das Durcheinander, das sich dahinter verbarg.

Es war früher ein Lebensmittelladen gewesen, voller alter Metallregale für Lebensmittel, Zeitschriften und andere Dinge. Hinten war ein großer leerer Platz, wo früher ein Kühlregal für Milch und Bier gestanden hatte.

An der Stelle, wo sich das Wasser von oben gesammelt hatte, beulte sich die Decke. Auf der linken Seite war die Decke völlig eingebrochen und hatte ein Loch hinterlassen, durch das man hätte hindurchsteigen können. Nur die Neonröhren hingen noch herunter. Auf dem PVC-Boden war das Wasser getrocknet, doch da es durch Beton und Putz gesickert war, hatte es eine pinkfarbene Schicht mit Ablagerungen hinterlassen.

Der Mann im Overall war ein Riese mit umwerfendem Körpergeruch und der Tätowierung BEAST auf den Fingerknöcheln.

»Alles, was aus Metall ist, kommt auf den Laster«, erklärte Beast und hämmerte so kräftig auf ein Metallregal, dass es einknickte und scheppernd zu Boden fiel. »Ich will vor eins zu Hause sein. Also werde ich hart arbeiten und ihr werdet dasselbe tun. Kapiert?«

»Kapiert«, erwiderte Leon und erntete ein Stirnrunzeln dafür, dass er es wagte, dabei zu grinsen.

Mit ohrenbetäubendem Lärm stürzten sich die drei Jungen und Beast auf die Ladeneinrichtung, rissen Regale heraus und hieben auf die, die sich nicht bewegen ließen, mit Gummihämmern ein. Am Ende hatten die Brüder alle kleine Schnitte an den Händen und ihre schweißdurchtränkten Kleidungsstücke waren mit Gipsstaub bedeckt.

»Einer von euch muss mir drüben beim Abladen helfen«, verkündete Beast. »Die anderen beiden können sich verdrücken.«

Ryan war der Älteste, und da er noch nicht an der Schule registriert war, musste er am nächsten Morgen nicht zum Unterricht. Es war fast Mitternacht, daher war wenig Verkehr, als sie nach Norden aus der Stadt fuhren. Die Metallregale auf der Ladefläche schepperten bei jedem Schlagloch, und auch wenn Ryan selbst alles andere als Wohlgeruch verbreitete, ließ ihn der Gestank aus Beasts dreckigem Overall fast würgen.

»Kennst du Trey?«, fragte Beast.

»Habe ihn nur einmal getroffen«, antwortete Ryan, als sie auf die A41 fuhren.

Beast grunzte.

»Trey glaubt, er könnte Onkel etwas vormachen. Wenn man mich fragt, ist es besser, die Wahrheit zu sagen.«

»Sicher«, stimmte Ryan zu.

»Besonders da Onkel ganz dicke mit Treys Vater ist. Im schlimmsten Fall bekommt Trey eine Tracht Prügel.«

»Dabei kenne ich mich nicht aus«, sagte Ryan und sah einem Motorradfahrer nach, der mindestens hundertfünfzig Stundenkilometer draufhatte. »Der bringt sich noch um.«

»Mein Sohn hat auch ein Motorrad«, erklärte Beast und lächelte leise. »Ich habe ihm gesagt, wenn du einen Unfall hast und dir die Beine brichst, brauchst du nicht zu mir gelaufen zu kommen.«

Trotz des schlechten Scherzes lachte Ryan, weil Beast Dinge wusste, die er gerne erfahren wollte.

»Was macht Onkel eigentlich genau?«, fragte er.

»Der hat seine Finger in vielen Dingen«, erklärte Beast. »Wenn man loyal ist, ist er ein guter Mann. Ich bin nicht der Klügste, aber ich arbeite schon seit zwanzig Jahren für ihn, seit ich ein Junge war. Gleich nach der Schule hat er auf dem Schrottplatz angefangen, einen Monat nach mir. Jetzt gehört Onkel der Laden und ich sammle immer noch Schrott ein.«

Sie bogen von der Umgehungsstraße auf eine Nebenstraße ab, die so holperig war, dass das Metall auf dem

Laster klapperte und Ryans nach sechs Stunden harter Arbeit schmerzender Körper durchgerüttelt wurde. Bald darauf erreichten sie einen Schrottplatz, dessen Ausmaße Ryan an eine Szene aus Breaking Bad oder andere derartige Thriller denken ließen und wo Reihen von gestapelten Autos und roten Londoner Bussen auf ihre letzte Fahrt warteten.

»Hier steht die größte Autoschrottpresse Europas«, verkündete Beast stolz und deutete nach links ins Dunkel. »Nachts müssen sie Schichtpause machen, weil sich die Leute im Wohngebiet dahinter über den Lärm beschweren. Früher haben wir jeden vermöbelt, der sich beim Stadtrat beschwert hat, aber heutzutage mahnt uns Onkel, dass wir artig sind.«

Unter schallendem Gelächter bremste er scharf und fuhr rückwärts an einen Haufen Schrottmetall heran. Dann kletterten sie beide auf die Ladefläche und verbrachten zehn Minuten damit, die Metallregale hinunterzuwerfen.

»Gibt es hier ein Klo?«, fragte Ryan.

»Nur keine Formalitäten«, lachte Beast.

Während Ryan auf das Metall pinkelte, ging Beast zu zwei Hütten und schloss die Tür der ersten, etwas klapperiger wirkenden Hütte auf. In ihr befand sich eine Art Büro mit Spinden und Schutzkleidung für die Angestellten. Die zweite Hütte war moderner, hatte Läden an den Fenstern und eine Klimaanlage auf dem Dach.

»Ist das Onkels Büro?«, erkundigte sich Ryan, als Beast herauskam und die Tür wieder abschloss.

»Er hält sich nie lange an einem Ort auf«, erwiderte Beast und reichte Ryan eine Halbliterflasche Cola, die sich kalt anfühlte.

»Hast gut gearbeitet«, stellte Beast fest, während Ryan die halbe Flasche in einem Zug leerte.

»Gibt es hier Jobs?«, erkundigte sich Ryan. »Vielleicht

etwas, was bezahlt wird? Ich bin zwar jung, aber ich kann anpacken.«

»Keine Chance«, antwortete Beast und schloss den Laster ab. Dann begab er sich zu einem alten BMW. »Außerdem sollte ein Junge in deinem Alter lieber etwas lernen.«

Ryan ging herum zur Beifahrerseite, doch Beast schüttelte den Kopf.

»Ich bin nicht dein Taxi«, grollte er. »Du nimmst den Nachtbus an der Haltestelle am Savoy Crescent. Und hau jetzt lieber ab, denn hier gibt es ein paar scharfe Wachhunde.«

Damit trat er das Gaspedal durch, sodass Ryan mit dem von den Hinterrädern auffliegenden Dreck beschossen wurde. Nachdem er den ganzen Abend geschwitzt hatte, spürte er jetzt einen kühlen Windhauch in den schweißfeuchten Jeans und dem Kapuzenshirt. Er überlegte, ob er die Hütten untersuchen, vielleicht sogar einbrechen und sich darin umsehen sollte. Doch bei CHERUB lernt man, dass man nie unvorbereitet handelt.

Also wischte er sich einen Dreckklumpen von der Wange und tippte zweimal auf sein Ohrläppchen, um das Kommunikationsgerät in seinem Ohr zu aktivieren, und trottete davon.

»Hallo, James«, meldete er sich. »Haben Sie das alles mitbekommen?«

James lachte. »Klang, als würden wir Fortschritte machen. Alles in Ordnung, Junge?«

»Ich bin erledigt«, gab Ryan zu. »Können Sie mich abholen?«

»Als du das letzte Mal auf meinem Motorrad mitgefahren bist, hast du gesagt, es sei die schlimmste Erfahrung deines Lebens gewesen«, bemerkte James, »und dass du nie wieder mit mir fahren wolltest.«

Ryan erreichte das elektronisch gesicherte Tor und

stellte fest, dass Beast es hinter sich geschlossen hatte. Er sah sich um und entdeckte ganz in der Nähe eine Lücke im Zaun.

»Nun, Sie leben noch«, meinte er, »also kann Ihre Fahrweise wohl nicht ganz so tödlich sein.«

20

Bis James Ryan bei Nurtrust abgesetzt und einen detaillierten Bericht geschrieben hatte, damit das Personal auf dem Campus mit weiteren Nachforschungen beginnen konnte, war es nach drei Uhr. Als er am nächsten Mittag in ein Costa Café in Birmingham kam und eine asiatische Frau mit kurzem Haar in Nikes und Leggings traf, die aussah, als wollte sie zum Training gehen, wirkte er immer noch müde.

»Tanisha?«, fragte er. »Kann ich Ihnen etwas holen?«

Er selbst hatte einen Espresso und einen frisch gepressten Orangensaft in der Hand.

»Nein, danke«, antwortete Tanisha.

»Vielen Dank, dass wir uns so kurzfristig treffen können«, sagte James, ließ sich auf dem Kunstledersofa nieder und legte eine Dokumentenmappe auf den Tisch. »Sind Sie mit Inspector Patel befreundet?«

Tanisha lächelte.

»Aisha hat als Kontaktbeamtin der Gemeinde angefangen, als ich noch ein kleiner Schreiberling für das *East Birmingham Echo* war. Da haben wir uns ganz gut kennengelernt.«

»Inspector Patel hat gesagt, ich müsste mit Ihnen sprechen, wenn ich etwas über Onkel erfahren wollte. Sie sagte, Sie hätten einige Artikel über ihn geschrieben, von denen die meisten nicht veröffentlicht worden sind.«

Tanisha hob die Hand und fragte: »Wer sind Sie?«

James nahm einen kreditkartengroßen Ausweis aus der Brieftasche, nach welchem er Detective Inspector der Metropolitan Police war.

»Und wo sind Sie tatsächlich beschäftigt?«, wollte Tanisha grinsend wissen.

»Das ist ein echter Ausweis!«, verwahrte sich James. »Sehen Sie sich doch das Hologramm an!«

»Ich weiß ja, dass man bei der Met Hochschulabsolventen schneller befördert, aber wie alt sind Sie? Doch höchstens fünfundzwanzig.«

James nahm seinen Met-Police-Ausweis zurück und vertauschte ihn mit seinem echten.

»Geheimdienst Ihrer Majestät«, las Tanisha. »Sie wollen also wissen, ob Onkel ein Radikaler ist, der das Geld aus dem Erpressungsring an den Islamischen Staat in Syrien schickt oder so?«

»Tut er das?«, fragte James und saugte an seinem Orangensaft.

Tanisha lachte.

»Die Antwort darauf ist kompliziert.«

»So wie mein Leben«, grinste James.

»Onkel – oder Martin Jones, wie er richtig heißt …«

»Ist das sein *echter* Name?«

»Onkel wurde 1968 geboren, als Rassismus in der Öffentlichkeit noch sehr viel weiter verbreitet war als heute«, erzählte Tanisha. »Mutter Waliserin, Vater Pakistani. Sie entschlossen sich, ihm einen englischen Vornamen zu geben und den Nachnamen seiner Mutter.

Über seine Kindheit ist nichts Besonderes zu berichten. Die Eltern hatten einen Laden in Nord-Wales und zogen nach Birmingham, als Onkel zehn Jahre alt war. Er war ein rauer Bursche. Bekam Ärger mit dem Gesetz. Verbrachte einige Zeit in der Besserungsanstalt und hatte mit neunzehn schon zwei Kinder.«

»Religiös?«

Tanisha zuckte mit den Achseln. »Nicht, bevor er seine zweite Frau heiratete, eine Muslima. Er baute eine kleine Gruppe um sich herum auf, die während der Taxikriege in den Achtzigern groß absahnte.«

»Taxikriege?«, fragte James nach.

Tanisha nickte.

»Damals gab es in Birmingham über hundert private Taxiunternehmen. Sie buhlten mit Kampfpreisen um die Fahrgäste und niemand verdiente wirklich Geld. Dann begann eine Firma die andere zu sabotieren. Es fing mit falschen Anrufen und dem Blockieren von Funksignalen an – damals hatte noch nicht jeder ein Handy. Dann wurden Fenster eingeschlagen und Autos demoliert. Es gab Leute mit gebrochenen Beinen und abgebrannte Häuser. Nach ein paar Jahren hatte Onkels Crew die Oberhand und am Ende kontrollierten drei große Taxiunternehmen den ganzen Osten von Birmingham. Und alle gehörten Onkel oder seinen engsten Freunden.

Außerdem verdiente er Geld in der Schrottindustrie, baute weitere Taxiunternehmen in London und Manchester auf, und als das nicht mehr so gut lief, begann er damit, Schutzgelder von Ladenbesitzern, Gastwirten und Restaurantbesitzern zu erpressen.«

»Und die Polizei ließ ihn so einfach gewähren?«

»Das hat viel mit Politik zu tun«, erklärte Tanisha. »Zum einen gab es, als Onkel begann, nicht einen einzigen dunkelhäutigen Beamten in der ganzen Polizei von Birmingham. Und wie soll man ein Verbrechen anzeigen, wenn man nicht mal die gleiche Sprache spricht wie die Polizei vor Ort? Als man in Birmingham anfing, Polizeibeamte, Sozialarbeiter und Ratsmitglieder mit asiatischen Wurzeln zu integrieren, war Onkel schon so tief in das System eingedrungen, dass die meisten davon sowieso seine Leute waren. Und die würden ihn zwar in der Öffentlichkeit verurteilen, doch hinter verschlossenen Türen unterstützten sie ihn.

Onkel hält die Drogenhändler aus den asiatischen Wohngebieten heraus. Onkel zahlt für die Renovierungsarbeiten an der Moschee. Onkel verhindert, dass Spekulanten asiatische Geschäfte in den Ruin stürzen. Und wenn eine Wahl bevorstand, dann standen sie Schlange für Wahlkampfspenden. Labour-Partei ebenso wie Konservative. Onkel spendete beiden Seiten, solange sie ihn in Frieden ließen.«

James hörte aufmerksam zu.

»Und sein Einfluss erstreckte sich bis zu Ihrer Zeitung?«

»Oh ja«, antwortete Tanisha. »Wir kannten seinen Namen, durften ihn aber nie drucken, damit das große Geheimnis gewahrt wurde. Wenn man einen Artikel über eine Benefizspende eines seiner Taxiunternehmen brachte, klingelte das Telefon in der Anzeigenabteilung unablässig. Aber wenn man auch nur ein kritisches Wort brachte, machte Onkel eine Ansage. Jedes Unternehmen, das es wagte, in unserer Zeitung zu annoncieren, würde eine Bombe durch den Briefschlitz bekommen, mit der Folge, dass kein Händler es wagte, die Zeitung mit dem Artikel zu verkaufen.«

»Clever«, gab James zu.

Tanisha sah James finster an.

»Und wissen Sie, was mich am meisten nervt?«, meinte sie und hob drohend den Finger. »Onkels Machenschaften sind seit Jahren bekannt, aber bei der Polizei heißt es immer, dass man keine Ressourcen für Nachforschungen habe. Ihr vom Geheimdienst seid nur an einer geringen Anzahl von Radikalen interessiert, während hier ein echter Schurke sitzt und halb Birmingham nach seiner Pfeife tanzen lässt.«

»Ich bin hier, um zu helfen«, sagte James und lächelte.

»Sie sind jung und idealistisch«, gab Tanisha zurück. »Aber das System arbeitet gegen normale, anständige Bürger. Und ich weiß genau, wie Ihre nächste Frage lautet.«

»Wirklich?«

»Sie werden fragen, ob Onkel zu einem radikalen Fanatiker geworden ist und ob er seinen Profit an radikale Gruppen spendet.«

»Das muss ich tatsächlich wissen«, gab James zu.

Tanisha schnaufte.

»Onkel hat Großeltern, Cousins und einen Halbbruder in Pakistan. Im Laufe der Jahre hat er ihnen Geld geschickt, wodurch sie in ihrer Region einigen Einfluss erlangt haben. 2013 führten die Amerikaner einen Drohnenangriff in der Nähe des Familienbesitzes durch, bei dem zwei von Onkels Neffen und ein achtjähriges Mädchen, das sein Schützling war, ums Leben kamen. Ich habe auch gehört, dass einige seiner Cousins von pakistanischen Truppen verhaftet und verprügelt worden seien, als man in der Umgebung nach Taliban suchte.«

»Woher wissen Sie das?«, fragte James. »Sie arbeiten doch nicht mehr für die Zeitung, oder?«

»Als man begann, Werbung lieber online zu schalten, ging das *Echo* wie die meisten Lokalzeitungen unter«, gab Tanisha zu. »Ich habe zwei Jobs als Büroreinigungskraft und arbeite ehrenamtlich in einem Frauenhaus. Aber ich lebe immer noch in der Gemeinde und höre gewisse Dinge.«

»Und Ihre Quelle war zuverlässig?«

»Meine Quelle war die Haushälterin, die für Onkels dritte Frau arbeitete. Ich kenne sie nicht besonders gut, aber sie hätte nichts davon, mich zu belügen.«

»Und deshalb ist Onkel zum Radikalen geworden?«

Die Bemerkung schien Tanisha zu verärgern.

»Onkel trinkt Alkohol und macht Ferien in Las Vegas,

seine letzte Frau und vier seiner sechs Kinder sind keine Muslime. Er wird sich also keinen Bart wachsen lassen und unter dem Gesetz der Scharia leben. Doch seit dem Drohnenangriff ist er strikt gegen die westliche Einmischung im Mittleren Osten und in Nordafrika.«

»Und ist er aktiv?«, erkundigte sich James. »Spendet er für eine Sache?«

»Onkel hat die Moral einer Kanalratte. Er ließ Fahrer mit ihren eigenen Taxis überfahren, hat die Beamten des Planungsbüros erpresst, Bomben auf Familienunternehmen geworfen, die ihre Schutzgelder nicht bezahlt hatten, und zwei seiner Exfrauen krankenhausreif geschlagen. Jetzt fährt er jedes Jahr vier- oder fünfmal in den Nahen Osten. Ich habe keine Ahnung, was er da vorhat, aber wenn ich Sie wäre, würde ich nach etwas suchen, das äußerst widerwärtig und äußerst profitabel ist.«

21

Ryan traf sich mit den Zwillingen nach der Schule. Sie holten sich etwas zu essen und fuhren dann zum Büro von Sunray Travel. Monty und ein Kerl mit Hipsterbart arbeiteten an neuen Designs, während die drei Brüder die Teppichfliesen im Druckraum herausrissen.

Kurz vor sechs ging Monty Kaffee für alle holen. Während sie dasaßen und eine Pause machten, drehte sich plötzlich der Schlüssel im Türschloss. Der Neuankömmling war klein, auf seiner Nase pellte sich die Haut von einem Sonnenbrand, und er sah zehn Jahre älter aus als auf den Überwachungsfotos der Polizei. Aber es war unverkennbar Onkel.

Begleitet wurde er von einer breitschultrigen Asiatin mit Espadrilles und einem Jogginganzug.

»Onkel!« Monty versuchte, herzlich zu klingen, machte sich aber offensichtlich fast in die Hose, als der kleine Mann die surrenden Trockengeräte und die Teppichkleberflecken auf dem Fußboden betrachtete.

»Was ist denn hier los?«

»Wir hatten einen Wasserschaden«, erklärte Monty verlegen.

Onkel nickte seiner Begleiterin zu, die Monty einen brutalen Schlag ins Gesicht versetzte, gefolgt von einem fachkundigen Kniestoß in die Rippen. Dann zerrte sie seinen Arm auf den Rücken und warf ihn bäuchlings über einen Schreibtisch.

»Hast du mich gerade angelogen?«, fragte Onkel ruhig. Hipsterbart und die drei CHERUB-Agenten beobachteten ihn misstrauisch.

»Nein«, sagte Monty, doch als Onkel näher trat, verbesserte er sich: »Okay, ja … das hat Trey mir befohlen!«

»Für wen arbeitest du?«, wollte Onkel wissen. »Für mich oder für Trey?«

»Für Sie, Sir«, wimmerte Monty, als die Frau ihren Griff um seinen Arm verstärkte.

»Und wer leitet diese Druckerei?«

»Ich, Sir.«

»Man hat mir mitgeteilt, ich bräuchte einen 950L-Drucker für den stolzen Preis von zweiundsiebzigtausend Pfund«, sagte Onkel. »Und das bezahle nicht ich, Monty, sondern du!«

»Aber so viel Geld habe ich nicht«, flehte Monty. »Auf keinen Fall …«

»Deinen Eltern gehört doch ein Haus, oder?«, spottete Onkel. »Und die Bäckerei? Ich bin sicher, dass sie noch eine Hypothek aufnehmen können.«

»Meine Eltern haben ihr Leben lang gearbeitet«, keuchte Monty. »Sie sind über sechzig!«

»Mir ist es völlig egal, wie du an mein Geld kommst!«, schrie Onkel und sah dann seine Leibwächterin an. »Gib ihm noch eine Kostprobe, Süße.«

Rücksichtslos stieß sie ihm das Knie in die Rippen, warf ihn dann auf den Rücken und traktierte ihn mit einer Reihe von Kopfschlägen.

»Du hast eine Woche Zeit, um mir zu sagen, wie du an das Geld für meinen neuen Drucker kommen willst«, erklärte Onkel.

Monty lief Blut aus dem Mund, als ihn die Kickboxerin hochzog und nach draußen in den Gang stieß. Der Hipsterbart sah Onkel verängstigt an, als der auf ihn zuging und in die Hosentasche griff, war jedoch grenzenlos erleichtert, als er bemerkte, dass Onkel zwei Zwanzig-Pfund-Scheine hervorzog.

»Bring Monty ins Krankenhaus«, befahl er. »Und halt die Klappe!«

Zitternd machte sich der Designer davon, voller Furcht, dass die Kickboxerin ihn noch kräftig in den Hintern treten würde.

Damit blieben Onkel und die Sharma-Brüder mit ihren Bechern in der Hand allein.

»Ich habe gehört, ihr Jungs habt Biss?«, fragte Onkel und hob die Faust wie ein Boxer. »Ihr habt euch mit Trey und seinem dämlichen Fahrer angelegt. Habt ihr Lust, meiner Mya zu zeigen, was ihr draufhabt?«

Ryan ging davon aus, dass das seine Sache sei, da er der Älteste war.

»Ich bin bereit, wenn sie es ist«, meinte er, stellte seinen Tee auf einen Schreibtisch und trat vor.

Da Mya einen überheblichen Teenager erwartete, der vielleicht einmal einen Judokurs besucht hatte, hielt sie die Hände gesenkt und setzte zu einem heftigen Hüftkick an. Das tat weh, doch Ryan war größer als sie und stieß mit dem rechten Arm vor.

Mit der Handfläche traf er Mya unter dem Kinn, packte sie an der Kehle und schob sie rückwärts über einen Schreibtisch. Einem Tritt ins Gesicht wich er gerade noch aus, während er sie losließ. Anstatt die Gelegenheit zu ergreifen, sie k.o. zu schlagen, kippte er lieber den ganzen Schreibtisch um.

Mya segelte zu Boden, begleitet von Stiften und einem Klebebandhalter. Ryan lehnte sich gegen die Unterseite des Schreibtischs und klemmte seine Gegnerin an der Wand ein.

»Das darfst du nicht!«, protestierte Mya und bemühte sich, freizukommen.

»Sie hatten die Arme unten«, erklärte Ryan gelassen.

»Das zeugt von einem Mangel an Respekt mir gegenüber.«

Onkel lächelte, als Ryan den Schreibtisch losließ. Zornig warf sich Mya erneut auf ihn. Er duckte sich und nutzte nach Judoart ihren Schwung, um sie über seinen Rücken abrollen zu lassen.

»Das reicht!«, rief Onkel und trat zwischen die beiden.

Mya war so wütend, dass sie sich in einem Kabel verhaspelte und eine Lampe von einem Schreibtisch riss. Die Zwillinge grinsten sich an, während sich Ryan und Myra anfunkelten.

»Wie alt bist du?«, fragte Onkel.

»Siebzehn«, antwortete Ryan. »Meine Brüder sind vierzehn.«

»Verletzt du gerne Menschen?«

»Nur wenn es sein muss«, antwortete Ryan.

»Und wie sieht es mit deiner Moral aus?«

»Wie meinen Sie das?«

»Ich meine, wenn ich dir hundert Pfund zahle, um jemandem einen Tritt zu versetzen, dass er nach übermorgen fliegt, was sagst du dazu?«

Da Ryan nur mit den Achseln zuckte, meldete sich Leon zu Wort: »Wenn er nicht will, mache ich das!«

»Ich kann Potenzial erkennen, wenn ich es sehe«, lächelte Onkel und drohte Mya mit dem Finger. »Ihr wohnt in Nurtrust, nicht wahr?«

Ryan entschied sich, sein Glück zu versuchen.

»Ich habe Beast nach einem Job auf dem Schrottplatz gefragt. Er wird Ihnen bestätigen, dass ich hart arbeiten kann. Ich bin gerade erst hergezogen und total pleite.«

»Komm morgen früh zu mir ins Büro am Schrottplatz«, meinte Onkel achselzuckend. »Ich werde sehen, was wir tun können.«

»Super«, grinste Ryan. »Vielen, vielen Dank!«

»Und jetzt brauche ich etwas Ruhe«, sagte Onkel und

ging zu einem der Schreibtische. »Also verschwindet ihr Jungen mal lieber.«

»Aber Trey hat gesagt, wir sollen…«, wandte Ryan ein.

Onkel setzte sich lachend.

»Trey kann von Glück sagen, dass sein Vater einer meiner ältesten Freunde ist. Er kann hier niederknien und diesen Teppich selbst rausreißen!«

Als die Jungen gingen, klappte Onkel ein MacBook auf und das Mikrofon unter dem Tisch begann sein Login aufzuzeichnen.

22

Es war Samstagmorgen. Da keine Schule war, liefen die Kids bei Nurtrust im Schlafanzug herum und holten sich das Frühstück ins Bett. Ryan hasste das kleine Zimmer mit den ausbruchssicheren Fenstern, daher nahm er Schinken und Bratkartoffeln mit ins Fernsehzimmer. Rhea setzte sich neben ihn, schlug die Beine unter und schlürfte lächelnd heiße Schokolade.

»Wir könnten heute Abend etwas unternehmen«, schlug sie vor. »Hast du einen Ausweis? Nicht weit von hier ist ein Club, der Passenger.«

Ryan hob abwehrend die Hand.

»Was ist mit meinem kleinen Bruder?«

Rhea zuckte mit den Achseln. »Leon ist süß, aber er ist nur ein kleiner Junge.«

»Ich kann nicht«, antwortete Ryan. »Ich mag dich, aber ich habe keine Lust, Ärger mit Leon anzufangen.«

Ryan trug nur Shorts und spürte, wie Rhea ihm die Hand aufs Bein legte.

»Ich kann sehr überzeugend sein«, schnurrte sie.

Genau in diesem Moment kam Daniel herein.

»Auf ein Wort, mein Bruder«, verlangte er hochtrabend.

Ryan entschuldigte sich bei Rhea, ließ das Frühstück stehen und ging auf den Flur.

»Das wird Leon nicht gefallen, wenn er es herausfindet«, sagte Daniel grinsend, während sie zu ihren Zimmern gingen, und erklärte dann: »Ich habe gerade eine SMS bekommen. James will, dass wir drei in einer halben Stunde zu ihm hinüberkommen.«

Sie klopften an Leons Tür und trafen ihn an, wie er sich gerade nach dem Duschen abtrocknete.

»Klasse Pickel auf deinem Rücken«, spottete Ryan. »Soll ich ihn ausdrücken?«

»Was will James denn?«, fragte Leon, ließ das Handtuch fallen und griff nach seiner Jeans, in der noch die Unterhose vom Vortag steckte.

»Wahrscheinlich will er mir sagen, wie toll ich bin«, vermutete Ryan. »Dass die ganze Mission ein Fehlschlag war, bis ich in all meiner Herrlichkeit aufgetaucht bin und die Sache gerettet habe.«

»Du redest vielleicht einen Mist«, stellte Leon fest. Da die Hose, die er gerade anzog, voller Teppichkleber war, ging er zum Schrank und holte sich eine saubere.

»Hast du was von Rhea gehört?«, fragte Daniel seinen Zwillingsbruder, um ihn zu ärgern.

Instinktiv funkelte Leon Ryan an, zuckte dann mit den Schultern und meinte abwehrend: »Das juckt mich nicht.«

»Dann kann Ryan es also bei ihr versuchen?«, sagte Daniel grinsend.

Leon knirschte mit den Zähnen, setzte sich aufs Bett und zog sich die Socken an. Ryan schnippte Daniel ans Ohr und sagte: »Ich gehe meine Schuhe holen!«

*

James sah die Brüder gut gelaunt an, als sie zwanzig Minuten später seine Wohnung betraten. Mit Teetassen und Schinkensandwiches setzten sie sich an den Esstisch.

»Hast du Majo?«, fragte Daniel, als er ein Sandwich aufklappte.

»So ein Zeug kommt mir nicht ins Haus«, knurrte

James angewidert. »Also, das Mikro hatte nach einer Stunde ausreichend viele Tastenanschläge aufgezeichnet, um an Onkels Passwort zu kommen. Wir haben die Kopie geknackt, die ich in der Pfandleihe gezogen habe, und ein paar Leute von unserem Team haben die Nacht über an den Daten gearbeitet… Oh, Mist!«

Die drei Brüder lachten, weil James eine Scheibe Schinken vom Sandwich auf den Boden zwischen seinen Füßen gefallen war.

»Und was war nun auf dem Laptop?«, wollte Ryan wissen, während James den Stuhl zurückschob und den Schinken aufhob.

»Hauptsächlich Buchhaltungskrams«, erzählte James. »Von Taxifirmen, Schrottplätzen, Sunray Travel. Sowie typische Geldwäschebetriebe wie Reinigungen, Webcafés und natürlich die Druckerei. In einem verschlüsselten E-Mail-Account lagen auch noch persönliche Schreiben wie der Mailverkehr zwischen Onkel und seiner jetzigen Frau, wo er ihr sagt, wie sehr er sie vermisst, wenn er auf Reisen ist. Krankenhausrechnungen für das Pflegeheim seiner Mutter.«

»Irgendetwas Belastendes?«, erkundigte sich Leon.

»Ein paar genauere Angaben zur Schutzgelderpressung«, antwortete James.

»Was ist mit den Reisen in den Osten?«, fragte Ryan. »Sind wir nicht eigentlich deswegen hier?«

»Wir haben jetzt zwar Zugang zu Onkels verschlüsselten Mails, aber wir müssen Tausende davon durchsehen«, erklärte James. »Wir wissen, wo er gewesen ist, und kennen die Namen von einigen Leuten, mit denen er sich getroffen hat. Aber auf dem Laptop sind etliche Accounts und in der Cloud Tausende von Dokumenten und Mails. Vier Geheimdienstanalysten und ein Buchhalter der Spurensicherung arbeiten daran, aber es wird eine Weile dauern, bis wir mit allem durch sind.«

»Und was machen wir in der Zwischenzeit?«, forschte Daniel.

»Im Augenblick könnt ihr nicht viel machen, du und Leon. Und da Wochenende ist, geht doch ins Kino oder so.«

Die Zwillinge grinsten.

»Können Sie uns etwas Geld geben?«, fragte Leon und streckte frech beide Hände aus wie ein Bettler.

»Schnorrer«, meinte James kopfschüttelnd und lächelte dann. »Ihr beide habt diese Woche schwer gearbeitet. Aber macht keinen Ärger!«

»Ich nehme an, ich soll zu dem Treffen mit Onkel gehen?«, vermutete Ryan.

James nickte.

»Ich hoffe, du kannst in Onkels Hütte auf dem Schrottplatz gelangen und ein paar Abhörgeräte anbringen, aber geh kein unnötiges Risiko ein.«

»Was ist mit seinem Auto?«, fragte Ryan. »Soll ich ein Ortungsgerät anbringen?«

James schüttelte den Kopf.

»Jeder vernünftige Tracker wäre auffällig, deshalb will ich nicht, dass du dieses Risiko eingehst. Ich werde einen Erwachsenen vom MI5 holen, um das zu tun.«

*

In seinem zerbeulten Peugeot fuhr Ryan vor dem Schrottplatz vor. Die riesige Schrottpresse ließ den Boden erzittern, und Männer in Overalls leerten Benzintanks und entfernten alle wertvollen Teile aus den Autos, bevor diese ihr Schicksal ereilte.

»Onkel will *dich* sehen?«, fragte der Wachmann am Tor misstrauisch. »Er ist nicht im Lande.«

Ryan schüttelte den Kopf und erklärte fest: »Er hat mir gesagt, ich solle ihn heute Morgen hier aufsuchen. Und gestern Abend habe ich ihn noch in der Stadt gesehen.«

Der Wachmann trat zurück und sprach in ein Funkgerät. Während er auf eine Antwort wartete, fuhr ein Transporter durch das Tor.

»Geradeaus«, erklärte der Wachmann Ryan schließlich.

Vor der klimatisierten Hütte von Onkel stand Mya Wache. Wütend sah sie Ryan an. Er bemerkte blaue Flecken an ihrem Hals, wo er sie gepackt und zurückgestoßen hatte.

»Ist er da?«, fragte Ryan.

Mya kniff die Augen zu Schlitzen zusammen.

»Ein falsches Wort und ich schlage dich zu Brei!«

»Ich sparre gerne jederzeit mit dir«, grinste Ryan.

»Ich sparre nicht mit Kindern«, knurrte Mya.

»Nein«, spottete Ryan, »du lässt dich von ihnen nur verprügeln.«

»Er telefoniert«, kläffte Mya. »Warte hier!«

Ryan wartete acht Minuten und dachte an das winzige Abhörgerät in der Tasche seines Kapuzenshirts. Er legte sich den besten Fluchtweg zurecht, falls etwas schieflaufen sollte, und stellte sich Rhea vor, die sich für eine Nacht im Club hübsch machte. Vielleicht lag Leon ja wirklich nichts mehr an ihr …

Die Tür zur Hütte ging krachend auf, und Onkel sprang die drei Stufen auf einmal herunter, sodass bei seiner Landung der Kies aufspritzte, und schlug Ryan freundschaftlich auf die Schulter.

»Oi, oi, mein Hübscher!«, rief er fröhlich.

Der Mann hinter ihm war schwabbelig und trug die blitzsaubere Version des orangen Schrottplatzoveralls, die Beast am Tag zuvor angehabt hatte.

»Wir gehen ein Stück und unterhalten uns«, schlug Onkel vor. »Ich komme gerade von einem Trip zurück. So viel zu tun! Wie findest du meinen Schrottplatz, Ryan?«

»Maschinen und Laster, der Traum eines jeden Fünfjährigen«, antwortete Ryan, was ihm einen Lacher eintrug, während sie rasch einen Schotterweg entlanggingen.

Nach ein paar Hundert Metern hupte sie ein Lastwagen an und Onkel hielt dem Fahrer den Daumen hoch.

»Ich mag dieses Geschäft«, erzählte Onkel Ryan und breitete die Arme aus. »Man fängt mit Schrott an und endet bei Geld. Keine Marke, keine Anzeigen, kein cleveres IT-Bürschchen aus San Francisco, das einem eine App konstruiert und einen die Hälfte der Fahrgäste kostet.«

Ryan nickte.

»Sie sagten, Sie könnten mir vielleicht einen Job verschaffen?«

Onkel blickte über seine Schulter zu dem Mann im Overall.

»Was meinst du, George? Kräftige Arme hat er ja.«

»Die nächste freie Stelle gehört ihm«, sagte George. »Gib mir deine Handynummer. Wahrscheinlich dauert es ein paar Wochen.«

»Und vielleicht finde ich in der Zwischenzeit ein paar Aufgaben, die deinen Fähigkeiten besser entsprechen«, meinte Onkel und machte ein paar Hiebe in die Luft. »Was, mein Sohn?«

Amüsiert hörte Ryan, wie Onkel George erklärte: »Mya legt Männer mit hundertfünfzig Kilo auf die Matte, aber dieser Junge hat sie unter einem Tisch eingeklemmt.«

George grinste.

»Vielleicht kann er mal die Frau drüben in der Siedlung besuchen, die jedesmal die Umweltbehörde anruft, wenn nach sieben noch der Schredder läuft…«

Ryan lächelte, als sie um eine Ecke auf einen Teil des Schrottplatzes kamen, der von einem hohen Drahtzaun umgeben war. Darin stand ein großer Aluminiumhangar mit drei Etagen, dessen orange Rolltore ein Stück hochgeschoben waren.

Ryan duckte sich darunter hindurch und fand sich in einem Raum voller Maschinen wieder. Die meisten stammten aus den Siebziger- oder Achtzigerjahren und hatten beige Steuerschränke mit LED-Anzeigen und winzigen Leuchtanzeigen. Daneben sah er mehrere riesige Zylinder und Hebekräne. Weiter hinten war eine Werkstatt, wo drei Männer offensichtlich eine alte Pumpe auseinanderbauten.

»Sind das Jahrmarktkarussells?«, fragte Ryan.

George und Onkel lachten schallend.

»Das sind technische Geräte«, erklärte Onkel. »Wir nehmen sie auseinander, nutzen die Ersatzteile und verschrotten den Rest. Wenn man es richtig macht, ist das extrem profitabel.«

George und Onkel begannen sich mit einem der Männer zu unterhalten, die an der Pumpe arbeiteten. Ryan betrachtete derweil die Geräte und erkannte ein paar Logos von größeren Ölfirmen. Auf vielen Geräten waren Messanzeigen mit Angaben in Barrel oder Gallonen, und er stellte fest, dass es sich bei den großen Säulen, die er für die Speichen eines Karussells gehalten hatte, in Wirklichkeit um Bohrschäfte handelte. Und weiter hinten sah er vier riesige Bohrköpfe.

Im Weitergehen registrierte er, dass fast der halbe Hangar voller Steuerkonsolen und alten Ersatzteilkisten mit dem karierten Logo einer Firma namens »Offshore Marine Exploration« stand. Das schien ihm wichtig, denn er wusste, dass Onkel irgendetwas im Nahen Osten vorhatte und dass die Wirtschaft dort vom Öl beherrscht wurde. Er hätte gerne mehr Zeit gehabt, um sich die Sache näher anzusehen, doch nach seinem Gespräch kam Onkel zurück.

»Ich brauche deine Nummer«, erinnerte George Ryan, als sie wieder unter der Tür hindurchschlüpften. »Findest du allein zum Auto zurück?«

Ryan tippte seine Nummer in Georges iPhone und schüttelte Onkel die Hand.

»Wir bleiben in Kontakt«, sagte George, deutete mit den Fingern ein Telefon an und ging seinem Boss nach, der irgendeinen anderen Teil des Schrottplatzes ansteuerte.

Ryan schlenderte zu seinem Auto zurück und fing sich einen Schwall Flüche von einem Verrückten ein, der ihn beinahe mit einem Müllwagen über den Haufen fuhr. In der Nähe der Hütte sah er Mya breit grinsend auf der Treppe sitzen. Dann erst bemerkte er den abgebrochenen Außenspiegel neben seinem Peugeot.

»Was zum Teufel soll das denn?«, rief er, hob den Spiegel auf und stürmte auf Mya zu. »Warst du das?«

Mya lächelte dreist.

»Hier gibt es ein paar echt fette Ratten. Vielleicht hat eine von denen ihn abgebissen.«

»Miststück«, zischte Ryan.

Mya schoss hoch.

»Willst du dich mit mir anlegen?«, rief sie. »Du hast mich vor meinem Boss lächerlich gemacht!«

Dieses Mal hatte sie die Hände oben. Ryan wusste nicht, ob er es mit ihr aufnehmen konnte, aber ein Kampf mit ihr würde ihm nichts einbringen, und das Auto gehörte CHERUB, deshalb war ihm der Außenspiegel auch ziemlich egal.

»Dazu bin ich zu sehr Gentleman«, sagte er, verneigte sich ironisch und stieg ins Auto.

Mya schnippte ihm nach, als er davonfuhr.

23

»Hi!«, begrüßte James Ryan, als er ihm die Wohnungstür öffnete.

James war im Faulenzermodus, trug Shorts und sein Arsenal-Glücksshirt und sah sich mit einer Flasche Bier und einer halb gegessenen Pizza die Samstagnachmittagssendung auf Sky Sports News an.

»Peperoni«, sagte er und deutete auf die Pizza. »Ist schon ein bisschen kalt, aber du kannst sie gerne haben.«

»Teller?«

James machte einen Schrank über der Spüle auf und gab Ryan einen Teller.

»Wie lief es?«, erkundigte er sich, als sich Ryan zwei Stücke Pizza nahm und die Mikrowelle für neunzig Sekunden anschaltete.

»Gemischt«, gab Ryan zu, während die Pizza sich drehte. »In Onkels Hütte bin ich zwar nicht reingekommen, aber vielleicht habe ich eine Spur. Da steht eine ganze Halle voller Ölpumpen und Bohrausrüstung. Und Steuerkonsolen, die alle von einer Firma namens Offshore Marine Exploration stammen.«

»Hast du Onkel gefragt, was das ist?«

»Ja«, nickte Ryan. »Er sagte, sie zerlegen die Geräte in ihre Einzelteile. Ich fand es nur interessant, dass der halbe Hangar mit Ölbohrausrüstung voll war.«

»Definitiv interessant«, fand auch James und zog seinen Laptop unter der Pizzaschachtel hervor. »Ich habe den vorläufigen Bericht vom Wirtschaftsprüfer bekommen. Der Schrottplatz war bislang Onkels größte Einnahmequelle, doch in den letzten drei Jahren haben sie angeblich Verluste eingefahren. Er behauptet, dass sie eine Menge Dinge bei Auktionen gekauft haben, von denen sie aber nur einen geringen Teil wieder veräußern konnten.«

»Geldwäsche?«, vermutete Ryan.

»Das war auch mein erster Gedanke«, meinte James. »Man verschiebt den Profit an eine Firma in Übersee, um die britischen Steuern zu umgehen. Ich rufe mal den Wirtschaftsprüfer an. Mal sehen, ob er etwas finden kann.«

Während James telefonierte, googelte Ryan auf seinem iPhone *Offshore Marine Exploration* und las den Eintrag auf Wikipedia.

Offshore Marine Exploration (OME) war eine Gesellschaft mit Sitz in Aberdeen, die sich auf die Entwicklung und Produktion von Ölbohrgeräten spezialisiert hatte... OME war in den späten 70er-Jahren ein Pionier bei der Ausbeutung der Tiefseeölfelder in den Gewässern vor Großbritannien und Norwegen... in den 80er-Jahren expandierte die Firma stark und hatte über 300 Angestellte, die Ölbohr- und Fördersysteme für die Ölmärkte auf der ganzen Welt produzierten. 1986 ging die Firma an die Londoner Börse.

Beim Börsencrash am 19. Oktober 1987 wurde die Firma stark angeschlagen. 1991 meldete OME Insolvenz an und die Insolvenzmasse wurde von dem Konkurrenten GeoPump Inc. aus Texas aufgekauft... GeoPump verlegte die Produktion der OME-Geräte nach Mexiko... Als auch GeoPump 1995 Insolvenz anmeldete, wurde die Produktion eingestellt.

»Hi, Georgiou«, meldete sich James am Telefon, »könnten Sie mal die Konten von Onkels Schrottplatz ansehen? Gibt es Rechnungen, die sich auf Ölbohrausrüstung beziehen, insbesondere von OME … Ach ja? Wirklich?«

Ryan sah James an, der sichtlich aufgeregt wirkte.

»Und?«, fragte er, als James auflegte.

»Ich glaube, du bist bei deinem kleinen Ausflug über etwas Interessantes gestolpert«, sagte James grinsend. »Georgiou sagt, dass ihm bereits aufgefallen ist, dass Onkels Schrottplatz riesige Mengen an Ausrüstung von Ölbohrfirmen in Schottland und Norwegen angekauft hat. 2015 wurden fast zwei Millionen Pfund dafür ausgegeben, aber in den Büchern wird alles als Schrottteile abgeschrieben.«

»Und was heißt das?«, fragte Ryan verwundert.

»Keine Ahnung«, meinte James. »Aber Georgiou hat mir die Nummer einer Firma namens OME911 gegeben. Die wurden offenbar vor zwei Jahren dafür bezahlt, die OME-Geräte auf Onkels Schrottplatz zu reparieren.«

Schnell fand Ryan auf Google einen Link zu OME911, wurde aber gleich auf eine Domain-Registrierungsseite weitergeleitet, die ihm anbot: *Kaufen Sie diese und tausend andere Domains für nur 99 $.*

James sah ihm über die Schulter und schlug vor: »Versuche es mal mit Wayback.«

Gleich darauf fand Ryan eine Version der OME911-Seite von 2012 und las laut vor: »OME911 ist die beste Wahl für Reparaturen und Wartung von Offshore-Pumpen und Steuerungssystemen vor Ort. Unsere drei Techniker sind ehemalige OME-Angestellte. Wir sind die einzige Firma, die vollen Zugang zu OME-Schalttafeln und Software-Diagnose-Werkzeugen hat.«

James versuchte es mit der Telefonnummer auf der Kontaktseite der Firma, bekam jedoch keinen Anschluss.

»Sieht aus, als hätte der Laden dichtgemacht«, meinte James. »Druck mal die Kontaktseite aus.«

Auf seinem Laptop loggte er sich in die Geheimdienstdatenbank ein, wodurch er Zugang zu den Firmen-, Steuer- und Bankdaten der meisten EU-Bürger bekam. Ein paar Minuten später hatte er die Datenbank des Finanzamtes nach den Namen und der letzten bekannten Adresse der vier Angestellten von OME911 aus Großbritannien gefunden und in einem Worddokument gespeichert.

»Heilige Scheiße!«, entfuhr es James. Er drehte den Laptop um und zeigte Ryan einen Artikel aus einer Zeitung in Aberdeen.

Ölexperte Chris Carlisle stirbt an einer Überdosis in einem Hotel beim Flughafen von Birmingham.

Ryan stellte fest, dass Chris Carlisle einer der drei auf der Webseite von OME911 abgebildeten Angestellten war, während James die anderen beiden googelte.

»Der Flughafen von Birmingham ist nur ein paar Kilometer von Onkels Schrottplatz entfernt«, bemerkte Ryan.

James nickte aufgeregt und tippte weiter.

»Was für ein Zufall, nicht wahr?«

Ryan nahm sich einen Tablet-PC und begann seine eigene Google-Suche, während James mithilfe der Datenbank des MI5 Steuer- und Mobilfunkaufzeichnungen der beiden anderen Techniker suchte.

»Gordon Sachs und Kam Yuen«, erzählte er, als er einige Telefonrechnungen auf seinem Bildschirm aufgerufen hatte. »Beide haben dieses Jahr im April keine Steuererklärung eingereicht. Und beide haben ihr Handy nicht mehr benutzt, Gordon seit letztem Oktober, Kam schon ein paar Wochen früher nicht mehr. Das ist ungefähr zu der Zeit, als Chris Carlisle tot in seinem Hotel gefunden wurde.«

»Glauben Sie, dass alle drei ermordet wurden?«, fragte Ryan. »Ich habe die Telefonnummer der vierten Angestellten.«

James sah ihn verwundert an. »Aber es gab doch nur drei Techniker.«

»Und eine Sekretärin«, verwies ihn Ryan und raschelte mit James' Ausdruck. »Morag Henderson.«

»Schöner schottischer Name«, grinste James. »Meinst du, ich sollte sie anrufen?«

Morag war über siebzig, und James brauchte mehrere Minuten, um ihr klarzumachen, dass er ihr keine Lebensversicherung verkaufen oder ihr sonstige Dienste anbieten wollte. Er erklärte, dass er Polizeibeamter sei, sich mit der Routinearbeit zum Tod von Chris Carlisle beschäftige und ein paar Lücken füllen wolle, die es in Bezug auf Chris' Karriere bei OME911 gab.

»Die Firma wurde von mir selbst und einigen Wartungsingenieuren der ehemaligen OME gegründet«, erklärte Morag mit schwerem schottischem Akzent. »Als OME pleiteging, waren noch viele ihrer Geräte bei Ölbohrungen auf der ganzen Welt installiert. Wir haben Software und Ersatzteile von OME aufgekauft und unsere Ingenieure in die ganze Welt verschickt, um die Pumpen und Steuereinheiten am Laufen zu halten. Als wir 1995 anfingen, hatten wir sechs Techniker, aber die drei älteren gingen in Rente, und es blieben Gordon, Kam und Chris. Im Laufe der Jahre wurden die meisten OME-Geräte durch etwas Neues ersetzt. Selbst die neuesten sind mittlerweile zwanzig Jahre alt.«

»Dann ließ das Geschäft also immer weiter nach, bis es ganz aufhörte?«

Morag lachte. »Ja, damit hatten wir eigentlich gerechnet. Aber dann haben die Staaten Sanktionen über Libyen, den Irak und den Iran verhängt, sodass sie keine neuen Pumpen für ihre Ölquellen kaufen konnten, sodass die OME-Ausrüstung vor Ort blieb. Die Geräte sind gut, einige von ihnen sind über vierzig Jahre alt und funktionieren immer noch bestens.«

»Also waren Gordon, Kam und Chris die Einzigen, die diese Ölpumpen reparieren konnten, wenn sie kaputtgingen?«, hakte James nach.

»Nicht so sehr die Pumpen«, widersprach Morag. »Die Geräte von OME waren solide und einfach, nicht wie die modernen Dinger, die nur über Computer laufen. Die meisten mechanischen Teile kann man vor Ort reparieren, aber für die Steuerungen braucht es spezielle Kenntnisse. Und wenn man zwanzigtausend Pfund am Tag verliert, weil die Ölpumpen stillstehen, kann man es sich leisten, ein paar Tausend dafür auszugeben, dass man die besten Techniker einfliegt und die Sache richtig reparieren lässt.«

»Und warum haben Sie aufgehört?«

»Alter und Politik«, erklärte Morag. »Chris war vierundsechzig, als er starb. Kam und Gordon sind weit über fünfzig. Und durch den arabischen Frühling wurde das Umfeld, in dem die Männer arbeiteten, immer gefährlicher. Solange Gaddafi in Libyen herrschte, bekamen sie dreitausend Dollar am Tag, wohnten in guten Hotels und wurden von bewaffneter Polizei eskortiert. Nach dem Zusammenbruch des Regimes wurden Mitarbeiter der Ölindustrie gekidnappt und nur gegen Lösegeld freigegeben. Selbst Leute, die von bezahlten Sicherheitsleuten geschützt wurden und die Unterstützung großer Ölgesellschaften hatten, wurden im Irak ermordet.«

»Dann wurde es also zu gefährlich?«, nickte James.

Morag seufzte.

»Es war nicht die Frage, ob einer der Männer entführt werden könnte, sondern nur *wann*. Ich bekam Anrufe von Leuten, die uns fünfzigtausend Dollar dafür boten, ihre Steuereinheiten in Libyen zu reparieren, aber es war für einen Schotten einfach zu gefährlich, einen Fuß dorthin zu setzen. Als wir ein äußerst günstiges Angebot für unsere Diagnosegeräte und Ersatzteile bekamen, beschlossen die Männer, dass wir uns zur Ruhe setzen würden.«

»Von wem kam das Angebot?«, fragte James.

»Mein Gedächtnis ist nicht mehr das, was es mal war«, gab Morag zu. »Untersetzter kleiner Asiate mit Birmingham-Akzent. Mein Gott, wie hieß er nur?«

»Martin Jones?«, vermutete James.

»Ja, genau«, antwortete Morag. »Netter Kerl. Seine Leute nannten ihn meist Onkel. Nachdem wir den Vertrag unterzeichnet hatten, hat er uns alle in ein tolles Thairestaurant ausgeführt.«

»Cool«, fand James. »Wann haben Sie Kam und Gordon zuletzt gesehen?«

»Bei Chris' Beerdigung, denke ich. Sie wohnten beide im Süden und flogen daher immer von Heathrow aus. Wir brachten die Ersatzteile per Kurier vom Lager in Aberdeen in ihre Hotels, aber persönlich habe ich sie nur ein paarmal im Jahr gesehen.«

»Hatten sie Familie?«

»Chris war ein Familienmensch. Drei Kinder, an die sieben Enkel. Nette Frau, mit der ich immer noch zweimal die Woche bowlen gehe. Ehrlich gesagt war ich überrascht, dass Chris tot in einem Hotelzimmer aufgefunden wurde.«

James fragte sich, ob sie vermutete, dass etwas nicht stimmte, aber da er einen Beamten spielte, der mit den Nachforschungen betraut war, konnte er schlecht fragen, ohne seine Tarnung zu gefährden.

»Und die anderen beiden, Kam und Gordon?«

»Kam ist geschieden. Zwei Töchter, aber es war eine eklige Trennung, und ich glaube nicht, dass er sie oft sieht. Gordon ... na ja.« Morag hielt kurz inne und holte scharf Luft. »Ich bin mir ziemlich sicher, dass er homosexuell ist.«

»Okay.« James musste über ihren politisch unkorrekten Ton lächeln. »Vielen Dank für Ihre Zeit, Mrs Henderson. Ich werde versuchen, Sie nicht wieder zu belästigen.«

»Oh, ich bin eine einsame alte Frau«, meinte Morag fröhlich, »Sie dürfen mich belästigen, so viel Sie wollen.«

»Hast du das mitbekommen?«, fragte James Ryan, nachdem er aufgelegt hatte.

»Das meiste«, erwiderte Ryan. »Onkel hat also die Ersatzteile und andere Ausrüstung von OME gekauft. Einer der drei Kerle, die die Steuerkonsolen reparieren können, ist in einem Hotel nur ein paar Kilometer von hier ermordet worden. Die beiden anderen sind verschwunden und vermutlich ebenfalls tot.«

James schüttelte den Kopf.

»Wem nutzen zwei tote Techniker? Was nutzen Onkel all die Steuereinheiten, wenn es niemanden mehr gibt, der sie reparieren kann?«

Ryan nickte nachdenklich.

»Und was jetzt?«

»Man sagt, der Islamische Staat sei die reichste Terrorgruppierung der Geschichte«, sagte James. »Weißt du, warum?«

»Öl?«, vermutete Ryan.

»Genau«, bestätigte James. »Der Schwarzmarkt für Öl ist ein Milliardengeschäft. In den vom IS kontrollierten Gebieten in Syrien, Libyen und dem Iran befinden sich viele Ölquellen. Ich würde also vermuten, dass Onkel sich die Ersatzteile verschafft hat, um die OME-Geräte am Laufen zu halten, und er hat die beiden einzigen Männer, die sie reparieren können.«

»Entführt?«, vermutete Ryan.

»Wir brauchen mehr Beweise, um sicher zu sein«, sagte James. »Aber aus meiner Sicht sieht es ganz danach aus.«

24

Fünf Tage später

James hatte die Nacht in Kerrys Wohnung 39 Stockwerke über der Londoner Canary Wharf verbracht. Sie hatte ihm ein Kompliment zu seinem Anzug gemacht, ihm geholfen, eine Krawatte auszusuchen, und ihm versichert, dass er nichts zu befürchten habe. Dann hatte sie ihm viel Glück gewünscht. Doch James war kein Anzugtyp. Er hasste die enge Krawatte um seinen Hals, die eleganten Schuhe drückten an den Fersen, und die Hose juckte.

Es war absolute Rushhour, als James die U-Bahn in Westminster verließ. Er lief den kurzen Weg zum Verteidigungsministerium in Whitehall, holte sich am Empfang einen Besucherausweis und wurde von einem Sicherheitsbeamten in ein Büro im siebten Stock geführt. Das kleine Zimmer hatte eine nur von einer Seite durchsichtige Scheibe zum langen Konferenztisch im nächsten Raum.

»Du siehst gut aus, echt passend«, fand John Jones, der aufstand und James mit einem Händedruck und einer knappen Männerumarmung begrüßte. »Nervös?«

»Ein bisschen«, gab James zu. »Schließlich muss ich zum ersten Mal etwas beim Geheimdienst präsentieren. Ich komme mir vor wie am ersten Schultag.«

»Wieso solltest du nervös sein?«, neckte ihn John. »Es

sind nur der Innenminister, der Verteidigungsminister, ein Colonel der SAS, die Leitung von MI5 und MI6 und ein paar Experten aus der Ölindustrie und zum Islamischen Staat. Kaffee?«

»Wasser«, verlangte James und griff sich an die Kehle.

Er schüttelte ein paar Hände, nachdem er den Konferenzraum betreten hatte, doch als der Innenminister in Begleitung des Stellvertretenden Premierministers kam, verschluckte er sich beinahe. Er hatte das Gefühl, als schrie eine Stimme in seinem Kopf immer wieder: *Das ist ein Riesending!* Doch er beherrschte sich und wurde ruhiger, nachdem er angefangen hatte zu sprechen.

Da alle Anwesenden einen Rang bekleideten, der sie über CHERUB Bescheid wissen ließ, lieferte er ihnen einen kurzen Überblick über seine Mission in Sandy Green. Dann erklärte er, wie er die letzten Tage damit verbracht hatte, Nachforschungen über den Verbleib von Kam Yuen und Gordon Sachs zu betreiben.

»Die beiden wurden seit über sechs Monaten nicht mehr in Großbritannien gesehen«, erklärte James. »In der letzten Woche habe ich Beweise zusammengestellt, dass Martin Jones – besser bekannt als Onkel – dafür bezahlt hat, dass Yuen und Sachs mit einem Privatboot aus Großbritannien hinausgeschmuggelt und auf einen Frachter gebracht wurden, der Recyclingmaterial nach Nordafrika brachte.

Eine Überwachungsanfrage beim britischen Geheimdienst und bei der CIA hat es uns ermöglicht, mehrere E-Mails aufzuspüren, die auf Fehler bei Ölbohranlagen mit OME-Geräten hinwiesen, die vom Islamischen Staat kontrolliert werden. Yuen und Sachs wurden dabei nicht erwähnt, aber es scheint, dass ein Netzwerk von Technikern für den Islamischen Staat arbeitet, die Ersatzteile für die Ölquellen im vom IS kontrollierten Gebiet auftreiben und die Geräte reparieren können. Einige der

Ingenieure arbeiten freiwillig mit. Andere, wie Yuen und Sachs, scheinen entführt worden zu sein und werden offenbar gezwungen, zu arbeiten.

Dann habe ich noch mit Morag Henderson gearbeitet. Wir haben eine Liste von dreiundachtzig Ölquellen zusammengestellt, die von Gruppierungen, die dem IS angeschlossen sind, kontrolliert werden und die wohl noch Pumpen und Steuersysteme von OME benutzen.«

Der Stellvertretende Premierminister räusperte sich.

»Ölquellen, das sind doch riesige überirdische Anlagen, nicht wahr?«

Ein paar Leute nickten.

»Warum können wir sie nicht mit ein paar Luftangriffen außer Betrieb setzen?«

»Die Taktik von USA und Großbritannien in Bezug auf den Islamischen Staat und illegale Ölexporte beruht auf Einschränkung«, erklärte der Leiter des MI6. »Das heißt, man verhindert den Transport des Öls zu Raffinerien auf dem Seeweg oder durch Pipelines. Hunderte von Ölquellen durch Luftangriffe zu vernichten wäre höchst destruktiv und würde zu Tausenden Verlusten unter den zivilen Angestellten führen. Außerdem würde es wahrscheinlich Vergeltungsanschläge auf Ölquellen zur Folge haben und die Öllieferungen weltweit gefährden.«

Der Vizepremierminister nickte und sah dann James an.

»Wir können also nicht die Ölquellen bombardieren, und ich nehme an, wir können auch nicht einfach diesen ›Onkel‹ verhaften, bis die beiden britischen Geiseln in Sicherheit sind?«

James wollte fortfahren, doch der Verteidigungsminister kam ihm zuvor. »Darf ich Sie daran erinnern, dass die derzeitige Regierung eine strikte Nichteinmischungspolitik betreibt, was Bodenoperationen gegen den IS angeht? Selbst wenn wir Yuen und Sachs finden sollten, können wir keine britischen Spezialeinheiten hinschicken, um sie zu retten.«

Der Vizepremier neigte sich vor. »Aber als Regierung würden wir ziemlich schwach dastehen, wenn so etwas öffentlich würde und wir nichts getan hätten, um zwei anständigen Männern zu helfen, die auf britischem Boden entführt wurden.«

»Es ist aber nicht öffentlich!«, bemerkte der Innenminister.

Eine der Analystinnen der Ölindustrie sprach James' Gedanken aus: »Zum einen würde ich denken, dass es eine gute Sache ist, zu versuchen, die beiden Männer zu retten. Zweitens ist das Material von OME zwischen zwanzig und vierzig Jahre alt und geht wahrscheinlich recht häufig kaputt. Wenn wir zwei wichtige Personen ausschalten, die die Steuerkonsolen reparieren können, reduzieren wir wahrscheinlich die Menge an Öl, die der IS auf den Schwarzmarkt bringen kann, mit nur minimalen Verlusten.«

Die Leute am Tisch nickten.

»Um wie viel würden wir die Kapazität des IS denn reduzieren?«, erkundigte sich der Vizepremierminister.

Die Analystin neigte nachdenklich den Kopf. »Angenommen, ein Drittel der dreiundachtzig Ölförderanlagen wird innerhalb eines Jahres funktionsunfähig. Wenn jede Anlage fünfhundert Barrel am Tag fördert, bei einem Schwarzmarktpreis von dreißig Dollar das Barrel ...«

»Sind das hundertneunundvierzig Millionen vierhundertzweiundsechzigtausendeinhundertachtzig Dollar, die der IS nicht in die Finger bekommt«, warf James ein.

Der Vizepremierminister stutzte und lächelte. »Haben Sie das im Kopf ausgerechnet?«

»Ich bin gut im Rechnen«, meinte James bescheiden, während die anderen lachten.

Der Colonel der Spezialeinheiten sah James an und fragte: »Was für eine Art von Operation schlagen Sie denn vor?«

James lächelte unbehaglich.

»Darin sind eher Sie der Experte, Colonel. Zunächst einmal müssen wir natürlich wissen, wo sich Yuen und Sachs aufhalten, bevor wir sie retten können. Wenn wir eine große Ölquelle finden und das Steuersystem sabotieren könnten – vielleicht mit einem kleineren Drohnenangriff –, dann bestehen gute Chancen, dass man Yuen und Sachs ruft, um es zu reparieren. Solange wir keinen Verdacht erregen, könnte ein kleines Kommando am Boden es sicher mit dem Bewachungspersonal um sie herum aufnehmen.«

»Und der Fluchtweg?«, erkundigte sich der Colonel.

James lächelte. »Sir, ich bin nur Einsatzleiter bei CHERUB. Das ist Ihr Spezialgebiet.«

Der Colonel schien von James' Respekt geschmeichelt.

»Man müsste eine Anlage nahe am Meer wählen oder an der Grenze zu einem befreundeten Land«, meinte er. »Wenn man das berücksichtigt, sollte eine Flucht durchaus zu bewerkstelligen sein.«

Der Verteidigungsminister räusperte sich. »Die Flucht ist vielleicht zu bewerkstelligen, aber die Regierung befindet sich in einer schwierigen Lage, und unsere Haltung bezüglich der militärischen Einmischung in vom IS kontrollierten Gebieten wird sich nicht ändern!«

Zornig schlug der Vizepremierminister auf den Tisch.

»Hier geht es um britische Staatsbürger, die auf britischem Boden entführt wurden. Wollen Sie mir wirklich sagen, dass Sie nichts tun wollen, um ihnen zu helfen?«

»Unsere Strategie ist eindeutig«, gab der Innenminister zurück.

»Die Strategie ist Mist«, rief der Verteidigungsminister, und James hatte einen weiteren Grund, Politiker zu hassen.

»Gentlemen«, warf der Leiter des MI6 streng ein und stand auf. »Es ist nicht notwendig, dass wir britische Soldaten in britischen Uniformen schicken. Was wir brauchen, ist eine kleine Truppe speziell ausgebildeter Einsatzkräfte ohne Verbindung zum britischen Militär. Wenn diese Operation misslingt, können wir jede Kenntnis davon abstreiten.«

Die Idee missfiel dem Colonel.

»Was ist der Sinn britischer Spezialeinheiten, wenn wir uns nicht trauen, sie einzusetzen?«

Aber den drei Politikern gefiel die Vorstellung einer Mission, bei der sie im Falle des Misslingens nichts riskierten.

»Das Team kann man in Großbritannien zusammenstellen und ausbilden«, meinte der Leiter des MI6 lächelnd, als er bemerkte, dass die Politiker ihn unterstützten. »Wir brauchen jemanden, der den Einsatz leitet. Es wäre von Vorteil, wenn so jemand die Lage kennt und sowohl über Kampfausbildung als auch Erfahrung in der Undercoverarbeit verfügt. Natürlich wird es inoffiziell Unterstützung durch britische Spezialkräfte geben, und der MI6 kann dem Team ebenfalls mit seinen Kenntnissen und denen der Geheimdienste unserer Verbündeten im Mittleren Osten zur Seite stehen.«

James schauderte, als er bemerkte, dass sich die Augen des MI6-Leiters und mehrerer anderer Personen auf ihn richteten.

»Man hat mir gesagt, dass Ihr Ruf als CHERUB-Agent ganz ausgezeichnet war, und Sie scheinen mir ein sehr cleverer junger Mann zu sein«, lächelte der Vizepremierminister.

James hatte das Gefühl, als sei seine Zunge auf das

Zehnfache angeschwollen, und er sah John Hilfe suchend an.

»Können Sie Ihren Jungen für diese Sache entbehren, John?«, fragte der Colonel gut gelaunt.

John sah James an und grinste breit.

»Ich denke, ich komme wohl ein paar Wochen ohne ihn aus«, meinte er. »Und, James, glaubst du, du schaffst das?«

»Ich denke schon«, antwortete James und hoffte halb, dass er gleich aufwachen und feststellen würde, dass er noch neben Kerry im Bett lag.

25

John schien stolz zu sein, als sie den Konferenzraum verließen.

»Sehr gut, James«, sagte er. »Ich bin froh, dass die Sachs und Yuen nicht gleich abschreiben.«

»Ich weiß noch gar nicht, wie ich das anfangen soll«, gab James zu.

Doch John sah auf die Uhr.

»Ich habe noch ein anderes Treffen drüben beim MI6. Wir sprechen uns später!«

Dann schüttelte der Vizepremierminister James die Hand.

»Ich erwarte fortlaufend Berichte von Ihnen«, erklärte er. »Ich habe vollstes Vertrauen zu Ihnen!«

James wollte mit dem Colonel der Spezialeinheiten sprechen, doch er hatte es mit wichtigen Leuten zu tun, die alle davonliefen und ihn im Gang allein stehen ließen. Er löste seine Krawatte und tappte bebend ins WC, knallte die Kabinentür zu und beugte sich würgend über die Toilettenschüssel.

Er verspürte einen Schmerz in der Seite und hatte das Gefühl, sich einen Moment lang setzen zu müssen, also klappte er den Toilettendeckel herunter, setzte sich und holte tief und langsam Luft. Er nahm sein Telefon und versuchte, über das Problem nachzudenken, das jetzt vor ihm lag. Als er den Bildschirm einschaltete, sah er eine mittlerweile vierzig Minuten alte Nachricht von Kerry.

Du wirst sie im Meeting umhauen.
X

James musste breit grinsen. Er liebte Kerry so sehr. Wie leer sein Leben wohl ohne sie wäre. Er rief sie an.

»Hallo, du!«, meldete sich Kerry. Es klang, als würde sie recht schnell laufen.

»Alles klar?«, fragte James.

»Mein Boss ist mir gerade an die Gurgel gefahren«, antwortete Kerry gestresst. »In dem Vertrag, an dem ich gerade arbeite, sind Fehler. Zweihundert Seiten, und die muss ich alle durchsehen und die Fehler markieren, bevor morgen der Anwalt kommt. Tut mir leid, aber ich schaffe es auf keinen Fall heute zum Lunch mit dir.«

James seufzte, doch es überraschte ihn nicht. Unter der Woche besuchte er Kerry nur selten, denn dann gab es nur Arbeit und Schlaf.

»Wie war denn dein Meeting?«, fragte Kerry, doch nachdem er ihr davon erzählt hatte, klang sie verärgert. »Du hast eingewilligt, *was* zu tun? Bist du irre?«

James hatte keine Ahnung, was vor der Kabinentür vor sich ging, daher sprach er im Flüsterton weiter.

»Das war ein unglaublicher Druck«, gestand er. »Mein Boss, ein Colonel total voller Orden, der Innenminister, der Vizepremierminister … Und alle grinsen mich an, und ich sage nur noch: *Äh, ja, Sir, mache ich, Sir.*«

»Die vom IS köpfen Leute«, sagte Kerry. »Das ist doch keine CHERUB-Mission, das ist unglaublich gefährlich!«

»Meinst du, ich sollte mich weigern?«, fragte James.

Kerry beruhigte sich. »Nur wenn du es wirklich willst.«

»Bist du sauer auf mich?«

»Wenn das so geklungen hat, dann nur, weil ich so erschrocken bin. Aber wenn du es wirklich tun willst, dann unterstütze ich dich.«

»Ich möchte diesen Leuten gerne helfen«, erklärte James. »Aber wenn ich es vermassele, werden Menschen sterben.«

»Dann musst du dir das beste Team besorgen, das du kriegen kannst«, sagte Kerry. »Plane sorgfältig, hol dir Rat und suche Leute, mit denen du gut arbeiten kannst.«

»Glaubst du, ich bin ein Blitzableiter?«, fragte James. »So in der Art… keiner von den Höheren will das annehmen, weil es ein Karrierekiller ist, wenn es schiefgeht?«

Kerry lachte leise.

»Wenn das schiefgeht, sind deine Beförderungschancen das geringste deiner Probleme.«

»Grrr!«, knurrte James und schlug auf den Klopapierspender. »Warum habe ich nicht einfach Nein gesagt?«

»Du bist ausgezeichnet in deinem Job, James«, beruhigte ihn Kerry. »Du bist nur im Augenblick völlig durch den Wind. Wenn du die Probleme erst mal einzeln angehst und die richtigen Leute um dich hast…«

»Kerry«, unterbrach James sie, »willst du wirklich den Rest deines Lebens sechzig Stunden die Woche zweihundert Seiten lange Verträge mit Anwälten durchgehen?«

»Ich werde das hier nicht ewig machen«, sagte Kerry.

»Kündige«, drängte James. »Du bist klüger als ich. Wenn wir diese Sache zusammen planen würden…«

»James!« Kerry kicherte.

»Du machst das doch nur wegen des Geldes«, warf ihr James vor. »Aber wen interessiert schon Geld?«

Jetzt klang Kerry tatsächlich verärgert. »Das sagst du nur, weil du so viel Kohle von deiner Mutter geerbt hast.«

»Ich sorge für dich.«

»Ich will meine eigene Karriere«, widersprach Kerry.

»Ich bin nicht dein Wohltätigkeitsprojekt... und du sagst so etwas auch nur, weil du im Stress bist.«

James hörte, wie jemand im Hintergrund sprach und Kerry »Okay, okay« sagte. Dann redete sie weiter: »Mein Meeting fängt gleich an und mein Boss sieht mich schon finster durch die Glaswand an. Ich rufe dich später wieder an, okay?«

»Ich liebe dich«, sagte James.

Kerry lachte.

»Und ich dich noch mehr. Und keine Sorge, alle werden dich unterstützen und du wirst es toll machen.«

James hörte, wie eine Tür geöffnet wurde, dann verstummte das Telefon. Ihm wurde warm, als er sich vorstellte, wie er Kerry in ihrem schwarzen Businesskostüm an sich zog und an ihrem Haar roch. Dann dachte er darüber nach, was sie gesagt hatte.

Sie hatte recht, wenn sie meinte, dass er sich weniger unwohl fühlen würde, wenn sich die Überraschung gelegt hätte. Er begann gleich mal damit, die Mission in verdaubare Stücke aufzubrechen und darüber nachzudenken, wen er in einer Situation, in der sein Leben auf dem Spiel stand, dabeihaben wollte.

Er rief die Kontaktliste auf seinem Telefon auf und scrollte bis zum B, bevor er wählte.

»He, Alter!«, antwortete Bruce Norris.

James grinste, während in der Kabine neben ihm jemand einen riesigen Furz fahren ließ.

»Hi! Bist du noch auf dem Campus und hilfst beim Combattraining?«

»Noch ein paar Tage«, erklärte Bruce. »Wie ist Birmingham so? Und wie läuft es mit der Mission?«

»Da hat es eine interessante Wendung gegeben«, gab James zu. »Besteht die Chance, dass du dich auf etwas extrem Brutales und höchst Gefährliches einlässt?«

»Immer«, bestätigte Bruce.

»Cool«, fand James. »Ich brauche nämlich Leute, denen ich vertrauen kann. Also werde ich für eine letzte Mission die alte Gang wieder zusammentrommeln.«

*

Die Zwillinge waren in der Schule, doch Ryan hatte in Nurtrust nichts anderes zu tun, als die Zeit totzuschlagen. Aus Rücksicht auf Leon hatte er Rheas Annäherungsversuche abgewehrt und war Montag und Dienstag in seinem Zimmer geblieben, um mit seinem Mathelehrer auf dem Campus Skype-Sessions abzuhalten.

Wie die meisten CHERUB-Agenten hatte auch Ryan seine Prüfungen zu unorthodoxen Zeiten abgelegt, weil seine Lernzeiten zwischen die Missionen gepflanzt wurden. Das bedeutete, dass er bereits ausreichende Qualifikationen für die Universität hatte, doch er belegte noch ein paar zusätzliche Kurse, um sich für dort einen Vorteil zu erarbeiten.

Immer wieder sah er auf sein Telefon, doch James war verschwunden, und er hatte keine Jobs angeboten bekommen, weder von Onkel noch vom Vorarbeiter des Schrottplatzes. Am Donnerstagmorgen bekam er endlich einen Anruf vom Campus.

James Campus blinkte auf seinem Bildschirm auf. Was er hörte, war aber eine Mädchenstimme.

»Bist du das, Ning?«

»Wer sollte es denn sonst sein, mein Bester?«, fragte Ning gestelzt. »Was machst du?«

»Ich langweile mich zu Tode«, antwortete Ryan. »Ich habe so viel Mathe gemacht, dass ich schon von Zahlen träume. Gerade wollte ich losziehen, um mein Auto aus der Werkstatt zu holen.«

Ning klang amüsiert: »Hat es gekracht?«

»Nein, es hat sich nur jemand mit meinem Seitenspiegel befasst. Wieso sitzt du an James' Schreibtisch?«

»Ich helfe gelegentlich in seinem Büro aus.«

»Kommt er hierher zurück?«

»Deshalb rufe ich an«, erklärte Ning. »Du und deine Brüder habt einen neuen Auftrag bekommen.«

»Was?«, keuchte Ryan. »Ich bin hier auf alles Mögliche gestoßen!«

»Ich kenne die Details nicht«, erwiderte Ning. »Aber offensichtlich hat ein MI5-Team weitere Wanzen in Onkels Hütte und bei ihm zu Hause verteilt. Und sie haben Informanten rekrutiert. Eine Putzfrau und einen Kerl auf dem Schrottplatz mit fragwürdigen Einwanderungspapieren.«

»CHERUB-Agenten dürfen nur in riskante Situationen gebracht werden, wenn Erwachsene nicht die gleichen Resultate bringen könnten«, zitierte Ryan aus dem CHERUB-Ausbildungshandbuch. »Dann werde ich meinen Hintern wohl wieder zum Campus schwingen. Die Zwillinge werden nicht erfreut sein, wieder ihr verschärftes Training aufnehmen zu dürfen.«

»Keine Sorge, du kommst nicht für lange zum Campus zurück«, widersprach Ning. »James sagt, du sollst zu seiner Wohnung gehen und dich dort mit einem gewissen Joffrey vom MI5 treffen. Gib ihm alle Empfänger für die Abhörgeräte. Dann packst du James' Kram in den Ford Focus und fährst zum Campus zurück. Da packst du Badehose, Sonnencreme und so weiter ein, weil wir alle ins Sommerlager fahren. Meine Wenigkeit eingeschlossen.«

»Also das verwirrt mich jetzt«, gab Ryan zu. »Wenn du nicht weißt, was vor sich geht, kann ich dann nicht wenigstens mit James sprechen?«

»Wenn du Glück hast«, sagte Ning. »Er ist gerade im Campus aufgekreuzt, aber er schwirrt herum wie eine Schmeißfliege auf Speed und plant irgendeine geheime Mission.«

»Alle CHERUB-Missionen sind geheim«, verwies sie Ryan.

»Na, diese scheint noch etwas geheimer zu sein«, meinte Ning achselzuckend.

26

Seit fünf Jahren war James nicht mehr im CHERUB-Sommerlager gewesen. Es war bereits Herbst, als der fünfzehnsitzige Privatjet im ersten Sonnenlicht, das auf dem Wasser um die Mittelmeerinsel blitzte, wendete und die kurze Landebahn anpeilte.

»Was war das immer cool«, meinte Bruce, der auf der anderen Seite des Mittelganges saß, beim Anblick eines großen Swimmingpools und einer Reihe von Hütten. Zwischen Juni und September waren hier über hundert CHERUB-Agenten, doch außerhalb der Saison gab es nur das Hausmeisterehepaar und ein kleines Team von Sicherheitsleuten.

Außer James und Bruce saßen noch fünf weitere Agenten in dem kleinen Jet. Ryan, Ning, Leon, Daniel und Ryans bulliger bester Freund Alfie. Außerdem hatten sie eine Köchin, eine Putzfrau, die Trainer Capstick und McEwen und zwei Aushilfstrainer dabei.

Alfie, Ning und die Zwillinge hatten einen Tisch zwischen ihren Sitzen ausgeklappt und spielten lautstark *Cards against Humanity*, ein Fragespiel mit ziemlich schrägem Inhalt. James interessierte sich mehr dafür, dass er seit zwei Stunden zum ersten Mal wieder Handyempfang hatte. Er hörte drei Nachrichten auf dem Anrufbeantworter ab. Die erste war von Amy Collins, die nach seiner Ankunft auf dem Campus vor dreizehn Jahren seine Mentorin gewesen war.

»Schön, von dir zu hören, James«, erklang Amys Stimme. »Aber ich bin jetzt beim FBI und habe meine eigenen Undercover-Aktionen am Laufen. Keine Chance, da rauszukommen.«

»Amy ist draußen«, sagte James zu Bruce, während der Sitz unter ihm bei der Landung vibrierte.

Da die Landebahn so kurz war, wurden alle nach vorne geworfen, als der Pilot mit Flügelklappen und Umkehrschub bremste.

»Schade«, meinte Bruce und stemmte sich mit den Händen an einer Wand ab. »Sie wäre perfekt gewesen.«

»Ich habe noch ein paar andere Leute angerufen.«

»Was ist mit den Zwillingen Callum und Connor?«, schlug Bruce vor.

»Die stehen kurz vor dem Uniabschluss und können nicht freinehmen«, erklärte James. »Gabrielle ist beschäftigt und Rat hat sich bei einem Autorennen letztes Jahr den Hals verletzt.«

»Shakeel?«, versuchte es Bruce.

James schüttelte lachend den Kopf. »Der ist in Brisbane und baut mit jemandem, den er an der Uni kennengelernt hat, eine Internetfirma auf. Außerdem hat Shak sich total gehen lassen. Als ich ihn das letzte Mal gesehen habe, muss er über hundert Kilo gewogen haben.«

»Echt?«, staunte Bruce. »Unglaublich!«

Am Ende der Landebahn wendete das Flugzeug und fuhr zu einer baufälligen Hütte zurück. Ein Mann vom Bodenpersonal in der Uniform der Royal Air Force lief hinaus und legte Blöcke vor die Räder des Flugzeugs. Dann gingen die Türen auf.

James kam nach den beiden Trainern heraus und sah seine Schwester in Shorts und mit ihrer Rathbone-Racing-Kappe aus der Hütte laufen, sowie er den Boden berührte.

»Schön, dass du gekommen bist«, sagte er und umarmte sie.

Lauren lächelte. »Ich dachte, ich komme und rette dir noch ein letztes Mal den Hintern.«

Hinter ihr kam sein alter Freund Kyle und schüttelte Bruce die Hand.

»Ist das okay für deine Arbeitgeber?«, erkundigte sich Bruce.

Kyle lachte.

»Ist ein Wohltätigkeitsprojekt. Sie haben nie Geld. Mein Boss wollte mich nicht gerne verlieren, aber als ich erwähnte, ich könnte ja sechs Wochen unbezahlten Urlaub nehmen, hat mir die Finanzabteilung fast den Arm abgerissen.«

Bruce begrüßte Lauren mit einem Kuss, während sich James einer herben, dunkeläugigen Frau zuwandte. Sie war etwa dreißig, klein, aber muskulös, und schwarze Locken fielen ihr über den Rücken. Sie trug Cargo-Shorts und ein weißes Hemd.

»Tovah?«, fragte James und schüttelte ihr die Hand. »Vielen Dank, dass Sie so kurzfristig kommen konnten.«

Tovah hatte einen starken israelischen Akzent.

»Es freut mich, Sie endlich kennenzulernen, Mr Adams.«

»Nennen Sie mich James«, antwortete er, als Ryan mit den Jüngeren aus dem Jet stieg. »Ich kann Ihnen und Ihrer Regierung nicht genug für Ihre Hilfe danken!«

»Kein Problem«, sage Tovah, als Bruce zu ihnen trat und ihr die Hand schüttelte.

»Mein guter Freund Bruce«, stellte James ihn vor. »Bruce, das ist Tovah, die *ganz bestimmt nicht* vom israelischen Geheimdienst ist.«

Tovah zuckte mit unschuldigem Lächeln die Schultern. »Ich weiß nicht mal, wo Israel liegt.«

»Und warum sind Sie hier?«, wollte Bruce wissen.

Tovah grinste breit. »Ich soll euch Jungs das Fliegen beibringen!«

*

Kerry verließ die Wohnung um sechs Uhr morgens. Sie brauchte zehn Minuten mit dem Taxi und vierzig Stockwerke mit einem Aufzug bis zur Rechtsabteilung ihrer Bank. Auf dem Walnusstisch standen Kaffee, Saft und Frühstücksteilchen. Als sie dreißig Seiten eines Vertrages mit einer Anwältin, deren eine Augenbraue abrasiert war, und zwei ihrer Assistenten durchgegangen war, klingelte das Telefon in der Mitte des Tisches.

»Entschuldigung«, sagte die Anwältin, griff nach ihrem Mantel und ihrer Aktenmappe und winkte den Assistenten zu. »Ich wurde zu einem Meeting in Amsterdam gerufen. Man stellt gerade einen Jet am Londoner Flughafen bereit.«

Kerry raschelte mit den Papieren auf dem Schreibtisch.

»Werden Sie heute noch zurückkommen, um das hier zu Ende zu bringen?«

»Unwahrscheinlich«, antwortete die Anwältin. »Rufen Sie in meinem Büro an, wenn meine Sekretärin da ist. Ich werde versuchen, morgen Zeit für Sie zu finden.«

»Kann sonst jemand ...?«, fragte Kerry, an alle drei gerichtet, die nun ihre Smartphones griffen und die Dokumente vom Tisch sammelten. »Mist.«

Kerry schlug auf den Tisch. Ihr Boss, Doug, würde an die Decke springen, wenn er das hörte. Sie trank den lauwarmen schwarzen Kaffe und aß ein kleines Zimtteilchen, nahm das Telefon und rief ihren Boss an. Doug war noch nicht in seinem Büro, daher lief sie fünfzehn Minuten zum Hochhaus ihrer Bank auf der anderen Seite der Canary Wharf.

Sobald sie im zweiundzwanzigsten Stock aus dem Aufzug trat, explodierte Doug.

»Warum sind Sie nicht bei Doreen?«

»Sie musste nach Amsterdam.«

»Was?«, schrie Doug. »In mein Büro!«

»Ich kann nichts dafür,« verteidigte sich Kerry. »Ich war da, aber sie wurde weggerufen.«

Sie erreichten Dougs Eckbüro, das einen Blick über den Fluss bot und auf dessen riesigem Flachbildschirm Bloomberg-TV lief.

»Warum haben Sie für die Rechtsfragen in diesem Vertrag Doreen eingesetzt?«, brüllte Doug und setzte sich hinter seinen Schreibtisch. »Sie wissen doch, wie beschäftigt sie ist.«

»Sie sagten, es sei wichtig und ich solle die Beste nehmen.«

»Sie ist immer hyperbeschäftigt«, donnerte Doug. »Und dieser Vertrag muss für das Meeting um elf fertig sein. Glauben Sie, dass das Konsortium aus Korea hier mit einem halb garen, halb fertigen Vorschlag auftaucht?«

»Ich kann telefonieren und sehen, wer sonst Zeit hat«, schlug Kerry vor. »Oder wir versuchen, dass sich das jemand von außerhalb ansieht.«

»Nicht innerhalb von zwei Stunden, Chang!«, schrie Doug und griff nach dem Telefon. »Warum sind Sie das nicht gestern Abend mit Doreen durchgegangen?«

»Ich habe das Büro gestern Abend erst um neun Uhr verlassen«, erkläre Kerry. Gerne hätte sie hinzugefügt: *zwei Stunden nach Ihnen.*

Doug rief jemanden an, bekam aber nur ein Besetztzeichen und knallte den Hörer auf.

»Sie scheinen die Dinge nicht im Griff zu haben, Chang!«, schrie er. »Und wenn das so ist, dann suche ich mir jemanden, der das kann!«

Kerrys Chef war immer sehr launisch, und es war normalerweise keine gute Idee, ihm zu widersprechen. Aber sie war entschlossen, nicht alle Schuld auf sich zu nehmen.

»Doreen und ich haben den Vertrag vor zehn Tagen aufgesetzt«, verwies sie ihn. »Sie waren es, der ihn eine Woche lang liegen ließ und die Fehler erst gestern bemerkt hat.«

»Falls es Ihnen nicht aufgefallen ist, ich bin beschäftigt.«

Kerry schnaubte. »Sie sind diese Woche zweimal früher gegangen, um Golf zu spielen, während ich jeden Abend bis acht hier gesessen und versucht habe, diesen Leasingdeal vorzubereiten.«

Doug stand auf und brüllte sie an: »Wie können Sie es wagen, in meinem eigenen Büro so mit mir zu sprechen! Sie arbeiten seit kaum zwei Jahren hier. Ich habe unbezahlte Interne, die effizienter sind als Sie!«

»Sie sind ein Mistkerl«, erklärte Kerry, als sich ihr Boss vor ihr aufbaute.

»Herzchen, wenn Sie das nicht aushalten ...«

»Soll ich jetzt eine andere Anwaltskanzlei finden oder nicht?«, fragte Kerry. »Und ich bin nicht Ihr Herzchen!«

»Wie auch immer«, meinte Doug. »Sie haben das Problem geschaffen, also räumen Sie es auch aus dem Weg!«

Mit leisem Keuchen wirbelte Kerry auf ihren hohen Absätzen herum und verließ das Büro ihres Bosses.

»Alles okay?«, erkundigte sich eine Kollegin, die die Tränen in Kerrys Augen sah.

»Ich werde es überleben«, antwortete Kerry wenig überzeugt und ging die zwanzig Schritte bis zu ihrem eigenen fensterlosen Büro.

Doch die Tränen flossen weiter, als sie ihren Schreibtisch erreichte. Außer dem Vertrag, über den sich ihr

Chef gerade aufregte, lagen dort die Akten für drei weitere Deals: die Finanzierung für eine Softdrink-Abfüllanlage in Chile, ein Leasingvertrag für Züge in Russland und der Finanzplan für einen spanischen Milliardär, der einen walisische Möbelfabrikanten aufkaufen, die Angestellten feuern und die Produktion in eine riesige Fabrik verlegen wollte, die er in Rumänien aufbaute.

Wenn nichts dazwischenkam, würde sie um sieben Uhr fertig sein. Doch irgendetwas kam immer dazwischen. Sie stöhnte, als ihr Handy summte, doch als sie das Bild von James auf dem Schirm sah, lächelte sie. Es zeigte die abblätternde Farbe der Hütte 32 im CHERUB-Sommerlager.

Gerade gelandet. Weißt du noch, was wir im Sommer 08 hier getrieben haben?

Kerry zoomte das Bild näher heran. Draußen ging Doug vorbei und blaffte irgendjemanden an. Sie sah einen winzigen James in der Fensterscheibe der Hütte gespiegelt, das Telefon mit der Kamera vor dem Gesicht und in der engen schwarzen Jeans, in der sein Hintern so gut aussah. Sie hatte sich noch nie so sehr gewünscht, ihn zu umarmen. Ihre Finger schwebten nur kurz über der Tastatur, dann tippte sie:

Zu spät, um noch einzusteigen?

James war online und erwiderte sofort: *Auf keinen Fall! Im Ernst?*

Todernst.

Mit zitternden Händen machte Kerry ihre Aktentasche auf, kippte alle Arbeitsunterlagen auf den Schreibtisch und nahm ihr Arbeitshandy und den Laptop heraus. Dann steckte sie ein gerahmtes Foto von James hinein, den Wackelelvis und die Jesusfigur von ihrem Monitor.

Sie brauchte ein paar Minuten, um einige entlarvende Seiten aus der Akte über die Möbelfabrikübernahme zu entfernen. Sie steckte sie in einen Umschlag, suchte schnell eine Adresse auf Google und schickte sie an den Herausgeber einer Lokalzeitung in der Nähe der walisischen Möbelfirma. Es würde die Übernahme zwar nicht aufhalten können, aber zumindest konnten die Bank und der Milliardär nicht lügen und behaupten, es geschähe zum Wohl der Arbeiter und der Gemeinde.

Kerry nahm ihren Ausweis vom Hals und hängte ihn über den Monitor, dann trat sie auf den Gang. Am Ende stand ein Kopierer, vor dem Doug stand und eine lockige Angestellte anschrie: »Ich brauche diese Zahlen bis gestern!«

Einerseits hätte sie gerne Anlauf genommen, Doug die Beine weggezogen und ihm die Nase eingeschlagen. Und sie hätte sich auch gerne von einigen Mitarbeitern, die sie als Freunde betrachtete, verabschiedet. Doch hauptsächlich wollte sie fort.

Sie gab den Umschlag einer Empfangsdame.

»Das muss dringend per Kurier raus«, erklärte sie. »Sagen Sie Doug, dass ich einen Anwalt von außerhalb gefunden habe und hinfahre, um den Chang-Vertrag zu überarbeiten.«

Auf dem Weg mit dem Aufzug nach unten schossen ihr die Gedanken durch den Kopf. Die Gedanken daran, auf was für ein Gehalt sie verzichtete, und an den sechsstelligen Bonus, der im Januar fällig wäre. War es verrückt, einen so begehrten Job für eine äußerst gefährliche Mission am anderen Ende der Welt aufzugeben?

Das Komische war nur, dass sie sich noch nie einer Sache so sicher gewesen war.

27

»Morgen!« rief Capstick mit seinem nervigen gedehnten australischen Akzent. »Ich habe gute Neuigkeiten!«

Der kräftige Trainer stand am Swimmingpool des Sommerlagers. Ning, Ryan, Leon, Daniel und Alfie waren in ihrer CHERUB-Uniform vor ihm aufgereiht, während die beiden Hilfstrainer in der Nähe an einer Konsole herauszufinden versuchten, wie man die Poolabdeckung zurückziehen konnte.

»Normalerweise ist es meine Aufgabe, euch Kids zu plagen und in die bestmögliche körperliche Form zu bringen«, fuhr Capstick fort. »Aber hier liegt die Sache anders. Ich habe achtundzwanzig Tage, um frühere CHERUB-Agenten auf eine hochgefährliche Mission vorzubereiten. Sie sind vor mehr als fünf Jahren bei CHERUB ausgeschieden und die meisten von ihnen verbringen ihre Tage jetzt faul auf dem Hintern hinter einem Schreibtisch. Eure Aufgabe ist es, die Erwachsenen zu motivieren, indem ihr ihnen zeigt, wie tief sie gesunken sind. Ihr werdet Trainingsläufe mit ihnen absolvieren, ihr werdet mit ihnen sparren, Sport treiben und mit ihnen lernen. Es heißt, altes CHERUB gegen neues, und ich will, dass ihr keine Gnade zeigt!«

»Kids gegen Knacker«, schlug Ryan vor.

Capstick hob einen Finger und lachte.

»Das gefällt mir. Also ab in die Badehosen, denn wir werden mit etwas Spaß im Pool anfangen!«

»Seht euch das an!«, neckte Bruce zehn Minuten später und stupste seinen Finger in das weiche Fleisch über Kyles Shorts. »Und wann hat deine Haut zum letzten Mal Sonne abbekommen?«

»Verpiss dich!«, riet ihm Kyle, als sie James einen gewundenen Pfad zwischen den Hütten zum Pool folgten. »Nur weil ich nicht das komplette letzte Jahr an irgendeinem Strand in Thailand herumgehangen habe!«

»Herumgehangen!«, protestierte Bruce. »Sechs Stunden Training vier Tage die Woche und dazu habe ich noch Muay Thai unterrichtet.«

Lauren wartete auf sie. Sie saß auf einer niedrigen Mauer, trug Poolschuhe und einen Einteiler aus Lycra. Für jemanden mit einem hellen Hauttyp war sie ziemlich braun. Ihre Schultern und Arme waren muskulös, weil der Motorsport den Nacken stark belastet.

»Hier kann ich eine Teilung erkennen«, sagte Bruce zu Lauren, als sie aufstand. »Zwischen denen, die ihren Körper achten, und denen, die aufgegeben haben.«

Bei Kyles Anblick grinste Lauren. »Du bist ja tatsächlich molliger als James.«

»Hey!«, verwahrte sich James. »Einsatzleiter müssen auch trainieren. So unfit bin ich gar nicht.«

»Ich hasse euch alle«, verkündete Kyle.

Sie kamen hinter den Bäumen hervor und erreichten den Pool.

»Oh Mist!«, entfuhr es James, als er sah, was dort vorbereitet war. »Ich hasse dieses Spiel!«

Im Swimmingpool mit den olympischen Maßen trieben hundert farbige Bälle. Ein Müllcontainer an jeder Seite diente als Tor.

»Sie sind zwei Minuten zu spät«, erklärte Capstick mit einem Blick auf seine riesige Plastik-Taucheruhr. »Wenn das noch einmal vorkommt, können Sie Liegestützen machen. Rote Bälle sind einen Punkt wert, gelbe drei, blaue fünf und grüne zehn. Ihr dürft immer nur einen Ball auf einmal nehmen. Rempeln ist erlaubt, aber nicht Festhalten oder Schlagen, und jeder, der jemanden unter Wasser drückt, wird sofort disqualifiziert. Jede Runde dauert zwanzig Minuten oder so lange, bis alle Bälle aus dem Wasser sind. Das erste Team, das drei Runden gewinnt, hat das Spiel gewonnen. Die Verlierer müssen den zwölf Kilometer langen Lauf um die Insel absolvieren, bevor es Essen gibt.«

»Die sind zu fünft und wir nur zu viert«, sagte Lauren, »das ist doch nicht fair!«

»Bedanken Sie sich bei Ihrem Bruder für seine mangelhaften Rekrutierungsfähigkeiten. Fairness gibt es nur im Märchen. Und jetzt an die Enden des Pools!«

Die vier Knacker und die fünf Kids stellten sich fünfzig Meter voneinander entfernt an den beiden Enden des Pools auf. Ein Trainingsassistent, der die Beine über ein Sprungbrett baumeln ließ, blies in eine Pfeife und alle sprangen ins Wasser.

Obwohl Wind und Strömung die Bälle durcheinandergewirbelt hatten, trieben die meisten doch in der Mitte des Pools ungefähr dort, wo man sie hineingeschüttet hatte. Natürlich wollten alle zuerst die Zehn-Punkte-Bälle. Bruce und Ning waren die schnellsten Schwimmer ihrer Teams und griffen sich je einen grünen Ball.

Alfie versuchte Bruce mit seinem massigen Körper aufzuhalten, doch Lauren war dicht hinter ihm. Bruce warf ihr den Ball zu, sodass sie ihn leicht in die Öffnung des blauen Müllcontainers schießen konnte.

»Zehn zu null!«, schrie Bruce, griff sich schnell einen gelben Drei-Punkte-Ball und warf ihn Lauren zu. Alfie packte ihn um die Hüfte.

»Nicht festhalten!«, protestierte Bruce.

Alfie war zwanzig Zentimeter größer und fünfzehn Kilo schwerer als Bruce, doch dieser war sehr stark. Er riss sich los und schob Alfie so heftig gegen den Poolrand, dass diesem die Luft wegblieb. Da er damit zeitweilig außer Gefecht war, taten sich Bruce und Lauren zusammen und Bruce warf Lauren die Bälle zu, die diese dann ins Ziel beförderte.

Doch während der stärkere Teil des Knacker-Teams Punkte einheimste, liefen die Dinge am anderen Ende des Pools nicht so glatt. Da sie einen Mann mehr hatten, spielten Ryan und Leon ein taktisches Spiel und warfen Dutzende von Bällen näher an ihr Ziel heran, wo Daniel und Ning sie einsammelten und ins Ziel warfen.

Kyle warf Bälle zurück und verhinderte Daniels Würfe mit einigem Erfolg, doch Ning war ein richtiger Fisch, und James kam nicht einmal auf zwei Meter an sie heran, während sie eine Folge von Bällen in den Container warf. Anstatt ein verlorenes Spiel gegen Ning zu machen, schwamm James lieber am Rand entlang, sammelte mehrere Bälle ein und warf sie Bruce zu. Doch als er zur Mitte kam, fand er sich von Ryan und Alfie gleichzeitig angegriffen.

Alfie versetzte ihm einen kräftigen Stoß, während Ryan tauchte und ihm die Shorts herunterzog.

»He!«, schrie James und griff panisch nach seiner Hose. Ryan tauchte wieder auf und warf weiter Bälle zu Daniel und Ning.

Fünf Minuten nach Spielbeginn war die Hälfte der Bälle in den Containern. Die verbleibenden, meist die roten und gelben mit den niedrigen Punktzahlen, trieben verstreut an den Poolrändern. Bruce und Ning waren wie die Haie unter Delfinen und erzielten Treffer um Treffer, während ihre Gegner nicht zum Zug kamen. Das andere Extrem war Kyle, der mit rotem Gesicht aus dem Pool kletterte und sich heftig atmend flach auf den Rücken legte.

»Bist du verletzt?«, erkundigte sich James, nachdem

ihm mit dem letzten blauen Fünf-Punkte-Ball ein Randtreffer auf den Müllcontainer gelungen war.

»Seitenstechen«, keuchte Kyle. »Das tut so weh!«

»Das ist erst die erste Runde!«, stieß James hervor. »Und ich habe gedacht, ich sei nicht fit!«

Ohne Kyle waren sie drei gegen fünf. Die Kids nutzten die zahlenmäßige Überlegenheit aus und ihre schnellsten Schwimmer, Ning und Ryan, sammelten Bälle und warfen sie Alfie am Tor zu, der sie mit langen Armen hineinwarf, während die Zwillinge alles taten, um den Gegner zu stören.

Es waren noch viereinhalb Minuten zu spielen, als die letzten roten Ein-Punkt-Bälle zu beiden Enden des Pools in die Container fielen. Kyle hatte es bis zu einer Liege geschafft und hielt sich immer noch die Seite. Die anderen stiegen aus dem Pool, und die Trainingsassistenten kippten die Container um, damit sie die Punkte zählen konnten.

»Du bist ja knallrot«, stellte Lauren mit einem besorgten Blick auf Kyle fest.

»Sieht nach Herzinfarkt aus«, spottete Bruce. »Ich dachte, du bist Mitglied in einem Fitnessclub.«

»Das heißt nicht, dass er da auch hingeht«, bemerkte James.

»Lasst mir nur ein paar Tage Zeit«, stöhnte Kyle. »Wenn die Spinnweben erst mal runter sind, wird das schon wieder.«

»Wir haben einen Gewinner!«, verkündete Capstick, dem einer seiner Assistenten einen Zettel reichte. »Kid-Agenten: zweihundertdreiundvierzig. Knacker-Agenten: einhundertzweiunddreißig!«

»Ha!«, schrie Leon und gab Ning fünf. »Das ist ja fast zwei zu eins!«

Lauren und Bruce sahen sich kopfschüttelnd an. Capstick kam und schlug James lächelnd auf den Rücken.

»Und wie gefällt Ihnen mein Training so weit, Boss?«, fragte er.

Da James den Einsatz leitete, war er im Prinzip Capsticks Vorgesetzter. Doch während des sportlichen Trainings musste er dessen Befehlen gehorchen, wollte er nicht den Respekt der anderen verlieren.

»Alles bestens«, log er daher. »Wirklich super.«

»Freuen Sie sich schon auf den Lauf um die Insel?«, fragte Capstick mit einem Blick auf Kyle. »Meine Youngsters haben Sie fertiggemacht und vielleicht müssen Sie den Kerl da huckepack nehmen.«

Die Trainingsassistenten kippten die Bälle für die nächste Runde ins Wasser. James sah, wie Tovah in einem schwarzen Bikini von den Hütten herüberkam.

»In diesem Ausschnitt möchte ich mein Gesicht versenken«, bemerkte Bruce leise.

»Alter Chauvi!«, knurrte Lauren und knuffte ihn.

»Hi«, begrüßte sie Tovah und sah James über den Rand ihrer Sonnenbrille hinweg an. »Das sieht lustig aus. Kann ich mitmachen?«

28

Die Hütte war für acht Personen ausgelegt, daher hatten James, Kyle und Bruce je ein Stockbett für sich.

Bruce kam in Shorts aus einem etwas schäbigen Bad und verkündete fröhlich: »Was für ein toller Tag! Die Sonne scheint und das Leben ist schön!«

»Hau ab!«, knurrte Kyle und zog sich das Kissen über den Kopf. »Ich habe Schmerzen.«

»Wo?«

»Überall«, antwortete Kyle und setzte sich auf. »Ich werde alt.«

»Du bist sechsundzwanzig, Mann«, bemerkte Bruce.

Kyle sah einen Haufen Bettlaken auf dem Bett gegenüber.

»Ist James schon wach?«

»Kerry ist gegen drei Uhr mit dem Boot gekommen«, grinste Bruce. »Sie konnten die Finger nicht voneinander lassen.«

»Ich wünschte, ich hätte so etwas auch«, meinte Kyle.

»Was?«

»James und Kerry«, erklärte Kyle. »Die sind so was wie eine Institution. Kein Herumgeeiere auf der Suche nach dem perfekten Partner. Man trifft jemanden mit zwölf und dann ist alles klar.«

»Aber sie haben sich doch ungefähr hundertmal getrennt!«

Kyle nickte und zog sich seine Trainingshose an.

»Aber haben wir je daran gezweifelt, dass sie wieder zusammenkommen, wenn so etwas passiert ist?«

»Ich bin eine Zeit lang mit Kerry gegangen«, verwies Bruce ihn scharf.

»Nichts für ungut«, meinte Kyle und hielt sich stöhnend die Rippen, als er aufstand.

»Ich hab's überlebt«, erwiderte Bruce. »Thai-Mädchen sind toll. Was macht dein Liebesleben zurzeit? Gehst du noch mit diesem Kostenplanungsingenieur mit dem Nasenring?«

»Der hat mich wegen eines indischen PHP-Programmierers sitzen gelassen«, erzählte Kyle, während er auf sein iPhone sah und in seine Adidas schlüpfte. »Frühstück?«

»Aber hallo!«, bestätigte Bruce. »Ich habe Mordshunger.«

Da die Hauptküche und der Speisesaal nach der Saison gerade renoviert wurden, begnügte sich die Köchin mit der Küche in einer der Angestelltenwohnungen. Sie hatte die Sofas aus einem Wohnzimmer geräumt und es mit zusammengesuchten Stühlen und Klapptischen zu einem Esszimmer umfunktioniert.

»Ahoi, Leute!«, rief James, als Kyle und Bruce zu ihm ans Büfett kamen.

»Sieh dir das Grinsen an«, neckte ihn Bruce, während sich James den Teller mit Schinken, Eiern und Würstchen belud. »Da ist aber jemand letzte Nacht glücklich gewesen.«

»Wo ist denn Kerry?«, fragte Kyle.

»Duschen«, antwortete James.

Lauren saß mit Capstick an einem Tisch, direkt neben der lärmenden Menge von Teenagern.

»Warum halten Sie sich denn den Rücken, Kyle?«, rief Alfie. »Brauchen Sie einen Krückstock? Oder einen Rollator?«

Bruce kniff die Augen zusammen.

»Wie geht es denn den Rippen, die ich an den Poolrand gequetscht habe, Alfie? So schön blau wie Daniels Auge?«

»Sie sollten es heute lieber ruhiger angehen lassen«, meinte Leon, während er sich Rührei in den Mund schaufelte. »In Ihrem Alter muss man auf den Blutdruck achten.«

»Oder auf seine Hämorriden«, fügte Alfie hinzu, woraufhin der ganze Tisch in Gelächter ausbrach.

Als Kerry eintrat, wurden freundliche Rufe laut. Lauren und Kyle umarmten sie.

Kerry sah Bruce scharf an.

»Und wann können wir diese frechen Blagen durch das Dojo jagen?«, erkundigte sie sich.

»Früh genug«, meinte Bruce und setzte sich neben Lauren. »Mal sehen, wie frech sie morgen sind, ohne Zähne.«

»Vor Ihnen habe ich keine Angst«, sagte Alfie zu Bruce. »In meiner Nase habe ich schon Größeres gefunden!«

Am Tisch der Jugendlichen ertönte Gelächter. James gab Kerry im Vorbeigehen einen Kuss, während er mit seinem vollen Teller zum Tisch und Kerry zum Büfett ging. Doch noch bevor sich James zwischen Lauren und Kyle setzen konnte, schoss Tovah mit einem mit Folie bedeckten Teller aus der Küche.

»Was ist das denn?«, fragte James, die Gabel voller Bratkartoffeln.

»Schlechte Nachrichten«, erklärte Tovah. »Ich habe mal nachgerechnet. Wenn Sie bei dieser Mission mitmachen wollen, müssen Sie vier Kilo abnehmen.«

James stöhnte entsetzt, als Tovah seine Eier mit Schinken gegen Melonenscheiben, garniert mit zwei roten Weintrauben, austauschte.

»Sie scherzen wohl!«, protestierte James und deutete auf Kyle. »Er ist fetter als ich!«

»He!«, japste Kyle.

Tovah schüttelte den Kopf.

»Kyle wiegt zwar zu viel für seine Körpergröße, aber er ist kleiner, deshalb kommt er trotzdem nur auf vierundsechzig Kilo. Sie müssen unter fünfundsiebzig wiegen.«

Alle außer James begannen zu lachen.

»Wer hat den Keks aus der Dose geklaut?«, begannen die Kids am Nebentisch zu singen. »Wer hat den Keks aus der Dose geklaut?«

»Diese Würstchen sind köstlich«, neckte Kerry, während James missbilligend seine Melone ansah. »Sind alle Mahlzeiten so oder nur das Frühstück?«

»Alle Mahlzeiten«, erwiderte Tovah. »Strikte Kalorienreduzierung ist die einzige Möglichkeit, wie James vier Kilo in fünf Wochen loswird.«

»Hey!«, knurrte James, als Lauren ihr Telefon zückte und ein Bild machte. »Was soll denn das?«

»Das musste sein, Bruderherz«, erklärte Lauren, »dein Gesichtsausdruck eben war unbezahlbar!«

*

Da man bei CHERUB das Budget durch das schöne neue Campusdorf über Jahre hinweg ausgeschöpft hatte, war das Sommerlager vernachlässigt worden. Die Sporthalle bildete da keine Ausnahme. Die Dielen knarrten, die Farbe blätterte, und die Kampfmatten waren mit Tape geflickt worden.

Capstick leitete die Trainingseinheit und begann mit Aufwärmrunden und Dehnübungen. Kyle hatte seit Ewigkeiten kein Sparring mehr gemacht, doch besiegte er seine Schmerzen und brachte gegen Leon eine vernünftige Leistung zustande. Daniel wurde von Tovah deklassiert. Als die Größten sparrten James und Alfie gegeneinander und wurden mit der Zeit immer röter im Gesicht und immer schlechter gelaunt. Bruce und Kerry hatten miteinander gekämpft, seit sie neun Jahre alt waren, doch da Kerry nicht mehr intensiv trainiert hatte, seit sie die Uni beendet hatte, musste Bruce sich zurückhalten.

Nach neunzig Minuten und einigen Partnerwechseln stellten sich Tovah, die fünf Kids und die fünf Knacker atemlos vor Capstick und McEwen auf.

»Ihr habt euch alle wacker geschlagen«, lächelte Capstick. »Besonders Sie, Kyle, Sie haben einige Spinnweben weggefegt.«

Kyle grinste und Bruce schlug ihm auf die Schulter.

»Aber«, fuhr Capstick nach einer Kunstpause fort, »da Kids und Knacker ja noch im Wettstreit stehen, möchte ich, dass beide Seiten ihre drei besten Kämpfer für drei Runden aussuchen. Die Gewinner sind die ersten in der Dusche und am Büfett. Die Verlierer laufen zehn Runden und wischen den Schweiß von den Matten.«

Da Ning und Alfie seine Freunde waren und Leon und Daniel seine Brüder, hatte Ryan die Rolle des Anführers unter den Kids und führte das Quintett hinten im Raum zu einem Kreis zusammen.

»Bruce schlägt einfach alle«, begann Alfie. »Ning ist zu schnell für James, Kyle ist ein Wrack, und ich schätze, dass Ning es auch mit Kerry oder Lauren aufnehmen kann, weil die beiden außer Übung sind.«

Ryan nickte zustimmend.

»Wenn also Bruce seinen Kampf gewinnt und Ning ihren, dann hängt alles von der dritten Runde ab.«

»Moment mal«, warf Ning ein. »Ich bin die Beste und Bruce ist der Beste. Ich sollte gegen ihn kämpfen.«

Die vier Jungen schüttelten die Köpfe.

»Nein, wir müssen taktisch vorgehen«, sagte Ryan.

Ning lächelte.

»Von dem legendären Bruce Norris habe ich schon in meiner ersten Stunde im Dojo auf dem Campus gehört. Ich wollte schon immer mal gegen ihn kämpfen.«

»Aber dann liegen wir eine Runde zurück, also wozu das?«, meinte Ryan.

Empört stemmte Ning die Hände in die Hüften. »Wer sagt denn, dass ich nicht gewinnen kann?«

Lachend schüttelten die Jungen die Köpfe.

»Ning, um Himmels willen«, wandte Alfie ein. »Seit er dreizehn ist, hat Bruce jedes Jahr die Campusmeisterschaften gewonnen. Er hat einige der besten jungen Kämpfer auf dem Campus ausgebildet.«

Ryan nickte.

»Er hat in Thailand gelebt und bringt Thailändern Muay Thai bei.«

»Ich kann es mit ihm aufnehmen«, beharrte Ning und schlug sich mit der Faust in die Hand. »Ich kämpfe gegen Bruce und damit basta!«

29

Lauren Adams stellte sich in der ersten Runde Ryan. Es standen Ryans Größe und Geschwindigkeit gegen Laurens Technik und niedrigen Schwerpunkt. Nachdem sie sich lange umkreist hatten, verleitete Lauren Ryan zu einem überzogenen Schlag. Sie duckte sich, zog ihm die Beine weg, warf ihn zu Boden und gewann, indem sie ihm den Arm verdrehte.

Alfie und James wiederholten ihr Sparring von zuvor. Heftig und langsam keuchend wurden sie immer röter und landeten schließlich in einem Unentschieden auf der Matte. Capstick erklärte Alfie zum knappen Gewinner, hauptsächlich, weil er wollte, dass es in der dritten Runde noch um etwas ging.

Bruce Norris war ein wenig kleiner als der Durchschnitt, schlank, muskulös und so schnell, dass seine Gegner sich oft mit einer blutigen Nase am Boden wiederfanden, bevor sie zu ihrem ersten Schlag ansetzen konnten. Ning war etwa gleich groß. Ihr breiter Rücken und ihre muskulösen Arme hatten den chinesischen Staat dazu veranlasst, sie als zukünftige Box-Olympionikin auszuwählen, als sie noch klein war, und als sie sich jetzt vor Bruce aufbaute, konnte man sehen, warum.

»Kämpft!«, rief Capstick.

Die Zuschauer tuschelten aufgeregt.

Bruce tat, was er immer tat. Er griff schnell an und brachte Ning mit einem Beinhaken zu Fall. Es sah aus, als sei der Kampf nach drei Sekunden vorbei, als er sich auf ihren Rücken legte und ihren Arm zurückzubiegen versuchte. Doch ihre kräftigen Schultern gaben nicht so nach, wie er es erwartet hatte, und das Knie, das ihn in die Rippen traf und aus dem Gleichgewicht brachte, war ziemlich kräftig.

Jetzt rollte sich Ning über Bruce. Der wand sich, als sie ihm das Knie auf die Brust setzte und sein Gesicht mit ihren Handschuhen bearbeitete. Hätte mehr auf dem Spiel gestanden, hätte Bruce den Schmerz ausgehalten und versucht, sie abzuwerfen, doch er hatte keine Lust, den Rest der Mission durch eine gebrochene Nase zu atmen, daher klopfte er zum Zeichen der Aufgabe auf die Matte.

Die anderen, selbst die Knacker, schienen von Nings Überraschungssieg begeistert, obwohl sie jetzt Strafrunden laufen durften.

»Verloren, Bruce!«, schrie Alfie.

Nings eigene Siegesstimmung war gedämpft. Sie wusste, dass Bruce eine taktische Niederlage eingesteckt hatte, reichte ihm die Hand und ging dann zu einer Tonne mit Ausrüstungsgegenständen und zog sich die Handschuhe aus.

»Du schlägst ganz schön hart zu«, sagte Bruce grinsend.

Ning hatte im Laufe der Jahr schon genügend Jungen verprügelt, um es schätzen zu können, wenn sich jemand nicht beschwerte oder Ausreden erfand, wenn er verlor.

»Sie haben mich noch nie kämpfen gesehen«, antwortete sie. »Ich habe mir die Videos Ihrer Meisterschaftskämpfe angesehen. In den ersten Runden gehen Sie gegen ihre Gegner immer gleich vor, wenn Sie glauben, dass es leicht wird.«

»Mein Fehler«, grinste Bruce, zog sich einen Boxhandschuh aus und warf ihn in einen Leinensack. »Jetzt werde ich dich jedenfalls respektieren. Und ich habe mir im Laufe der Jahre zu oft die Nase gebrochen, um das zu weit zu treiben.«

Ning zuckte mit den Achseln. »Sie würden mich jederzeit schlagen, wenn Sie meinen Kampfstil kennen würden.«

»Aber du hast dich gut gegen mich behauptet«, gab Bruce zurück und musste unwillkürlich lächeln. »Das kann ich nur bewundern. Wirst du nach CHERUB direkt an die Uni gehen?«

»Das weiß ich noch nicht.«

»Ich bin gut mit dem Besitzer des Dojo in Thailand befreundet, wo ich arbeite. Wenn du ein Jahr Pause machen willst, könnte ich dir sicher Arbeit als Trainerin besorgen. Und wenn du willst, kannst du dir nebenbei bestimmt was bei professionellen Kämpfen verdienen.«

»Keine schlechte Idee«, sagte Ning fröhlich. »Ich bin ohne einen Penny aus China gekommen und kann etwas Geld auf jeden Fall gebrauchen.«

»Die Bezahlung ist nicht gut«, musste Bruce zugeben. »Aber das Leben da ist cool. Du kannst dir einen hübschen australischen Surfer angeln.«

Ning betrachtete verlegen ihre Füße und meinte: »Jungs wollen aber immer nur magere Mädchen mit Riesenbusen.«

Bruce lachte. »Mach dich nicht selbst klein. Eine Menge Jungen würden auf dich stehen.«

»Wie wer zum Beispiel?«, schnaufte Ning.

»Na, ich«, lächelte Bruce.

Ning war geschmeichelt und strahlte, doch es war auch ein wenig merkwürdig, weil sie nicht wusste, ob Bruce mit ihr flirtete oder nur nett war. Bruce ging es ebenso, denn er stellte fest, dass er tatsächlich flirtete. Aber er war hier nicht an einem Strand in Thailand. Er gehörte zum CHERUB-Personal und Ning war eine siebzehnjährige Agentin.

Sie wurden rot, doch zum Glück erlöste sie Trainer McEwen, der auf sie zukam und auf Bruce deutete.

»Gehen Sie zu den anderen Knackern«, rief er. »Zwanzig Runden. Und, Ning, du schwingst deinen verschwitzten Hintern aus meiner Sporthalle und unter die Dusche.«

*

James aß Hummus und Karottenstangen, während alle anderen Pizza bekamen, doch als er die fünfzehn 450-Kubik-Hondas übernahm, besserte sich seine Laune.

»Wer ist schon mal Motorrad gefahren?«, fragte er die beiden Teams und die vier Trainer, die sich um ihn versammelt hatten.

Lauren, Kerry, Bruce, Alfie, Ryan und einer der Trainingsassistenten hoben die Hand.

»Das sind 450CRF-Crossbikes«, erklärte James. »Fast unzerstörbar. Die Höchstgeschwindigkeit liegt bei nur hundertdreißig km/h, aber sie sind höher gebaut und haben dicke Reifen, sodass sie sich gut für das Gelände eignen, in dem wir uns im nördlichen Syrien bewegen werden. Das hier sind für die Trainingszwecke normale Hondas, aber für den Einsatz werden wir ein paar Modifikationen vornehmen, damit sie mehr Gepäck aufnehmen können. Und eine besondere Schaltung, um auf freier Straße schneller fahren zu können.

Zum Anfang möchte ich, dass diejenigen, die schon gefahren sind, den Motorradjungfrauen helfen, sich bei ein paar sanften Runden mit der Steuerung vertraut zu machen. Danach werden wir eine kleine Fahrt machen, um uns mit Tovah zu treffen, die den zweiten Teil des Nachmittagstrainings leiten wird.«

James und Lauren als die Erfahrensten übernahmen die Führung und zeigten den anderen, wie man Schutzkleidung anlegte und die stimmgesteuerten Mikrofone in den Helmen aktivierte, bevor sie sie auf eine Probefahrt entlang der einspurigen Straße zwischen dem Hauptgebäude des Sommerlagers und dem kleinen Hafen schickte.

Bei blauem Himmel und nachmittäglichen Temperaturen von fast zwanzig Grad führte James Fahrer mit unterschiedlichem Selbstvertrauen über die unbefestigte Straße. Kyle beschwerte sich, dass seine Schultern schmerzten, und Leon, Daniel und Alfie zogen sich fast unvermeidlich James' Zorn zu, weil sie erst ein Rennen anfingen und dann durch einen Bach rasten und Kerry und Capstick nass spritzten.

Der letzte Kilometer führte über einen steilen Fußweg zum Ende der Landebahn, wo ihr Flugzeug aufgesetzt hatte. James drehte den Gashebel auf und mit ohrenbetäubendem Lärm schossen er und die anderen Motorräder mit ihren staubigen Fahrern in einer Abgaswolke davon. Nach einer sanften Kurve stiegen sie am Ende der Landebahn, die am Meer lag, von ihren Bikes.

Tovah erwartete sie bereits neben einem leuchtend gelben Laster voller Ausrüstung und einem merkwürdigen Gerät am Boden. Es sah aus wie ein Zweierbob, hatte jedoch Gummiräder, zwei hinten und vorne ein weiteres unter der spitz zulaufenden Nase.

»Kommt her«, forderte Tovah sie auf und schlug auf den Kasten aus Kohlenstofffaser. »Eine Frage an euch alle: Stellt euch vor, ihr seid im Schutz der Dunkelheit in feindliches Gebiet eingedrungen oder mit dem Fallschirm gelandet. Aber wieder hinauszukommen ist nicht so einfach, weil ihr dort eine Ölquelle in die Luft gejagt und ein paar Ingenieure gerettet habt. Es gibt nur eine Straße hinaus und zwischen euch und der türkischen Grenze liegt eine Handvoll vom IS kontrollierter Checkpoints. Die Frage ist, wie kommt ihr da raus?«

Mit diesen Worten drückte sie einen Plastikhebel, der den Kasten öffnete. Ein paar Sekunden später hatte sie hineingegriffen und verschiedene Streben herausgezogen und gedreht. Sie befestigte eine Plexiglasscheibe an der Außenseite, nahm eine Steuerkonsole und zog schließlich an einer Schnur, die einen Luftkompressor einschaltete und schlaffes Nylon schnell in einen acht Meter langen Tragflügel verwandelte.

»Das PX1 wurde von den Spezialeinheiten der USA und Israels gemeinsam entwickelt«, erklärte Tovah. »Es hat eine Reichweite von zweihundert Kilometern und kann hundertfünfzig Kilo tragen. Es fliegt ohne Gegenwind mit etwa hundert km/h und erzeugt, aus einer Entfernung von fünfzig Metern gemessen, nur knapp achtzig Dezibel Lärm. Da es sehr klein ist und aus Karbonfaser besteht, ist es nur für die besten Radaranlagen sichtbar. Also, wer hat Lust auf einen Flug mit mir?«

James trat vor und Tovah nickte.

»Ich dachte, der sei zu schwer«, bemerkte Alfie.

»Für einen Flug von hundert Kilometern während der Mission muss er leichter sein«, lächelte Tovah, »aber für eine kleine Demo kriegen wir ihn schon von der Startbahn hoch.«

James nahm sich einen Helm und setzte sich auf den Passagiersitz hinten, doch Tovah befahl ihm, sich nach vorne zu setzen. Dann legte sie ihm den Fünfpunktgurt an.

»Das ist ein Trainingsmodell«, erklärte sie James und setzte sich hinter ihn. »Ich habe hier hinten auch eine Steuerung.«

James sah sich die drei Instrumentenbildschirme in Smartphonegröße und ein Dutzend Schalter und Knöpfe an.

»Und wo sind die Raketenwerfer?«, fragte er grinsend.

Durch den Lautsprecher in seinem Helm erklang Tovahs Stimme. »Raten Sie mal, welchen Sie zuerst drücken müssen.«

James sah einen roten, runden Knopf mit der Aufschrift »Start« auf dem Steuerknüppel zwischen seinen Beinen. Als er ihn drückte, ertönte von der Maschine über seinem Kopf ein leises Surren.

»Jetzt gehen Sie ins Menü zu Start, Take-off und stellen die Parameter auf ›Drei‹ und die Wetterlage auf ›Gut‹.«

James befolgte die Instruktionen und auf dem linken Display leuchtete ein grünes »Go«-Zeichen auf.

»Jetzt langsam den Gashebel vorschieben. Der ist rechts von Ihnen.«

Der kleine Propeller hinter Tovahs Kopf wurde lauter und das Ultraleicht-Flugzeug rollte los.

»Gut«, sagte Tovah. »Und jetzt auf Vollgas ganz nach vorne. Wenn Sie auf dem Tacho die sechzig erreicht haben, müssen Sie den Kontrollhebel ganz vorsichtig zu sich ziehen.«

James war sich nicht sicher, wo genau der Tacho war, aber das Ultraleichtflugzeug war für Spezialeinheiten entwickelt und nicht für professionelle Piloten. Als er die sechzig Stundenkilometer erreicht hatte, blinkte der Bildschirm gelb.

»Ist das zu viel?«, fragte James. Er spürte, wie der Kontrollhebel zitterte, als sich die Nase hob.

»Alles gut«, beruhigte ihn Tovah. »Jetzt achten Sie auf die Höhe. Die Insel steigt an, also wenn Sie nicht in den Hügel knallen wollen, müssen Sie leicht nach links schwenken, wenn der Höhenmesser siebzig Meter zeigt.«

James hatte schon in vielen Passagierflugzeugen gesessen, aber das hier war etwas völlig anderes. Unter ihnen entschwand der Boden. Die Windschutzscheibe befand sich direkt vor seiner Nase, die Seiten waren offen, der Motor war zwischen seinen Beinen, und vom Propeller erklang nur ein leises Brummen.

»Das ist echt cool!«, fand James und schwenkte das kleine Flugzeug herum, während er sah, wie die anderen und ihre Motorräder unter ihm zu kleinen Pünktchen wurden.

»Und jetzt werfen Sie den Hebel so stark wie möglich nach links«, befahl Tovah.

»Im Ernst?«, fragte James.

»Tun Sie es!«, wiederholte Tovah.

Als James den Hebel umlegte, blinkte auf dem Bildschirm vor ihm ein rotes Quadrat und die Worte »Input modifiziert«.

»Das PX1 verfügt über die gleiche Bordelektronik wie die großen Flieger«, erklärte Tovah. »Wenn Sie auf den Boden zielen oder einen Looping versuchen, wird der Bordcomputer den Befehl nicht akzeptieren. Sie werden lernen, wie man im Override-Modus fliegt und Dinge wie Notlandungen, aber im normalen Flug starten Sie, programmieren Ihr Ziel im GPS ein und lehnen sich zurück. Der Pilot wird nur für die Landung benötigt und beim Start auf kurzen oder holperigen Startbahnen, wo man Unebenheiten ausgleichen muss.«

»Es kommt mir so natürlich vor«, sagte James und bewunderte das Sonnenlicht auf dem Meer. Gleichzeitig fühlte er sich viel verwundbarer als in einem normalen Flugzeug.

»Jetzt lassen Sie uns den Kreis schließen und zur Landebahn zurückfliegen.«

»Darf ich landen?«, fragte James.

Tovah lachte. »Normalerweise bilden wir die Leute über sechs Wochen an dem PX1 aus. Ich habe für euch vier Wochen Zeit, aber ich glaube dennoch, dass es besser ist, wenn *ich* lande, bevor Sie das nicht ein paarmal am Simulator geübt haben.«

»Können wir es in vier Wochen schaffen?«, fragte James.

»Mindestens eine Flugstunde täglich«, antwortete Tovah. »Doppelt so viel am Simulator, und dann gehört noch einiges Buchwissen dazu, und Sie müssen etwas über die Wartung lernen. Es wird also nicht leicht, aber ihr scheint ein fähiger Haufen zu sein, daher bin ich zuversichtlich.«

30

Vier Wochen später

James und Kerry waren bei Sonnenuntergang von Gibraltar aus gestartet und hundertdreißig Kilometer über das Mittelmeer nach Osten geflogen. Ein kurzer Flug im Ultraleichtflieger war lustig, aber nach zwei Stunden wurde es ermüdend. Sie waren an einen ungepolsterten Sitz geschnallt, vom Wind zerzaust und hatten bis auf das gelegentliche Überprüfen der Benzinanzeige und der Bestätigung ihrer Position für Tovah im Sommerlager nichts zu tun.

Kurz nach dem Start war es dunkel geworden. Der Regen und die Blitze hatten sich netterweise zurückgehalten, bis sie nur noch zehn Kilometer von der Insel entfernt waren. Beim Start hatte der Flugcomputer angezeigt, dass sie für sechzig Kilometer Benzin in Reserve hatten. Unerwartet starker Gegenwind hatte das auf achtzehn Kilometer reduziert, als Kerry durch ihr regenverschmiertes Visier den Landestreifen des Sommerlagers vor sich sah.

»Soll ich mich per Funk melden?«, fragte James vom Rücksitz.

»Los doch«, verlangte Kerry. Im gleichen Augenblick zuckte ein großer Blitz über den Himmel und ließ ihren fragilen luftgefüllten Flügel bläulich aufleuchten. »Das Wasser ist mittlerweile durch meinen Anzug durch und läuft mir den Rücken herunter.«

»Ich bin froh, wenn ich diese Kästen nicht mehr sehen muss«, gestand James und drückte auf den Kommunikationsknopf. »Kontrolle, hier ist Golf Echo Five. Landebahn in Sicht, geschätzte Entfernung circa viertausend Meter. Haben wir Landeerlaubnis? Over.« Während James vor sich die gelben Flügel von Ryans und Kyles Flugzeug ein paar Hundert Meter vor ihnen im Regen zu erkennen glaubte, erklang Tovahs Stimme in seinem Helm.

»Negativ, negativ, Golf Echo Five. Euer Landeplatz ist geändert worden. Ihr habt Landeerlaubnis auf 4B. Können Sie die Koordinaten bestätigen?«

»Mist«, beschwerte sich Kerry bei James. »Bei diesem Wetter!«

Außer der großen Asphaltbahn hatte Tovah mehrere andere Orte auf der Insel ausgesucht, an denen die Crews die Landungen in schwierigem Gelände üben konnten, die sie bei ihrer Mission wahrscheinlich erwarteten.

»Unser Benzin reicht nur noch für fünfzehn Kilometer«, stieß Kerry hervor. »Sag das Tovah!«

James tat es, doch er erhielt die Antwort, die er von Tovah schon erwartet hatte. Fünfzehn Kilometer Reserve seien mehr als genug für einen Landeversuch bei 4B und um zur Hauptlandebahn zurückzukommen, falls es nicht funktionierte.

»Die macht wohl Witze!«, knurrte Kerry.

Um den Wettkampfgeist aufrechtzuerhalten, bewertete Tovah konstant die Flugkünste der fünf Kids und fünf Knacker. Kerry landete konstant auf dem vierten oder fünften Platz, aber 4B war ihr Schwachpunkt. Als sie das erste Mal dort gelandet war, hatte sie drei Versuche gebraucht. Zuerst war sie zu hoch angeflogen, beim zweiten Versuch hatte sie ein Windstoß aus der Bahn gedrängt. Das nächste Mal hatte sie keine Mühe beim Anflug, doch eines der Hinterräder hatte auf einem Stein aufgesetzt, der den Reifen abriss und verbogene Speichen und kleinere Schäden an der Unterseite des Kohlenstofffaserrumpfes verursachte.

»Geh einfach auf der Hauptlandebahn runter«, riet James Kerry. »Da wird Tovah zwar maulen, aber ich will einfach so schnell wie möglich ins Trockene.«

Doch Kerry verfügte nicht über James' rebellisches Gemüt.

»Ich kneife nicht«, erklärte sie. »Gib die Koordinaten ein.«

James wischte die Feuchtigkeit von dem kleinen Monitor hinter Kerrys Sitz und gab, ohne die Handschuhe auszuziehen, die Koordinaten von Landeplatz 4B ein.

»Kannst du das auf dem Schirm sehen?«, fragte er.

»Roger«, antwortete Kerry und betätigte einen Schalter, um die Landung manuell zu steuern.

Das Ultraleichtflugzeug schwebte über die hell erleuchtete Hauptlandebahn, dicht genug, dass James die beiden bereits gelandeten Flieger beneiden konnte. James hatte noch nie auch nur einen zweiten Landeanflug bei seinen über dreißig Landungen benötigt und vermutete, dass Tovah ihnen diese Extra-Herausforderung erspart hätte, wenn er am Steuer gesessen hätte.

Kerry ging höher und das Ultraleichtflugzeug schwenkte nach rechts über die Hügel in der Mitte der Insel.

»Grauenvolle Sicht«, beschwerte sich Kerry und wischte sich zum tausendsten Mal in dieser Nacht über das Visier.

Es war zu dunkel, um etwas anderes als die groben Umrisse des Landegebietes sehen zu können. 4B lag einen Kilometer von der Hauptlandebahn entfernt. Weniger als eine Minute Flugzeit. Sie flogen fünfundsiebzig Meter über die Gebäude des Sommerlagers hinweg. Kerry schaltete einen Xenon-Scheinwerfer an der Nase des Flugzeugs ein, als durch die Regenstreifen die unbeleuchtete Rasenfläche in Sichtweite kam.

James war der Meinung, dass Kerry ein wenig zu tief war, als sie anflogen. Doch die Geschwindigkeit und der Winkel waren gut und der Wind – der selbst dem erfahrensten Piloten in einem Flugzeug, das weniger wog als er selbst, Schwierigkeiten machen konnte – war vorübergehend abgeflaut.

»Vierzig Meter«, sagte James mit Blick auf den Landestreifen.

Er neigte sich leicht zur Seite, um Kerrys Hände auf der Steuerung sehen zu können. Erst als sie dreißig Meter vom Landepunkt entfernt waren, merkte er, dass Kerry wirklich zu tief war, vielleicht zu sehr darauf aus, die Fehler früherer Versuche zu vermeiden, wo sie zu steil heruntergekommen war.

Er glaubte schon, dass sie Glück gehabt hätten, doch fünf Meter vor dem Aufsetzen hörte er ein scharfes Knacken. Mit einem Blick stellte er fest, dass sie die Bäume berührt hatten. Das Flugzeug neigte sich heftig nach rechts. Kerry musste blitzschnell reagieren und entweder Gas geben und drehen oder eine Seitwärtslandung riskieren.

Sie entschied sich für Vollgas, doch die gebrochenen Zweige hatten die aufblasbaren Flügel über ihnen zerrissen.

»Der Flügel ist kaputt!«, schrie James. »Du musst landen!«

Der Aufprall kam, noch bevor James zu Ende gesprochen hatte. Die Kombination von Vollgas und ungleichmäßigem Auftrieb durch den kaputten Flügel ließ das Flugzeug heftig zur Seite schwanken. Der unbeschädigte Teil des Flügels berührte den Boden, riss die Hauptstrebe ab, die den Flügel hielt, und brachte den Karbonfaserrumpf ins Kreiseln.

James durchfuhr ein Ruck, als das jetzt flügellose Flugzeug eine 180-Grad-Wendung machte, bevor es schließlich aufschlug. Sein Kopf wurde zurückgeschleudert und seine Knie schlugen gegen die Sitzlehne vor ihm. Kerry schrie auf, als der Rumpf seitlich zu Boden stürzte, das Gras aufpflügte und zwei Räder verlor.

»Kerry!«, schrie James und drückte auf den Mikrofonknopf. »Mayday, Mayday, Mayday. Harter Aufprall!«

Feuchtes Gras wurde hochgerissen und wirkte als natürliche Bremse. Eine der Karbonstreben brach und überschüttete ihn mit Splittern. Der Bildschirm vor ihm wurde dunkel, und er verlor jedes Gefühl der Orientierung, bis er Holz splittern hörte und spürte, wie der Rumpf brutal gegen einen Baumstamm geschleudert wurde.

»James, was ist los?«, schrie Tovah.

Als er die Augen aufmachte, sah James, dass der Rumpf des Fliegers an einem Baum gelandet war. Er hing mit dem Gesicht nach unten in seinen Gurten. Er spürte keinen Schmerz, aber als er aufblickte, sah er Kerry, die bewusstlos in ihrem Gurt hing, die Beine unter der deformierten Nase des Flugzeugs eingeklemmt.

»Schickt jemanden hier raus!«, schrie James und zerrte an seinem Gurt. »Kerry ist verletzt, ich glaube, schwer!«

*

An der Landebahn sprangen Kyle und Ryan gerade aus ihrem Flugzeug und klatschten sich nach einer Bilderbuchlandung ab.

Lauren und Bruce waren ein paar Minuten vor ihnen angekommen, standen unter einer Plane und falteten gerade den Flügel zusammen, als Tovah aus dem Kontrollgebäude geschossen kam.

»Mayday bei 4B«, schrie sie. »James und Kerry!«

Entsetzt rannte Lauren zu einem der Crossbikes und fuhr schon fast los, als sie merkte, dass Bruce hinter ihr aufstieg. Während sie zusammen davonrasten, rannte Kyle in die Hütte zurück und holte den Erste-Hilfe-Rucksack.

»Soll ich mitkommen?«, fragte Ryan, als sich Kyle den Rucksack aufsetzte und sich auf das nächste Bike schwang.

»Sichere die Flügel!«, rief Kyle.

Ein starker Windstoß hatte ihr Ultraleicht-Flugzeug ergriffen und Ryan rannte hinüber, um zu verhindern, dass es umkippte, während Kyle davonfuhr.

Bruce klammerte sich aus Leibeskräften an Lauren fest, als sie ohne Helm über den Kiespfad schossen. Sie rasten am Pool vorbei und einen schmalen Weg entlang, den nur ihr Scheinwerfer erleuchtete. Bruce versuchte sich mit dem Gedanken zu trösten, dass Lauren Profifahrerin war, doch vor seinem Auge stiegen grauenvolle Bilder von seinem Schädel auf, wie er an den Bäumen, die sie nur um Haaresbreite verfehlte, zerschlagen wurde.

Als sie 4B erreichten, sah Lauren dort, wo das Flugzeug gelandet war, einen Graben. Es schien nur der Mond, und sie musste heranfahren und mit dem Scheinwerfer leuchten, bis sie den Rumpf sah, der mit der Nase voran an einem Baum klebte.

»Alles okay?«, fragte sie ihren Bruder.

James hing eineinhalb Meter über dem Boden. Er hatte Helm und Gurt lösen können, doch eine der gebrochenen Flügelstreben lag quer über seinen Beinen und verhinderte, dass er herausfiel.

»Ich stecke fest«, erklärte er atemlos.

Lauren griff unter den Rumpf, öffnete eine Klappe und zog einen Hebel, der die Benzinzufuhr zum Motor unterbrach. Die geborstene Strebe würde sich lösen lassen, aber Bruce erkannte, dass James mit dem Kopf voran herunterstürzen würde, und ihm fiel seine Erste-Hilfe-Ausbildung ein.

»Bevor ich dich losmache, beweg mal Finger und Zehen«, verlangte er.

»Ich bin nicht gelähmt«, schrie James aufgeregt. »Mach einfach das verdammte Ding los und hilf Kerry!«

»Was ist mit deinem Hals?«, fragte Bruce. »Kannst du alles bewegen?«

»Sie ist bewusstlos!«, rief James. »Mir geht es gut!«

Das Licht von Kyles Motorrad leuchtete auf und auf dem breiteren Weg ein paar Hundert Meter entfernt kam Capstick in einem Landcruiser angefahren. Bruce löste die Manschette, die die Strebe hielt, und half Lauren, James freizubekommen und ihn zu Boden gleiten zu lassen. Von ihnen unterstützt, humpelte er ein paar Meter von dem Flugzeugwrack fort.

James war kreidebleich und atmete hektisch. Er wollte Kerry helfen, doch Lauren drohte ihm mit dem Finger.

»Setz dich da hin, bis dich jemand untersucht hat!«

Der Flugzeugrumpf hing mit der Nase nach unten an dem zerschmetterten Baum und Kerry hing seitlich im Pilotensitz. Bruce und Kyle stellten fest, dass sie leichter an Kerry herankämen, wenn der Rumpf des Fliegers am Boden läge, daher packten sie ihn an der Propellerhalterung und ließen ihn vorsichtig zu Boden gleiten.

»Der Baum ist hin«, bemerkte Kyle wehmütig mit einem Blick auf einen großen Riss im Stamm und aus dem Boden ragende Wurzeln. »Aber wenn er kippt, dann wenigstens nicht auf uns.«

Dann kniete er sich hin und machte den Reißverschluss des Erste-Hilfe-Rucksacks auf, während sich Bruce über Kerry beugte und vorsichtig ihr Visier hochklappte.

»Atmet sie?«, fragte James verzweifelt und versuchte aufzustehen.

»Sitzen bleiben!«, befahl Lauren.

Kyle hatte im Rucksack eine große Lampe gefunden, und Bruce stellt erleichtert fest, dass Kerry die Augenlider zusammenkniff, als sie der Lichtschein traf.

»Kerry, kannst du mich hören?«, fragte er.

»Ja«, stöhnte Kerry.

»Sie ist benommen, aber bei Bewusstsein«, rief Bruce. Am anderen Ende der Landebahn kam der Landcruiser zum Stehen. Auch Alfie und Ning waren den ganzen Weg hergerannt. Nur Tovah war zurückgeblieben, denn die Zwillinge waren noch in der Luft.

»Sie hat große Schmerzen«, sagte Lauren. »Hast du Sauerstoff in dem Sack da, Kyle?«

Kyle bereitete eine Sauerstoffmaske vor, und Bruce fragte Kerry, ob sie Finger und Zehen spüren konnte, um sicherzugehen, dass ihr Rückenmark nicht geschädigt war, während Lauren hinten hineinkletterte und James' Styroporsitz herausholte. Sie hatten alle geübt, wie man die Ultraleichtflieger zusammensetzte und auseinanderbaute, daher fand Lauren schnell den Hebel, mit dem man Kerrys Sitz lösen konnte.

»Soll ich ihn freigeben?«, rief sie.

James missachtete ihren Befehl und stand auf, um zuzusehen.

Bruce drückte Kerrys zitternde Hand, während Kyle sie ein paar Züge aus der Sauerstoffmaske machen ließ.

»Es tut so weh!«, schluchzte Kerry. »Es tut mir leid, dass ich versagt habe.«

»Sei nicht albern«, lächelte Bruce. »Lauren löst jetzt deinen Sitz. Und du sagst Bescheid, wenn wir aufhören sollen, nicht wahr?«

Capstick und McEwen kamen mit einer Trage an und Lauren zog am Hebel. Kerrys Beine waren in der Nase eingeklemmt, daher schoss der Sitz zurück und klemmte der überraschten Lauren den Zeigefinger in der Schiene des Sitzes ein.

»Mist!«, rief Lauren und kletterte mit blutendem Finger hinaus. Ning eilte Lauren zu Hilfe. Kerry stöhnte leise, als Bruce und Kyle sie aus dem Rumpf hoben und auf die gepolsterte Bahre hoben. Capstick hatte eine medizinische Ausbildung und übernahm das Kommando.

Sobald sie Kerry vorsichtig den Helm und die Stiefel abgenommen und ihr eine Sauerstoffmaske aufgesetzt hatten, erkundigte sich Capstick, wo es wehtat.

»Rippen gebrochen, glaube ich«, sagte Kerry. »Und mein rechtes Knie!«

Capstick nahm eine Schere und schnitt Kerrys nassen Anzug vom Knöchel bis zur Hüfte auf. Einige Leute keuchten entsetzt, als sie die blutige Masse um die verschobene Kniescheibe sahen.

»Das verstehe ich nicht«, sagte Capstick und betrachtete ein schwarzes Metallstück, das unter der Kniescheibe hervorragte. »Ihr Anzug war nicht beschädigt.«

Bruce schüttelte den Kopf.

»Sie hat sich mit zehn das Knie verletzt«, erklärte er. »Sie haben das Knie mit Metallstäben geflickt. Die sind beim Aufprall vielleicht gebrochen.«

Kerry hob den Kopf, um etwas sehen zu können, und wurde beim Anblick des vielen Blutes ganz schwach.

»Es tut mir leid, dass ich abgestürzt bin«, erzählte sie allen.

Lauren war damit beschäftigt, sich den Finger verbinden zu lassen, daher nutzte James die Gelegenheit, hinüberzugehen und Kerrys Hand zu ergreifen.

»Das wird schon wieder«, sagte er und lächelte leise.

»Nein, wird es nicht«, erwiderte Kerry wütend, doch gleichzeitig drückte sie James' Hand. »Der Einsatz ist in zwei Tagen.«

»Alle zurück!«, befahl Capstick unwillig, als er merkte, dass Kerry von lauter Leuten umgeben war, die ihre Wunde anstarrten. »Kyle, sieh mal, ob in der Tasche etwas ist, das wir Kerry gegen die Schmerzen geben können. Bruce, du rufst die Küstenwache von Gibraltar an. Sag ihnen, sie sollen den nächsten Hubschrauber für einen medizinischen Nottransport schicken.«

31

Bei Sonnenaufgang stieg James von einem Motorboot, mit der unteren Hälfte seines Fluganzugs, einem hellblauen Krankenhaus-T-Shirt und einer Schaumstoff-Nackenstütze als Vorsichtsmaßnahme. Er bedankte sich bei dem spanischen Kapitän, gähnte, weil er die ganze Nacht nicht geschlafen hatte, und ging den sanften Hügel hinauf.

Dort sah er Tovah auf ihrem Morgenlauf, doch sie war zu weit entfernt, als dass er sie hätte rufen wollen. Alle anderen erholten sich noch von dem Desaster der vorigen Nacht und schliefen. James war zu aufgewühlt, um schlafen zu können, und betrat das Verwaltungsgebäude des Lagers. Die blutverschmierte Trage, auf der sie Kerry hergebracht hatten, und der Erste-Hilfe-Rucksack waren achtlos an der Tür abgestellt worden. Er ging zu dem großen, etwas schäbigen Büro, in dem er mit Tovah zusammen die anstehende Mission geplant hatte.

Über zwei zusammengeschobene Tische war eine Karte des nördlichen Syrien und seiner vierhundert Kilometer langen Grenze zur Türkei ausgebreitet. Sticker darauf markierten die vom IS kontrollierten Ölquellen und grüne Punkte die möglichen Aufenthaltsorte der beiden gekidnappten Techniker, basierend auf dem elektronischen Geplapper, das die amerikanisch-britischen Echelon-Kommunikationsüberwachungseinheiten aufgeschnappt hatten.

Aber James sorgte sich mehr um seine Freundin als um seine Mission. Er klappte den Laptop auf und stellte eine Verbindung zum medizinischen Notfallzentrum der britischen Armee her, das auf der Luftwaffenbasis Northolt westlich von London stationiert war. Erfreut erkannte er die Stimme des diensthabenden Lieutenants, mit dem er im Laufe der Nacht schon ein paarmal gesprochen hatte.

»Was gibt es Neues?«, fragte er.

Der Lieutenant tippte ein paar Sekunden auf einer Tastatur herum.

»Patientin Chang ist um 06.07 Uhr gelandet. Sie wurde sediert und ins Militärkrankenhaus von Harlow gebracht, wo für 11.00 Uhr eine Operation angesetzt ist.«

»Toll«, fand James. »Haben Sie den Befund und Röntgenbilder aus dem spanischen Krankenhaus bekommen?«

Der Lieutenant tippte ein wenig weiter. »Die Bilder sind alle hier, ebenso wie sehr detaillierte Beschreibungen. Wesentlich mehr, als man von britischen Ärzten bekommen würde.«

»Gut zu wissen«, meinte James. »Was ist mit ihrer Station und so, damit ich sie anrufen und ihr nach der OP Blumen schicken kann?«

»Das wird nach der OP festgelegt. Wenn das noch vor meinem Dienstende passiert, maile ich Ihnen die Angaben.«

»Super«, freute sich James und musste ein Gähnen unterdrücken.

Er drehte sich auf seinem Bürostuhl herum und betrachtete die Karte. Er fragte sich, wie sie die Mission nach dem Ausscheiden von Kerry am besten organisierten. Doch schließlich war Tovah früher beim israelischen Militär gewesen und Capstick bei den australischen Spezialeinheiten, und obwohl James offiziell der Leiter der Rettungsmission war, so hatte er doch jederzeit ihren Rat eingeholt und entschloss sich, nach dem Frühstück ein Treffen mit den beiden einzuberufen.

Eine Nacht ohne Schlaf tat nie gut, doch die Erfahrung hatte James gezeigt, dass er lieber wach blieb und die Sache überstand, als den halben Tag zu verschlafen und seine biologische Uhr völlig aus dem Takt zu bringen. Doch wenn er wach bleiben wollte, brauchte er Koffein.

In einem Aufenthaltsraum nebenan stand eine Kaffeemaschine, doch gerade als James aus der Tür treten wollte, hörte er ein Keuchen und ein Geräusch, als würde im Büro nebenan etwas von einem Tisch fallen. Da die Gebäude des Sommerlagers alle ein wenig heruntergekommen waren, dachte er erst, eine Ratte oder ein Fuchs hätten sich eingeschlichen. Doch das Stöhnen, das er als Nächstes hörte, war eindeutig menschlichen Ursprungs, und vorsichtig schlich er in den Gang, um nachzusehen.

Die Tür zum nächsten Büro war aus Holz, doch in der oberen Hälfte befand sich ein Milchglasfenster, durch das James die Umrisse eines sich küssenden Pärchens sehen konnte. Sie waren etwa gleich groß und das Mädchen hatte lange schwarze Haare.

»Hmm«, seufzte Bruce und küsste den Hals des Mädchens.

James wurde neugierig. Für Tovah war sie zu groß, die Frau des Hausmeisters war sechzig und hatte graues Haar, und die Trainingsassistentin war praktisch ein Skinhead.

»Oh, Mist!«, keuchte das Mädchen plötzlich.

Auch James keuchte, als er erkannte, dass es Ning war.

»Was ist passiert?«, fragte Bruce besorgt.

»Dein Uhrenarmband hat sich in meinen Haaren verfangen«, erwiderte Ning. »Geht schon.«

»Tut mir leid«, sagte Bruce, und Ning küsste ihn wieder.

James befand sich in einer Zwickmühle. Einerseits war Bruce sein Freund. Er war ein anständiger Kerl und schien nie viel Glück bei Frauen zu haben. Andererseits unterrichtete Bruce Kampftechniken auf dem Campus, was bedeutete, dass er zum Personal gehörte, und da Ning siebzehn und eine Agentin war, brachen sie hier gerade alle Regeln.

Er sah, wie Ning zurückwich und sich auf einen Schreibtisch mitten im Zimmer setzte. Bruce beugte sich über sie, küsste sie und fuhr ihr mit der Hand durch die Haare. James fragte sich, ob Bruce ihn verprügeln würde, wenn er hereinplatzte und ihn störte.

»Ich will das«, sagte Ning beruhigend und umfasste Bruces Hintern. »Ich *will* dich. Ich bin siebzehn. Ich bin kein Kind mehr.«

Bruce wich zurück und fuhr sich nervös mit der Hand durchs Haar.

»Ich will wissen, wie es ist«, bettelte Ning. »Und ich will, dass du derjenige bist.«

Doch Bruce klang verzweifelt.

»Es ist nicht, dass ich nicht will«, sagte er. »Aber Personal und Agenten, das ist ein großes No-go! Ich darf dich nicht einmal küssen.«

»Nur Aushilfspersonal«, korrigierte ihn Ning. »Gleich nach der Mission gehst du zurück nach Thailand. Und das ist nicht mal eine richtige CHERUB-Mission.«

»Auch Aushilfspersonal ist Personal«, verwies sie Bruce traurig.

Ning schien unzufrieden, doch dann stand sie auf und gab Bruce einen Kuss.

»Typisch ich, mich ausgerechnet in den einzigen Kerl auf dem Campus zu verlieben, der seinen Schwanz *in* der Hose behalten will.«

»Es ist ja nicht so, dass ich nicht will«, meinte Bruce. »Du bist tierisch sexy.«

Ning lachte, doch Bruce hielt ihre Hand und sah ihr in die Augen.

»Nächstes Jahr wirst du CHERUB verlassen«, sagte er. »Ich besorge dir einen Job in Thailand, und dann können wir zusammen sein, ohne gegen irgendwelche Regeln zu verstoßen.«

»Ich werde dich so sehr vermissen, wenn du weggehst«, sagte Ning. »Ich könnte CHERUB verlassen.«

»Du bist noch keine achtzehn«, erinnerte sie Bruce. »Und was soll die Eile? Du kannst noch den Rest deines Lebens *keine* CHERUB-Agentin mehr sein.«

»Wir werden skypen müssen.«

»Jeden Tag«, bestätigte Bruce. »Ich werde treu sein. Ich mag dich wirklich.«

Ning lächelte schüchtern.

»Na, da du dich offensichtlich weigerst, mich zu entjungfern, kann ich genauso gut frühstücken gehen.«

»Wir sollten lieber nicht zusammen gesehen werden«, meinte Bruce. »Die Zwillinge haben schon dumme Bemerkungen über die Chemie zwischen uns gemacht. Geh du zuerst.«

James schlüpfte in sein Büro zurück, als Ning hinausging. Sobald sie außer Sichtweite war, steckte er den Kopf zur Tür des Nebenraumes hinein und sah, wie Bruce die Dinge aufsammelte, die er vom Tisch gestoßen hatte.

»Erwischt!«, rief er.

»Wie meinst du das?«, stieß Bruce hervor und schoss erschrocken in die Höhe.

»Mann, ich bin echt beeindruckt, dass du dich auf ein so hohes moralisches Ross setzt.« James lächelte.

»Die Regeln sind da, um die Kids vor Missbrauch durch Erwachsene zu schützen«, seufzte Bruce. »Bevor ich zu CHERUB kam, hatte ich es nicht gerade immer leicht, daher respektiere ich diese Regeln.«

»Fair«, fand James.

»Wirst du uns verpetzen?«, fragte Bruce. »Ich meine, rein rechtlich ist mein Arbeitsvertrag eigentlich ausgelaufen, als ich hierher geflogen bin und mich für die inoffizielle Mission gemeldet habe.«

»Nee«, erklärte James. »Du bist einer meiner besten Freunde und einer der nettesten Kerle, die ich kenne. Ning hat in der Einsatzleitung als meine Assistentin gearbeitet. Sie ist clever, lustig, und ich kann gut verstehen, warum du sie magst. Außerdem fahrt ihr beide voll darauf ab, Leute zu verprügeln. Ihr seid sozusagen ein perfektes Paar.«

»Sechs Jahre Altersunterschied«, meinte Bruce und lächelte verlegen. »Da wirst du nicht der Einzige sein, der mich einen Kinderschänder nennt.«

»Pfeif doch drauf«, grinste James. »Ich werde euch in Thailand besuchen kommen, wenn ihr vier Kickboxer-Blagen und ein Familiendojo habt.«

32

James versuchte sich wach zu halten, indem er sich beschäftigte. Da sonst noch niemand da war, der sauber machte, ging er in die kleine Krankenstube im Verwaltungsgebäude und füllte den Erste-Hilfe-Rucksack wieder auf. Er kratzte angetrocknetes Blut von der Trage und sprühte sie mit Bleichmittel ein, bevor er sie wieder an die Wand lehnte, und seine Gedanken kehrten zu Kerry zurück. Es war Viertel vor elf, wahrscheinlich wurde sie in England gerade in den OP gebracht.

Schon im Gehen, erblickte er eine Waage unter einem Krankenbett. Mit dem Fuß zog er sie hervor und trat darauf. Mit 74,5 Kilo in voller Kleidung lag er locker im Rahmen dessen, was er für den Flug wiegen durfte, daher erlaubte er sich ein kleines Grinsen, als er über den Flur zum Planungsbüro ging.

Capstick saß an einem Computer und sah einen fünfzigseitigen Echelon-Bericht durch. Tovah hatte die Füße auf den Kartentisch gelegt und spielte Monument Valley auf ihrem Tablet-PC.

»Und wie lautet das Urteil?«, erkundigte er sich. »Können wir ohne Kerry loslegen?«

Tovah setzte sich kerzengerade auf.

»Krankheiten oder Unfälle können vorkommen, daher haben wir Sicherheiten in unsere Pläne eingebaut. Sechs sind besser als fünf, aber das geht schon, wenn nicht noch jemand ausfällt.«

James sah Capstick an.

»McEwen wiegt über fünfundsiebzig Kilo, aber Sie könnten mitkommen.«

Capstick schüttelte lächelnd den Kopf.

»Ich habe meinen Anteil bei der australischen SAS geleistet. Ich habe drei kleine Kinder und eine Frau, die durchdrehen würde, wenn sie erfährt, dass ich auf eine Mission in Syrien gehe. Und Sie klauen mir auch nicht meine Assistenten. In drei Tagen beginnen zwölf Kids mit der Grundausbildung, und wir sind mit den Vorbereitungen arg im Rückstand, weil wir euch hier helfen müssen.«

»Sie müssen es Ihrer Frau ja nicht sagen«, meinte Tovah, woraufhin Capstick lachend den Kopf schüttelte.

»Ich habe in meinem Leben schon genügend todesmutige Einsätze gehabt«, erklärte er bestimmt.

»Stimmt wohl.« James grinste. »Also, wie sind wir aufgestellt?«

»Wir fliegen mit vier Flugzeugen hin«, erklärte Tovah, »plus einem in Reserve. Kerry war nicht eine der Besten im Fliegen, daher bleiben die Piloten die gleichen. Natürlich fliege ich. Lauren führt die Rangliste mit einigem Abstand an, also fliegt sie ebenso wie Sie und Bruce. Kyle ist erster Ersatzmann, was bedeutet, dass wir drei freie Plätze für unsere beiden Geiseln haben. Wir müssen auch bedenken, dass die Ultraleichtflieger bei der Reichweite, die wir brauchen, höchstens hundertfünfzig Kilo für beide Passagiere tragen können. Yuen und Sachs sind große Kerle, daher wird einer von ihnen mit mir fliegen, da ich die leichteste bin. Du bist der Schwerste, James, weshalb du jetzt mit einem leeren Platz zurückfliegen wirst.«

James runzelte die Stirn.

»Dann war also das ganze Fasten völlig umsonst?«

»Kerry hat mir erzählt, dass du zum ersten Mal seit Jahren wieder ein Sixpack hast«, lachte Tovah.

»Diese schrecklichen Wassermelonen!«, stöhnte James. »Davon will ich nie wieder auch nur eine Scheibe sehen …«

Tovah blickte zu Capstick hinüber, der sich durch den Echelon-Abhörbericht klickte.

»Wir sind also bereit, und obwohl Kerrys Abwesenheit ein Rückschlag ist, so ist er doch nicht schwerwiegend. Die Frage ist jetzt, schlagen wir wie geplant zu?«

Capstick scrollte zu einer Zusammenfassung auf seinem Bildschirm und begann laut vorzulesen: »Keine direkte Kommunikation in Bezug auf Sachs und Yuen seit sechsundzwanzig Tagen.«

»Überrascht mich nicht«, meinte Tovah. »Alle Einheiten des IS verwenden starke Verschlüsselungen.«

»Deshalb haben sie die Telefongespräche und den Internetverkehr in den Umgebungen der IS-Ölquellen überwacht«, nickte Capstick. »Die Kommunikation im Netz deutet an, dass letzten Monat eine Ölquelle zwanzig Kilometer östlich von al-Hasaka mehrere Tage lang stillstand. Es gibt sogar einen Bericht über eine Facebook-Nachricht von jemandem, der angeblich dort arbeitet, die lautet: *Morgen wieder Arbeit. Der Chinese hat die Konsole repariert.* Damit dürfte wohl Kam Yuen gemeint sein.«

Tovah lächelte. »Solche Unterhaltungen deuten darauf hin, dass Sachs und Yuen noch leben.«

»Die UN schätzt, dass wöchentlich Rohöl im Wert von vier Millionen Dollar aus dem Norden von Syrien geschmuggelt wird«, erzählte Capstick. »Wer die Pumpen betriebsbereit halten kann, ist viel zu wertvoll, um umgebracht zu werden.«

»Gibt es irgendwelche Hinweise darauf, unter welchen Sicherheitsvorkehrungen Sachs und Yuan reisen?«, erkundigte sich James.

»Nichts«, seufzte Capstick. »Wahrscheinlich fahren sie

mit einem leicht gepanzerten Konvoi. Drei bis sechs bewaffnete Wachen. Mehr würde sie verdächtig machen.«

»Wie sieht es mit der Reaktionszeit aus?«, wollte James wissen. »Wenn eine Ölquelle jetzt stillsteht, wie lange dauert es, bis Sachs und Yuan vor Ort sind?«

»Im Schnitt sind es ein bis drei Tage von den ersten Gerüchten, die andeuten, dass eine Quelle nicht mehr fördert, bis die Techniker kommen«, antwortete Capstick. »Sachs und Yuen können natürlich nur an einem Ort gleichzeitig sein. Wenn also bei zwei Quellen etwas schiefgeht …«

James nickte.

»Wahrscheinlich werden sie versuchen, die größere Quelle zuerst instandzusetzen. Wir greifen also zwei große Ölquellen an, um unsere Chancen zu erhöhen. Und da wir gerade von den Angriffen sprechen … Tovah?«

Tovah beugte sich über die Karte.

»Ich würde die Quelle bei Tell Tamer als Ziel wählen«, schlug sie vor und tippte auf einen Punkt. »Es ist eine große Quelle achtzig Kilometer südlich der türkischen Grenze. Sie liegt im Herzen des vom IS kontrollierten Gebiets, was bedeutet, dass es nur eine geringe Militärpräsenz gibt.«

James war kein Militärstratege und sah sie verwundert an.

»Wieso ist sie da gering, wenn es doch das Zentrum ist?«

»Militärstreitkräfte verteidigen normalerweise die Grenzen ihres Gebietes«, erklärte Capstick. »In der Mitte ist kein Feind, den sie bekämpfen könnten.«

»Der israelische Geheimdienst berichtet, dass die Grenze zur Türkei offen ist«, fuhr Tovah fort. »Die Hauptstraßen sind zwar beschädigt, aber passierbar, und sie können mir Kontakt zu einem Fahrer verschaffen, der Tell Tamer kennt und einen Ort für uns sucht, wo wir uns verstecken können, bis unsere Zielpersonen eintreffen.«

»Warum ist Israel so scharf darauf, bei der Befreiung von zwei britischen Geiseln zu helfen?«, fragte Capstick.

Tovah lächelte. »Der Islamische Staat will den Staat Israel vernichten. Das illegale Öl ist die größte Einnahmequelle des IS, und Sachs und Yuen aus dem Spiel zu nehmen, würde diesen Ölfluss behindern.«

»Klingt logisch«, fand Capstick.

James räusperte sich.

»Also, um das klarzustellen: Sie sagen beide, dass wir den Drohnenangriff auf die Quelle bei Tell Tamer anfordern und die Mission starten können?«

Tovah und Capstick sahen sich an und lachten.

»Das ist äußerst riskant«, meinte Tovah. »Aber wir sind so bereit, wie wir nur sein können.«

*

Während James plante, frühstückten die fünf Kids und die drei verbleibenden Knacker und machten sich dann auf den sechs Kilometer langen Lauf um die Insel. Der endete auf einer Lichtung an einer Klippe, wo die Trainingsassistenten zehn Motocross-Räder für den Rückweg hingestellt hatten.

Doch als die verschwitzten Läufer zu den Bikes kamen, mussten sie feststellen, dass die Assistenten sie sabotiert hatten. Fehlende Hinterräder, abmontierte Ketten, und mehrere Bikes starteten aus nicht so offensichtlichen Gründen nicht, obwohl sie okay aussahen. Die Rennfahrerei hatte Lauren zu einer passablen Mechanikerin gemacht, und sie half Bruce und Kyle, ihre Bikes fahrtüchtig zu machen. Als sie am dritten Motorrad für sich selbst eine blockierte Bremsscheibe reparierte, stellte sie fest, dass die fünf Kids alle hilflos waren.

Obwohl die fünf jüngeren Agenten eigentlich da waren, um die älteren zu motivieren, lernten auch die Teenager hier dazu, und im Laufe der vier Wochen hatten die Rivalitäten abgenommen.

»Du hast keine Ahnung, was du machen sollst, nicht wahr?«, neckte Lauren Ryan, als das Brummen von Bruce' und Kyles Motorrädern verklang. »Wir hatten zwei Vorträge über die Technik der Bikes.«

Ryan sah sie verlegen an und hielt die ölverschmierten Finger hoch. »Vielleicht habe ich nicht so gut aufgepasst, wie ich sollte. Ich sehe wohl, dass das Hinterrad nicht gerade steht und dass die Benzinleitung locker ist, aber ich weiß nicht, wohin dieser Schlauch führt.«

Lachend tippte Lauren unter den Sitz. »Da gibt es nichts, wo er hinführen kann, weil der Benzintank fehlt.«

»Oh«, machte Ryan verdutzt, »dann kriege ich das Ding hier wohl gar nicht zum Laufen?«

Jetzt lachte Lauren schallend auf.

»Ohne Benzintank wird das wohl nichts.« Sie deutete auf ein anderes Motorrad. »Nimm die Benzinleitung von diesem, schließe sie an das da an, und pumpe das Hinterrad auf. Dann sollte es gehen, aber prüf lieber noch mal die Bremsen.«

Als sie sich wieder ihrem eigenen Bike zuwandte, fragte Alfie: »Hätten Sie etwas dagegen, mir auch zu helfen?«

»Oh, was sind wir aber auf einmal höflich«, spottete Lauren. »Wie war das, als der Sitz in meinem Flugzeug gebrochen ist und du behauptet hast, das käme daher, dass mein Hintern breiter sei als der Grand Canyon?«

»Das war doch nur Quatsch«, erklärte Alfie. »Sie wissen doch, dass ich Sie bewundere, Lauren.«

Kopfschüttelnd sah Lauren sich um.

»Ihr seid alle hoffnungslos«, stöhnte sie. »Daniel, das sieht aus, als sei die Zündung los und müsste wieder angeschraubt werden. Ning, du brauchst Luft in den Reifen und hol den Dreck aus der hinteren Bremse. Leon, der Blitz auf dem Tacho zeigt, dass deine Batterie leer ist, aber wenn du das Bike bergauf rollst und von oben losfährst, müsstest du genügend Energie zum Starten bekommen.«

Damit ging sie wieder zu ihrem Bike und betätigte den Kick-Starter.

»Und was ist mit mir?«, erkundigte sich Alfie.

»Dein Problem«, erklärte Lauren und zog spöttisch die Augenbraue hoch. »Ich schwinge meinen Grand-Canyon-Hintern nach Hause.«

Sie hoffte, dass Alfie letztendlich nach Hause laufen müsste, und war enttäuscht, als sie feststellte, dass Ning dicht hinter ihr kam und Alfie bei ihr mitfuhr. Danach liefen alle in die Sporthalle, da sie erwarteten, dass Capstick und McEwen ein grausames Combat-Training für sie angesetzt hatten. Doch stattdessen hatte die Köchin Lasagne bereitgestellt und zwei alte Fernseher waren hereingerollt worden. Einer war an eine PS4 angeschlossen und klar für ein FIFA16-Spiel, doch Lauren betrachtete begeistert den anderen, an dem ein altes Sega Megadrive hing.

»Oh mein Gott, das ist Ecco the Dolphin!«, kreischte sie. »Das Spiel habe ich als Kind geliieeebt!«

»Das ist ja eine grauenvolle Grafik«, bemerkte Alfie. »Ich wusste gar nicht, dass man zu Ihrer Zeit schon Computerspiele hatte.«

Lauren wandte sich rasch um, zog Alfie den Knöchel weg und ließ ihn auf den gefederten Boden knallen.

»Zu langsam, junger Mann«, neckte sie.

James klatschte in die Hände, um ihre Aufmerksamkeit zu erregen, bevor Alfie sich rächen konnte.

»Haltet gefälligst alle mal die Klappe!«, schrie er. »Ich hatte gerade eine Besprechung und kann bestätigen, dass der Drohnenangriff für heute Nacht geplant ist.«

Ein paar Jubelrufe erklangen, doch Bruce und Kyle sahen ihn misstrauisch an.

»Da ihr in den letzten vier Wochen alle schwer gearbeitet habt, können wir den Nachmittag über bei gutem Essen und Videospielen chillen. Viel Spaß, Leute!«

Die Stimmung war bestens. Lauren übernahm die Steuerung für Ecco the Dolphin, während die meisten anderen zum Büfett gingen, wo sich James überrascht einem sehr ernst dreinsehenden Ryan gegenübersah.

»Alles okay, Kumpel?«, fragte er und biss in die gefüllte Paprikaschote, die er sich gerade genommen hatte.

»Ich habe über Ihre Mission nachgedacht«, erklärte Ryan. »Ich weiß, dass Sie durch Kerrys Verletzung einen leeren Platz haben.«

»So etwas passiert«, meinte James und blies auf das heiße Würstchen in der Paprika. »So ist das bei jeder Mission.«

Ryan nickte. »Ich habe nachgedacht.«

»Muss ich mir Sorgen machen?«

Ryan lächelte, doch die Unterbrechung ärgerte ihn. »Ich war der zweitbeste beim Flugtraining, nach Lauren. Ich wiege zweiundsechzig Kilo, bin also nur wenig schwerer als Kerry.«

James schüttelte den Kopf.

»Ich weiß deine Begeisterung zu schätzen, Ryan. Aber Ewart hat dir erlaubt, hierherzukommen und ein Trainingsteam zu bilden, das hilft, uns alte Säcke wieder in Form zu bringen. Die eigentliche Mission steht nicht zur Debatte. Niemand mit Verbindungen zur britischen Armee oder dem Geheimdienst. Keine britische Ausrüstung oder Papiere. Wenn wir geschnappt werden, sagen wir, dass wir Söldner sind, die von der Versicherung von Sachs und Yuan angeheuert wurden. Obwohl das kaum eine Rolle spielt, denn egal was wir sagen, wird uns der IS den Kopf abschlagen.«

»Kerry konnte am besten Arabisch«, wandte Ryan ein. »Ich spreche es fast fließend.«

»Tovah auch.«

»Und wenn sie verletzt wird?«, fragte Ryan. »Außerdem soll sie doch zurückbleiben und die Flugzeuge vorbereiten, oder?«

James schien das in Betracht zu ziehen.

»Stimmt. Aber nachher werden wir packen und gleich in die Türkei fliegen. Ich müsste einen Einsatzvorschlag schreiben, ihn zu Ewart schicken und das Okay vom Ethikkomitee bekommen. Und selbst wenn ich das alles tue, würden sie nie zustimmen.«

»Warum nicht?«, fragte Ryan.

»Weil dieser Einsatz von Erwachsenen ausgeführt werden kann«, erklärte James. »Das ist eine Grundregel. CHERUB-Agenten werden nie in Gefahr gebracht, wenn die Mission auch von Erwachsenen ausgeführt werden kann.«

»Dann pfeif auf CHERUB«, meinte Ryan. »Ich kündige!«

James lachte. »Gib es auf, Ryan. Wir schaffen das schon mit unserem Team.«

»James, hören Sie zu!«, beharrte Ryan ernst. »Ich will mithelfen. Ich werde in vier Monaten achtzehn. Es besteht die Möglichkeit, dass ich die Zeit bis dahin Däumchen drehend auf dem Campus verbringen werde. Dies könnte meine letzte Chance sein, etwas wirklich Sinnvolles zu tun.«

»Es könnte auch sein, dass du getötet wirst«, erwiderte James. »Das ist keine CHERUB-Mission. Es ist ein klarer Kommandoeinsatz und du bist *siebzehn*!«

»Ich weiß, was es ist«, erklärte Ryan. »In den Schützengräben des Ersten Weltkriegs sind viel Jüngere als ich gestorben. Man kann der britischen Armee immer noch im Alter von sechzehn beitreten. Wenn es also heute einen Krieg gäbe, wäre ich alt genug, um an der Front zu kämpfen.«

James war hin- und hergerissen. Er hatte mit Ryan bei der großen Mission zusammengearbeitet, bei der sie den Aramov-Clan stürzten. Er bezweifelte nicht, dass Ryan ein hervorragender Agent war, und auch wenn sie den Einsatz mit fünf Leuten bewältigen konnten, würden sechs die Sache doch erleichtern und ihnen Reserven verschaffen, wenn etwas schiefging. Doch es wollte ihm nicht schmecken, dass Ryan noch so jung war.

»Ich *will* das«, erklärte Ryan. »Denken Sie doch daran, wie es war, als Sie in meinem Alter waren. Sie waren doch nicht dumm, oder? Sie konnten Ihre eigenen Entscheidungen treffen.«

James spürte eine Träne aufsteigen, als er sich an seine eigenen letzten Tage bei CHERUB erinnerte. An das Gefühl, wie es war, wieder ein normaler Mensch zu sein. Das Gefühl, dass der aufregendste Teil seines Lebens wohl vorbei war.

»Du wärest sicher ein Gewinn für die Mission«, bestätigte er und nahm sein Telefon. Ryan grinste breit. »Also, was mich betrifft, bist du in meinem Team willkommen, wenn du bei CHERUB kündigst. Aber auch wenn dieser Einsatz inoffiziell ist, ist der Vorsitzende von CHERUB immer noch mein Boss, wenn ich dorthin zurückkehre. Also musst du mit Ewart sprechen und dafür sorgen, dass das alles klargeht.«

Lächelnd zückte Ryan sein Telefon und rief auf dem CHERUB-Campus an.

33

Die Trainer Capstick und McEwen ließen alle chillen und Videospiele spielen, doch das Training hatte am ersten Tag im Wasser begonnen, und nach einem PS4-FIFA-Turnier, das die Kids eindeutig gewannen, kam man einstimmig zu dem Entschluss, dass die einzig mögliche Art, das Trainingsprogramm zu beenden, darin bestünde, hundert farbige Bälle in den Swimmingpool zu kippen.

Da Kerry nicht da war, gesellte sich Tovah zu Bruce, Kyle, Lauren und James im Team der Knacker. Und James legte die Regeln fest.

»Ich will keine weiteren Verletzten!«, schrie er. »Das heißt, es gibt nur eine Runde von zwanzig Minuten, und ihr haltet euch bei den Körperkontakten zurück!«

Als die Pfeife ertönte, erfanden Bruce und Alfie eine neue Definition von Zurückhaltung, die eine ernste Prügelei in der Poolmitte beinhaltete, welche erst dadurch beendet wurde, dass Capstick hineinsprang und sie trennte. Als es ein zweites Mal losging, schrie er: »Das war's für euch!«, und verwies sie beide des Pools.

Die acht verbleibenden Spieler schlugen sich die ganzen zwanzig Minuten über wacker. James war in seiner besten Form, seit er vor sechs Jahren CHERUB verlassen hatte. Kyle war braun gebrannt und fit genug, bis zum Abpfiff dabei zu bleiben und ein paar gute Aktionen beizusteuern.

Triefend legte James die Nackenstütze wieder an, und die erschöpften Spieler sahen zu, wie die Trainingsassistenten die Bälle an den gegenüberliegenden Enden des Pools zählten. Aufgeregte Rufe erklangen an beiden Seiten, als sie die hundertneunzig überschritten und in beiden Containern nur noch ein paar Bälle lagen.

»Einhundertsechsundneunzig für die Knacker!«, rief einer der Assistenten.

Am anderen Ende hüpften Leon und Daniel vor Freude, als die Assistentin hundertneunundneunzig zählte und dann noch einen letzten blauen Fünf-Punkte-Ball hinzuwarf und somit auf zweihundertundvier für die Kids kam.

»Immer noch die Besten!«, schrie Leon und klatschte seinen Bruder ab.

Alfie konnte der Versuchung nicht widerstehen, Lauren ins Gesicht zu lachen: »Immer noch verloren, Grand-Canyon-Hintern!«

Als Lauren Alfie in den Pool beförderte, nahm James sein Telefon von einer Sonnenliege und sah eine Nachricht vom Vorsitzenden Ewart Asker.

»Schlechte Neuigkeiten, Leute«, verkündete er, nachdem er die Nachricht gelesen hatte. »Ich werde das Team der Kids disqualifizieren müssen, weil sie einen nicht zugehörigen Spieler aufgestellt haben. Wie es scheint, ist Ryan Sharma kein Mitglied von CHERUB mehr.«

Ryan sah ihn entsetzt an, doch Ning lachte schallend und empfahl James, mit dem Blödsinn aufzuhören.

Kyle legte Ryan freundschaftlich den Arm um den nassen Rücken.

»Alles in Ordnung, Kumpel?«

»Nervös«, gab Ryan zu, während die Zwillinge sich beeilten, aus dem Pool zu ihm zu kommen. »Aber ich schätze, ich habe bekommen, was ich wollte.«

Die Zwillinge umarmten ihren älteren Bruder.

»Na, dann denke ich mal, ihr beide werdet doch nicht vor mir bei CHERUB rausgeworfen«, meinte er.

»Lass dich bloß nicht umbringen«, mahnte Daniel.

Leon nickte und grinste. »Mir persönlich wäre es ja egal, aber Theo wäre am Boden zerstört, wenn du nicht mehr da wärst, um ihn vor uns zu beschützen.«

Ryan erstarrte, als ihm einfiel, dass er so sehr mit sich selbst beschäftigt gewesen war, dass er nicht darüber nachgedacht hatte, was aus seinem kleinsten Bruder werden würde, wenn etwas Schlimmes passierte.

»Geht schon gut«, sagte er wenig überzeugend.

»Also dann, Leute!«, rief James. »Wir müssen packen und aufräumen, bevor es morgen losgeht. Wenn es euch interessiert, können wir uns nach elf Uhr eine Live-Übertragung von Tovahs israelischen Airforce-Kollegen ansehen.«

*

Die PS4 war gegen eine Videoverbindung aus Tovahs Laptop ausgetauscht worden, und die Lichter in der Sporthalle waren aus, sodass das bläuliche Licht von der Nachtsichtaufnahme auf dem großen Fernseher noch stärker leuchtete. Es war fast Mitternacht und die Kids, die Knacker, die Trainer und ihre Assistenten saßen alle in Pyjamas auf den Plastikstühlen oder lagen auf dem Boden der Sporthalle.

»Ich wünschte, wir hätten Popcorn«, sagte Leon.

Aus dem Off kam die Stimme eines Piloten auf Hebräisch.

»Er sagt, dass die Drohne einen Kilometer vom Zielort entfernt ist«, übersetzte Tovah.

Die einen Meter lange Helikopter-Drohne wurde von Israel aus ferngesteuert und bewegte sich mit einer Geschwindigkeit von sechzig Stundenkilometern in einer Höhe von zweihundert Metern über ein Dorf, neigte sich dann und verlor an Höhe, als die Umrisse einer Ölförderanlage in Sicht kamen.

»Hier kommt die Kacke geflogen!«, verkündete Alfie über den Ton des Fernsehers hinweg, was ihm ein wütendes *Psssst!* von Tovah eintrug.

James hatte dem israelischen Luftwaffen-Team, das die Drohne steuerte, detaillierte Satellitenaufnahmen der Amerikaner geschickt. Es wäre einfach gewesen, die Anlage mit einer Bombe zu zerstören, doch kein Wartungsteam würde zu einer Quelle kommen, die offensichtlich nicht mehr zu retten war. Die knifflige Aufgabe bestand also darin, einen geringfügigen Schaden anzurichten, und zwar ohne den Verdacht der Sabotage zu erregen.

Bei fünfzig Metern kam der Kontrollraum der Anlage in Sicht. Es war ein normaler Baucontainer, zum Schutz vor Überflutung auf eine einen Meter hohe Stahlplattform montiert. Drinnen war es erleuchtet, und ein Mann schien sich umzusehen, als ob er etwas gehört hätte.

Die Drohne zog kurz nach oben und verharrte über dem Glasfiberdach der Hütte. Das Bild auf dem großen Bildschirm teilte sich, und Tovah deutete auf die rechte Seite, um zu erklären: »Das ist eine hochauflösende Kamera an der Unterseite der Drohne.«

Auf dem rechten Teil des Bildschirms sah man, wie sich ein Metallarm aus der Drohne schob. Das Bild ruckte leicht, als der Arm ein münzengroßes Abhörgerät auf das Dach der Hütte fallen ließ. Dann flog die Drohne ein paar Meter weiter über das Dach und warf ein weiteres Gerät ab, während Tovah den Kommentar übersetzte.

»Sie prüfen die Audioübertragung. Offensichtlich bekommen sie ein gutes Signal von beiden Geräten.«

Ryan sah James an und flüsterte: »Werden wir diese Aufnahmen bekommen, wenn wir vor Ort sind?«

»So sieht der Plan aus«, bestätigte James.

Als sich der Arm wieder in die Drohne zurückzog, steuerte der Pilot sie aus der Ferne vorsichtig zu einem Stromkasten an der Seite der Hütte. Er wurde durch ein dickes Hauptstromkabel versorgt und verfügte über einen zusätzlichen Dieselgenerator, der die unregelmäßige Stromversorgung in der Gegend ausgleichen sollte.

Der Drohnenpilot flog so dicht wie möglich an den Kasten heran und senkte eine Metallsonde herab, etwa so groß wie der Unterarm eines Mannes. Es war ein elektromagnetischer Impulsgeber, mit dem man ein intensives Magnetfeld erzeugen konnte, das alle Elektrogeräte in einem Radius von zehn Metern lahmlegen konnte.

Die Sabotage wäre unverkennbar, wenn der Generator unbeschädigt bliebe, aber auch die Elektronik der Drohne war anfällig für den Magnetstoß. Daher war der Impulsgeber an einer siebzig Meter langen Angelschnur befestigt worden, die abrollte, als der Pilot das Gerät nach oben zog.

In siebzig Meter Höhe stabilisierte er die Drohne und aktivierte den Impulsgeber. Ein paar Sekunden lang flackerte das Bild auf dem Monitor. Alle sahen Tovah erschrocken an, als die beiden Piloten aufgeregt auf Hebräisch redeten.

»Was ist passiert?«, rief James besorgt. »Ist sie abgestürzt?«

»Der Impuls sollte die Drohne eigentlich nicht schädigen«, erklärte Tovah, »doch anscheinend ist genau das passiert. Sie bekommen kein Signal von der Drohne. Sie versuchen es mit einer Back-up-Frequenz …«

Plötzlich tauchte das Bild auf der linken Bildschirmseite wieder auf und zeigte die Aufnahme einer funktionsfähigen Drohne, die mehrere Hundert Meter über der Ölbohranlage schwebte.

Tovah übersetzte weiter den hebräischen Wortschwall.

»Sie glauben, die Drohne hätte auf ein Standard-Schutzprogramm umgeschaltet, als der Impuls das Signal lahmgelegt hat. Alle Systeme funktionieren normal, doch sie sind sich nicht sicher, ob nicht die Schnur zum Impulsgeber gerissen ist.«

Auch die rechte Seite des Bildschirms leuchtete wieder auf und zeigte ein Stück der Schnur, die von einer motorisierten Angelwinde aufgerollt wurde. Es dauerte eine halbe Minute, bis der Impulsgeber in Sicht kam und die Piloten triumphierend aufschrien.

»Sie haben ihn!«, übersetzte Tovah unnötigerweise, als die Sonde wieder im Bauch der Drohne verschwand. »Sie werden jetzt mit der Überwachung anfangen.«

Die Drohne war zurückgekehrt und hing etwa hundert Meter über der Anlage. Als der Copilot das Nachtsichtgerät auf die Hütte richtete, sahen sie Rauch aus der Tür dringen, während der Mann darin hinten herumlief und ein kleines Feuer im Stromkasten mit einem Feuerlöscher zu bekämpfen versuchte. Ein paar Männer mit Helmen kamen von der Hauptpumpe her angerannt, um zu sehen, was passiert war.

»Sie gehen auf fünfzehnhundert Meter und schalten die Drohne für den Rückweg auf Autopilot«, erklärte Tovah und lächelte James an.

»Gute Reise, Drohne«, wünschte James und ging zur Wand hinter dem Fernseher, um das Licht einzuschalten. Dann rief er: »Wir haben für morgen früh zwei Flugzeuge gechartert. Wer zur Mission in die Türkei fliegt, hat um 0600 an der Landebahn bereitzustehen, um die PX1 und die übrige Ausrüstung einzuladen. Geplanter Start 0700. Das Luftwaffenflugzeug, das die anderen nach England zurückbringt, startet um 11 Uhr. Die Köchin und die Trainer werden Hilfe beim Packen brauchen, also müssen die vier restlichen Kids gefrühstückt und mit ihren gepackten Taschen um 0900 am Pool stehen.«

»Wenn James fort ist, übernehme ich hier das Kommando«, fügte Capstick hinzu. »Und da ich seit fast einem Monat keine Strafrunden mehr verteilt habe, solltet ihr mich besser nicht ärgern.«

34

Die Mission war immer streng geheim und inoffiziell gewesen, doch bis zu diesem Punkt hatten James noch die vertraute Umgebung des Sommerlagers, die CHERUB-Agenten und Trainer beruhigt. Jetzt war alles real, als er in einer unmarkierten, fünfunddreißig Jahre alten Antonov-Frachtmaschine angeschnallt saß, komplett mit rotgesichtigem slawisch aussehendem Piloten und grob geflickten Einschusslöchern.

Sie machten einen zweiten Landeanflug auf die unbefestigte Landebahn fünf Kilometer von der südlichen Grenze der Türkei bei Viranşehir entfernt. Der erste Versuch war abgebrochen worden, weil das Bugrad nicht ausfahren wollte. Zu sehen, wie der Kopilot eine Bodenplatte hochhob und es mit einer Kurbel von Hand herunterließ, stärkte seine Zuversicht nicht gerade.

Lauren hatte noch nie ein Problem mit dem Fliegen gehabt, aber selbst sie ergriff Bruce' Hand und zog eine Grimasse, als der unglaublich laute Jet aufsetzte und die Felder der Umgebung in graue Staubwolken hüllte.

»Ich werde mich nie wieder über Ryanair beschweren«, scherzte Kyle, als die rostigen Landungsräder quietschend zum Stehen kamen.

Nach einem Flug in einem fensterlosen, ungeheizten Flugzeugrumpf ohne Druckausgleich warfen James, Ryan, Lauren, Tovah, Kyle und Bruce ihre schmutzigen Decken ab und befreiten sich von den Sicherheitsgurten, während hinten eine Ladeklappe aufging. Als Erstes sahen sie ein paar türkische Zollbeamte, die aus einem Toyota-Pick-up sprangen, während ein Wartungstruck des Flugplatzes durch den Staub des Jets angerollt kam.

»Sie hassen Israelis«, sagte Tovah zu James.

»Ich spreche aber kein Türkisch«, entgegnete James, machte eine Aktentasche auf und entnahm ihr ein zwölfseitiges Frachtdokument.

»Ich auch nicht«, behauptete Tovah.

Die beiden Beamten kamen die Laderampe herauf. Sie trugen Bartstoppeln im Gesicht und Pistolen an der Hüfte. Falsche Pässe wurden geprüft und gestempelt. James überreichte zusammen mit den Frachtpapieren die zuvor vereinbarten siebentausend Euro und erntete dafür ein breites Lächeln.

»Autoteile«, sagte der Beamte in gebrochenem Englisch und lächelte seinen Kollegen an, der jede Seite des Dokuments stempelte und mit seinen Initialen versah.

»Bringen Sie Ihre Sachen schnell hier raus«, verlangte der Beamte. »Nehmen Sie das Seitentor.«

Fünf Ultraleichtflugzeuge, Waffen und Mikrodrohnen, Schutzkleidung und alles andere, was sie für den quasimilitärischen Überfall brauchten, war in Pappkartons verpackt worden, die die Logos von Audi und Citroën trugen, bevor sie mit dicker Plastikfolie umwickelt und versiegelt wurden.

Das Team arbeitete schweißüberströmt, rollte die Kisten heraus und lud sie hinten auf den Laster. James fuhr mit der Ladung, während sich die anderen in ein verbeultes altes Mercedes-Taxi drängten, in dem sie eine Staubdusche bekamen, als das unmarkierte Flugzeug Gas gab, um zurückzufliegen.

Die Fahrer hielten sich absichtlich vom Zentrum von Viranşehir fern und fuhren durch Straßen mit winzigen

Häusern und kürzlich abgeerntete Felder. Ihr Ziel war ein einsames, modernes Farmgebäude, groß genug, um eine große Baumwollpflückmaschine und die Geräte zum Verpacken der Rohbaumwolle in lastergroße Ballen in sich aufzunehmen.

»Hier werden Sie während der Vorbereitungen ungestört sein«, erklärte der Lkw-Fahrer James. »Der Rest Ihrer Ausrüstung ist letzte Nacht gekommen. Ich habe Ihnen auch Lebensmittel und Kochgeräte besorgt, wie gewünscht.«

Nachdem sie alles hineingebracht hatten, sich um die einzige Toilette gestritten und ein leichtes Mittagessen aus Joghurt, Brot und weichem Käse aus der Gegend zu sich genommen hatten, begann das Team, alles auszupacken und die letzten Vorbereitungen zu treffen. Tovah überprüfte die fünf Ultraleichtflieger auf Transportschäden. In dem Paket, das schon auf sie wartete, befanden sich neue graue, aufblasbare Tragflächen, die die leuchtend gelben ersetzten, die während des Flugtrainings die Sicherheit hatten erhöhen sollen.

Während die dunkelhäutigen Mitglieder des Teams, Ryan und Tovah, die neuen grauen Flügel anbrachten und testeten, mussten James und Lauren dafür sorgen, dass sie mehr wie Syrer aussahen. Sie machten eine unangenehme – wenn auch amüsante – Erfahrung damit, sich die Haare zu färben – ohne heißes Wasser, aber dafür mit einem Hochdruckschlauch zur Reinigung von Ackerbaugeräten. Dann zogen sie sich bis auf die Unterwäsche aus und Kyle besprühte sie gleichmäßig mit Sprühbräune, die sie nur leicht dunkler tönen und sie nicht sonnenbankorange färben sollte. Der letzte Schritt bestand im Einsetzen von Einwegkontaktlinsen, die ihre blauen Augen braun färbten.

Ryan hatte keinen starken Bart, aber James, Kyle und Bruce hatten sich nicht rasiert und posierten mit ihren

Vier-Wochen-Bärten und James' neuer Haarfarbe für Selfies.

Als Nächstes legten sie ihre Ausrüstung an. Kampfstiefel, eng anliegende, stichfeste Unterwäsche und leichte, kugelsichere Körperpanzerung. Sie wollten nicht zu militärisch erscheinen, daher zogen die Männer wasserfeste Jacken, karierte Hemden und Cargohosen an, die jede Menge Reißverschlusstaschen besaßen, in denen sie Ausrüstungsgegenstände verstauen konnten. Sie hatten auch Helme, die sie nur in der gefährlichen Schlussphase der Mission tragen sollten.

Da sie das Gebiet des Islamischen Staates betreten würden, mussten Lauren und Tovah während ihrer Fahrt doppelte Schleier, lange Ärmel und Handschuhe tragen.

»Und warum habe ich mir dann die Haare färben müssen?«, fragte Lauren und blinzelte durch den winzigen Schlitz in ihrem Schleier. »Das sieht man ja nicht mal! Und ich sehe kaum, wohin ich gehe.«

»Du musst üben, darin zu laufen«, sagte Tovah ernst. »Wenn du ständig stolperst, fällst du auf.«

James konnte sich ein leises Wolfsgeheul nicht verkneifen, als Lauren auf dem Betonboden auf- und abstolzierte. »Mann, Schwesterherz, ist das sexy!«

Lauren fuhr herum.

»Halt die Klappe oder ich breche dir die Beine, Armleuchter!«

»Das ist aber nicht sehr ladylike«, neckte James.

Lauren zog sich wieder bis auf Socken und Unterwäsche aus, während Bruce die Waffenkiste öffnete.

Da sie keine Waffen benutzen konnten, die in der britischen Armee oder der Nato verwendet wurden, hatte James die osteuropäischen und russischen Waffenmärkte durchforstet, während Tovah Waffen aus dem Arsenal des israelischen Geheimdienstes angefordert hatte.

»Hier sind etwa dreißig Waffen«, stellte Bruce fest. »So liebe ich das Einkaufen. Oh Mann, hier sind Galils. Ich liebe diese Dinger!«

Er zog das ultraleichte israelische Sturmgewehr aus seiner Schaumstoffverpackung und spielte ein paar Sekunden damit herum, um sich damit vertraut zu machen. Dann fügte er zwei Pistolen, eine großkalibrige mit Schalldämpfer und eine kleine 22er, die in seine Hemdtasche passte, hinzu. Zuletzt rüstete er sich noch mit Granaten, Rauchbomben, einem Teleskopschlagstock, einer Taserpistole, mehreren Messern und einer Machete von einem halben Meter aus.

»Lasst uns die bösen Jungs killen!«, rief er und schwang fachmännisch die Machete.

James lachte, doch Tovah sah ihn wütend an und baute sich vor Bruce auf.

»Ich war in der israelischen Armee«, sagte sie zornig. »Ich habe eine Menge Mist gesehen, und es waren immer Jungen, die zu waffenverliebt waren, die getötet wurden. Und was noch schlimmer war, ein paar von ihnen hätten es fast geschafft, dass ich getötet wurde.«

Bruce sah erschrocken zu, als Tovah ihm wortlos sein Waffenarsenal abnahm und alle daran erinnerte, dass sie am besten alle das gleiche Gewehr und die gleiche Pistole mitnahmen, damit sie möglichst wenig Munition und Ersatzteile mitnehmen mussten.

Die Atmosphäre blieb angespannt, während sie sich alle mit Ersatzwäsche, Rationen und Erste-Hilfe-Päckchen versahen und die verschiedenen Elektrogeräte verteilten, die sie für die Rettungsaktion brauchen würden. Als alles verpackt war, machten sie sich an die »Entpersonalisierung«.

Schmuck, Telefone, Brieftaschen und alles andere, was ihre Identität verraten könnte, musste zurückbleiben. Danach packte James neue Casio-Uhren aus, chinesische Funkgeräte, die man in den Ohren verstecken konnte, und klotzige Telefone, die sowohl Mobilfunk- als auch Satellitenverbindung hatten.

»Akkulaufzeit zehn Tage, militärgetestet, voll verschlüsselt und nur für den Notfall«, erklärte James. »Sobald ihr diesen Raum verlasst, seid ihr anonym. Ihr ruft nicht eure Freundin an, seht nicht nach euren Mails oder Facebookseiten. Und da dies eine inoffizielle Mission ist, können wir uns nur gegenseitig um Hilfe anrufen. Soweit es die britische und israelische Regierung betrifft, wissen sie nicht, dass wir hier sind, und diese Mission existiert nicht. Es wird kein SAS-Rettungsteam geben. Keine Apache-Hubschrauber, die uns aus einer Gefahrensituation holen. Wenn wir sterben, werden wir nur sechs unidentifizierbare Leichen in der Wüste sein. Und wenn ihr überlebt …«

Mit dramatischer Geste holte er einen Streifen Tabletten aus der Tasche.

»Das hier ist altmodischer Agentenkram«, verkündete er. »Zyankalikapseln. Steckt sie in den Mund, beißt darauf, und in zwei Minuten seid ihr tot. Nicht angenehm, aber das ist es auch nicht, vom IS gefangen, gefoltert und geköpft zu werden.«

Tovah schüttelte ernst den Kopf. Ryan sah besorgt zu Kyle und Lauren. Bruce nahm die Packung, legte sie dann aber wieder weg, ohne eine Tablette abzubrechen.

»Bist du sicher?«, fragte James.

Bruce grinste breit.

»Wir werden weder sterben noch gefangen genommen«, erklärte er bestimmt. »Wir brauchen keine Selbstmordpillen. Wir werden es alle überleben.«

35

Um zwei Uhr nachmittags holte sich James den letzten Echelon-Überwachungsbericht. Es gab viele Anrufe, E-Mails und SMS von den Arbeitern auf der betroffenen Ölbohranlage, die darauf hinwiesen, dass jemand kommen sollte, der die beschädigten Steuerungen innerhalb von ein bis zwei Tagen reparieren sollte.

Schlecht war, dass sie von keinem der beiden Abhörgeräte auf dem Dach des Kontrollraumes ein Signal bekommen konnten. Sie vermuteten, dass sie entweder durch den unerwartet starken Magnetimpuls oder das Feuer beschädigt worden waren.

Sie fuhren in einem Bus mit dreißig Sitzen nach Süden. Der Fahrer/Besitzer benutzte ihn für außerplanmäßige Fahrten nach Syrien. Er kam leer an, und sie brauchten eine Viertelstunde, um Taschen, Ultraleichtflieger und die teilweise auseinandergenommenen Crossbikes in den Gepäckraum zu laden.

In einer Abgaswolke, die die neuesten Emissionsrichtwerte um einiges überschritt, verschwanden sie gen Süden. Anstatt direkt zur Grenze zu fahren, hielt der Bus am Stadtrand und ließ vier bärtige Männer einsteigen. Ein zweiter Halt brachte ihnen noch einen einzelnen arabischen Passagier ein, der eine bernsteinfarbene Sonnenbrille trug.

Der erste Streckenabschnitt führte sie durch kleine Dörfer und kürzlich abgeerntete Baumwollfelder. Je näher sie der syrischen Grenze kamen, desto mehr Unterkünfte aus Sperrholz und Plastikteilen tauchten in den Feldern am Wegrand auf. Dort wohnten einige der zwei Millionen Flüchtlinge, die Syrien wegen des Bürgerkrieges verlassen hatten. Es wurden im Laufe der Fahrt immer mehr Flüchtlinge, und der Geruch der Müllhaufen, der durch die Klimaanlage eindrang, wurde immer stärker.

Der letzte Halt in der Türkei war in einem gut organisierten Flüchtlingslager mit vielen Reihen weißer Zelte mit dem Zeichen des Roten Halbmonds. Dort stiegen ein arabisches Fernsehteam sowie fünf gut gekleidete Männer ein. Sie belegten fast alle restlichen Plätze, während Träger den Laderaum mit so vielen Paletten voller Lebensmittel und Medikamente beluden, dass der Fahrer Schwierigkeiten hatte, ihn zu schließen.

Der Grenzübergang war auf der türkischen Seite stark bemannt. Zwei Dutzend Soldaten unterstützten die Zollbeamten, und für den Fall, dass es Schwierigkeiten gab, standen zwei Panzer neben der Straße bereit. Die Schlange von Fahrzeugen, die in die Türkei wollten, erstreckte sich bis zum Horizont, und das Land auf syrischer Seite war geprägt von menschlichen Tragödien, war voller Menschen, denen die Überquerung der Grenze verwehrt worden war und die nirgendwo anders hinkonnten.

Die Türken hatten weniger Lust, Leute an der Ausreise zu hindern. Die vierhundert Kilometer lange Landesgrenze hatte achtzig offizielle Grenzübergänge und viele hundert inoffizielle, die von der Polizei unmöglich alle überwacht werden konnten. James sah eine Schwangere, die einen Grenzbeamten anschrie, als der Bus auf eine zu beiden Seiten von einem Drahtzaun gesäumte Spur geschickt wurde. Schilder auf Türkisch, Arabisch und Englisch rieten den Menschen, in den

Fahrzeugen zu bleiben, während ein Stück weiter das Gesicht des syrischen Diktators aus dem »Willkommen in Syrien«-Schild geschossen worden war.

Der Bus wurde durch den türkischen Grenzübergang gewinkt. Die bärtigen Männer auf der syrischen Seite trugen Kalaschnikows und alte Tarnjacken, von denen die Insignien der syrischen Armee abgerissen worden waren. Die Fahrer in den beiden Fahrzeugen vor ihnen versuchten gar nicht erst, die türkischen Lira zu verbergen, die sie zusammen mit den Pässen hinausreichten.

Ryan erwartete, dass die Zöllner in den Bus stiegen, um sie zu überprüfen, und zog seinen gefälschten, grünen türkischen Pass aus der Tasche. Dabei spürte er, wie sich in seinem Nacken Schweißperlen bildeten. Doch der Mann lächelte dem Fahrer nur freundlich zu und neigte respektvoll den Kopf vor jemandem. Meinte er die Reporter? Oder vielleicht die gut gekleideten Männer, die mit den Vorräten eingestiegen waren?

»Offensichtlich reisen wir in der richtigen Gesellschaft«, flüsterte Ryan Tovah auf Arabisch zu.

Die hydraulische Tür ging zischend zu. Aus dem Auspuff stieg eine weitere Abgaswolke und schon waren sie im vom Islamischen Staat kontrollierten Syrien und fuhren auf einer mit Ölgeld gebauten Autobahn weiter nach Süden. Hinter der Fahrzeugschlange, die versuchte, in die Türkei zu kommen, war das Land menschenleer. Die Werbeplakate waren heruntergerissen oder geschwärzt worden. Das hier war jetzt das Gebiet des Islamischen Staates, doch die Gebäude zeigten die Narben monatelanger Kämpfe, und am Straßenrand hatten die ausgebrannten Autowracks, die man aus dem Weg geschoben hatte, ihre Spuren hinterlassen.

Das Ahnden von Geschwindigkeitsübertretungen schien nicht auf der Prioritätenliste des IS zu stehen. Die Plastikverkleidungen des Busses klapperten und quietschten, als sie die Hundert-km/h-Grenze überschritten. Und andere Autos fuhren noch viel schneller an ihnen vorbei.

Sie wurden von einer provisorischen Straßensperre aufgehalten, doch fünfzig Euro und ein wenig Geplänkel vom Fahrer brachte sie weiter. Gleich darauf bogen sie von der Autobahn ab und kamen auf eine weitere, moderne Straße. In einem Tunnel durch eine Felsformation hatten sie ein erschreckendes Erlebnis, denn dort gab es weder eine Geschwindigkeitsbegrenzung noch Strom für die Beleuchtung, sodass der Bus heftig ausweichen musste, als er um eine Kurve bog und vor ihm plötzlich zwei Autos standen, die nach einem Zusammenstoß einfach im Dunkeln stehen gelassen worden waren.

Im Laufe von zwei Stunden stiegen Passagiere ein und aus. Die Lebensmittel und Medikamente wurden vor einem großen Krankenhaus ausgeladen. Die Sonne ging schon unter, als James ein kleines GPS-Gerät hervorzog, das ihm sagte, dass sie jetzt weniger als fünf Kilometer von der sabotierten Ölquelle bei Tell Tamer entfernt waren.

Der Fahrer erreichte einen Ort, der stark umkämpft gewesen sein musste. Moderne Betonhäuser waren mit Kugellöchern übersät und jedes Metalldach war eingestürzt.

»Das hier war kurdisches Gebiet«, erklärte der Fahrer. »Alle, die nicht getötet wurden, sind nach Norden geflohen, und wegen der schweren Kriegsschäden lässt sich auch niemand in dieser Gegend nieder.«

»Dann sind wir hier also sicher?«

»Halten Sie sich außer Sichtweite und lassen Sie jemanden Wache halten. Aber hier sind Sie sicherer als irgendwo anders. Und was noch wichtiger ist, Sie haben das da!«

Er deutete aus dem Fenster, als er vor einer Reihe von Läden anhielt, die ganz ähnlich angelegt waren wie Hunderte von Ladenketten, die James während seines Studiums in den Staaten gesehen hatte: ein mittelgroßer Supermarkt, eine Tankstelle, eine Reihe kleinerer Läden und am Rande des Parkplatzes für zweihundert Autos ein paar Fast-Food-Restaurants.

Anders als bei den Ladenstraßen, die James gesehen hatte, war die Tankstelle explodiert und hatte eine ausgebrannte Überdachung und einen Krater hinterlassen, in dem man die Reste der unterirdischen Benzintanks erkennen konnte. Der Supermarkt hatte keine Scheiben mehr und war völlig geplündert worden. Ein Panzer war quer hindurchgefahren und hatte eine große Schneise hinterlassen. Den kleineren Läden war es noch schlimmer ergangen, drei davon waren völlig eingestürzt. Die noch verbliebenen Autos waren entweder ausgebrannt oder so gründlich zermalmt, dass es den Anschein hatte, als hätte sich die Besatzung eines Panzers ein wenig damit vergnügt, darüber zu fahren.

»Das ist perfekt«, sagte Tovah zum Fahrer, denn sie sah mehr als genug unbeschädigten Asphalt, auf dem die Ultraleichtflieger abheben konnten, während sie in dem leeren Supermarkt gut übernachten konnten.

Bruce, Kyle, Lauren und Ryan begannen damit, ihr Gepäck aus dem Laderaum zu holen.

»Ausgezeichnet«, bestätigte James, schüttelte dem Fahrer die Hand und gab ihm fünftausend Euro. »Die anderen fünf bekommen Sie durch Ihre Bank in der Türkei, wenn wir zurück sind.«

»Und wenn Sie alle getötet werden?«, fragte der Fahrer halb im Scherz.

»Sie werden bezahlt werden«, erklärte Tovah. »Meine Leute werden dafür sorgen.«

Als der Bus abgefahren war, zogen sie unter dem wütenden Gezeter der Vögel, die in den Metallstreben des verbogenen Blechdaches nisteten, das Gepäck in eine Ecke des Supermarktes. Dann erteilte James Befehle.

»Tovah, Lauren, stellt ein Tarp auf, falls es regnet. Dann baut ihr die Bikes und Flugzeuge zusammen. Bruce, Kyle, ihr sichert die Gegend. Nehmt Gewehre mit. Sucht die Bewegungsmelder und verteilt sie. Und wenn ihr euch umseht, haltet nach einem funktionierenden Wasserhahn Ausschau. Wir haben zwar Trinkwasser mitgebracht, aber es wäre schön, wenn wir uns waschen und eine Toilette benutzen könnten. Ryan, wie verträgst du Höhe?«

»Ganz gut.«

»Gut«, nickte James. »Du musst eine Satellitenschüssel aufbauen, damit ich die Abhörberichte bekomme. Hier ist auch eine Funkantenne, vielleicht kann ich ein Signal von den Abhörgeräten auf dem Dach des Kontrollraums bekommen.«

»Und was hast du vor, Boss?«, erkundigte sich Lauren sarkastisch. »Legst du die Füße hoch?«

»Ich bringe den Generator zum Laufen«, erklärte James. »Und wenn ihr ganz viel Glück habt, schließe ich den Wasserkocher an und mache euch allen eine schöne Tasse Tee.«

36

Um fünf Uhr morgens saß Bruce auf einem Stapel Brotkisten aus Plastik hinter dem vogelgesäumten Rest dessen, was einmal das Supermarktdach gewesen war. Im Dunkeln leuchteten fünf Bildschirme und zeigten die Bilder von Nachtsichtkameras, Bewegungsmeldern, das unverstärkte Funksignal, das James glücklicherweise von der Ölquelle empfangen konnte, und einen Webbrowser, der automatisch alle Abhörberichte und anderen Informationen auffing, die der britische und der israelische Geheimdienst ihnen schickten.

Bruce war kein Typ, der lange mit seinen Gedanken allein bleiben konnte, daher stand er auf, nachdem er alle Bildschirme überprüft und den Browser neu geladen hatte. Da der Fußboden des Supermarkts noch intakt war, hatten Lauren und Tovah ihnen einen regenfesten Unterschlupf gebaut, indem sie ein Tarp zwischen zwei Regalreihen spannten.

Kyle schnarchte in einem Schlafsack, als Bruce über ihn hinwegstieg und mit einer kleinen schwarzen Taschenlampe um sich leuchtete. Lauren schien es kuschelig zu mögen und hatte sich auf dem untersten Fach eines Regals eingerollt und die Knie fast bis zum Kinn hochgezogen. Bruce musste lächeln. Er hockte sich vor ihren Wasserkocher und suchte in einer Schachtel mit Trockennahrung. Da die Schrift darauf russisch war, musste er von den verzerrten Fotos auf den Inhalt schließen und danach, wie sich die harten Klumpen darin anfühlten.

Schließlich riss er wahllos ein Päckchen auf, nahm den innen angeklebten Spork heraus und füllte es zu zwei Dritteln mit Wasser aus dem Kocher. An dem heißen Päckchen verbrannte er sich die Finger, als er wieder zu seinem Posten ging. Vorsichtig roch er daran, nachdem er sich wieder auf die Brotkisten gesetzt hatte, und war vom Geruch nach Schokoladen-Bananenpudding angenehm überrascht.

Er rührte gut um und nahm ein paar Bissen von der süßlichen Masse, als ihn ein Kratzen im nächsten Gang aufschreckte. Theoretisch konnte kein Mensch an den Bewegungsmeldern vorbeikommen, ohne Alarm auszulösen, doch irgendetwas ging vor sich, denn die Vögel auf den Metallträgern piepsten unruhig.

Bruce setzte sich ein Nachtsichtgerät auf und zog eine schallgedämpfte Pistole. Er überlegte, ob er die anderen wecken sollte, doch da das Geräusch ganz nah war, sagte er sich, es sei besser, wenn er allein handelte.

Als er um die Ecke kam, flog ein weiterer Vogelschwarm auf. Gleich rechts von ihm bewegte sich ein schwarzes Objekt, eine kräftige Schulter, ein Arm, der nach ihm griff. Bruce wirbelte herum und schoss. Der Schuss war gedämpft, doch die Kugel, die durch Knochen und Fleisch drang, prallte laut von einem Metallregal ab. James und Kyle erwachten, als Hunderte von Vögeln in die Luft flogen.

»Wer hat Wache?«, fragte Tovah, die hochschoss und nach ihrer Waffe griff.

»Bruce?«, zischte James.

»Ich bin hier, ich glaube, ich habe jemanden erschossen.«

Tovah war als Erste bei Bruce im nächsten Gang. Der Strahl ihrer Taschenlampe traf Bruce' Rücken und den

Körper einer Wildkatze. Sie ähnelte einer Hauskatze und war auch kaum größer. Die Schulter, die Bruce gesehen hatte, war in Wirklichkeit der Rücken des Tieres gewesen, das hereingekommen war, um einen unachtsamen Vogel zu fangen.

»Na, das riecht ja toll«, bemerkte Tovah mit einem Blick auf die bräunlichen und rosa Flecken hinten im Regal. »Die Kugel muss den Darm durchschlagen haben.«

»Guter Schuss, Kumpel«, bemerkte Kyle, zog seinen Hosenbund herunter und ging zu einem Eimer, um zu pinkeln. »Alle wieder ins Bett.«

»Nein«, erklärte James bestimmt. »Hoffentlich war niemand nah genug, um den Schuss zu hören, aber es müssen mindestens zwei Leute zusätzlich aufpassen und gegebenenfalls Alarm geben.«

»Stimmt«, meinte Tovah und sah auf die Uhr. »Ich bin dabei. Ich kann jetzt sowieso nicht mehr schlafen.«

»Zu aufgeregt, um zu schlafen«, bestätigte James, überprüfte die Kameras und die Aufzeichnungen der Bewegungsmelder. Am Horizont zeigte sich gerade der erste Lichtstreifen. »Ich muss sagen, dass ich unser Dornröschen hier beneide.«

Lächelnd betrachteten sie Ryan im Licht von James' Lampe, der von alldem nichts mitgekommen hatte und den Kopf tief in seinem Nylonschlafsack vergraben hatte.

»Verdammt«, meinte Tovah, als sie zu James an die Bildschirme trat. »Bruce hat den letzten Schoko-Bananenpudding gegessen.«

»Tee oder Kaffee?«, fragte Kyle, als er vom Eimer zurückkam und sich die Hände mit einem Desinfektionstuch reinigte.

Lauren nickte, krabbelte aus ihrem Regal, setzte sich auf und rieb sich die Augen.

»Wer hat jemanden erschossen?«

»Bruce hat eine Katze gemeuchelt«, erklärte Kyle. »So was verwechselt man leicht mit einem bewaffneten Angreifer.«

»Das erklärt den Gestank nach Katzenpisse«, stellte Lauren fest und stand auf.

James nickte zustimmend.

»Bring das lieber nach draußen, Bruce, bevor es uns noch allen den Magen umdreht.«

Kyle machte Instant-Kaffee, Lauren bereitete Porridge und ein großes Omelette auf dem zweiflammigen Butankocher. Ryan schlief immer noch, als sich die anderen auf die Brotkisten setzten und frühstückten.

»Funksignal«, bemerkte James und beugte sich über einen Bildschirm. »Da scheint jemand im Büro zu sein.«

Der Laptop war so eingestellt, dass er die Stimmen aus dem Kontrollraum übertrug. Da die Wanzen nur ein knisterndes Signal übertrugen und arabisch gesprochen wurde, kam Tovah herüber und vertauschte den blechernen Laptoplautsprecher mit Kopfhörern.

»Zwei Männer beklagen sich über ihre Frauen«, erklärte Tovah. »Ziemlich starker Akzent.«

»Und das heißt?«, fragte Kyle.

»Wahrscheinlich Arbeiter«, antwortete Tovah. »Sie warten darauf, dass ihr Boss kommt und ihnen Anweisungen gibt. Sie beschweren sich, dass sie superfrüh auftauchen sollten, aber sonst noch niemand da ist.«

»Das heißt also, dass heute irgendetwas passiert«, stellte James erfreut fest.

Ryan öffnete ein Auge und richtete sich auf, als er merkte, dass ihn Lauren, Bruce und Kyle anstarrten.

»Was ist?«, fragte er und unterdrückte ein Gähnen. »Was habe ich gemacht?«

»Nichts«, grinste James. »Als jemand, der sich die ganze Nacht herumgewälzt und sich Sorgen gemacht hat, beneide ich dich um die Fähigkeit, abzuschalten und zehn Stunden lang zu schlafen.«

»So was nennt man Teenager«, erwiderte Ryan, gab die Zurückhaltung auf und gähnte herzhaft. »Außerdem, warum Sorgen? Wir campen doch nur achtzig Kilometer tief im Gebiet einer gefährlichen Terrororganisation, die uns foltern und köpfen wird, wenn sie uns kriegt. Sind noch Eier da?«

Er fühlte sich direkt verwöhnt, als Lauren ihm Eier vorsetzte und Kyle ihm Kaffee brachte. Als Tovah sich auf die Schenkel schlug und rief: »Wir haben es, Leute!«, zuckte er zusammen.

»Was haben Sie?«, fragte James.

»Gerade ist der Boss gekommen. Er hat den Arbeitern befohlen, die verbrannten Konsolen wegzubringen, weil sie Platz brauchen, bevor der Ersatz kommt.«

»Wann?«

»Um acht soll ein Elektriker aus der Gegend kommen, um den ausgebrannten Stromkasten zu ersetzen. Die Steuerungen und das Wartungsteam werden gegen Mittag erwartet. Dann hat der Kerl gefragt, wann die Quelle wieder fördern wird, und der Boss hat gemeint, dass das von den Technikern abhängt, aber dass das hoffentlich morgen wieder der Fall sein wird.«

»Gut«, meinte Bruce, »sieht aus, als hätten wir unsere Ankunft gut getimt.«

»Ich möchte auch nicht länger als notwendig bleiben«, meinte James. »Wir sollten ein paar Kameras in der Umgebung platzieren, bevor es zu hell wird.«

»Wir könnten ein paar Mikrodrohnen auf dem Förderturm absetzen«, schlug Tovah vor.

»Werden die uns nicht verraten, wenn man sie findet?«, fragte Ryan.

James stand auf und zog eine verpackte Mikrodrohne aus dem Rucksack.

»Drei Zentimeter, wiegt weniger als zehn Gramm, verfügt aber über eine HD-Kamera«, erklärte er. »Die Batterie reicht für drei Flugkilometer und überträgt Bilder für bis zu zwölf Stunden. Man programmiert nur die Daten ein, danach ist sie komplett autonom, abgesehen von der Landung. Im Flug sieht sie aus wie ein Insekt. Die Chancen, dass sie vor Ort entdeckt wird, sind verschwindend gering, und da die Hülle und der Rotor aus Maisstärke bestehen, lösen sie sich nach ein paar Tagen auf und die restlichen Teile sehen aus wie der Plastikschrott aus einem Kinderspielzeug oder so.«

Ryan nahm das Gerät aus der Schachtel.

»Mach das nicht kaputt«, grinste James, »das kostet siebenundzwanzigtausend Pfund.«

»Wow!«, machte Ryan und gab James die Schachtel schnell zurück.

»Mit zwei dieser Dinger bekommen wir einen Überblick über die gesamte Anlage«, erklärte Tovah, »zumindest solange es nicht regnet.«

37

Um 13:05 Uhr lag Ryan bäuchlings auf dem steinigen Boden, sechzig Meter vom Ölförderkran entfernt. Zwei bärtige Männer standen davor und hebelten mit einer Brechstange eine Kiste auf. Als die Sperrholzplatte aufsprang, quoll ein Strom von Styroporteilen heraus und gab den Blick auf das Seitenteil einer überarbeiteten Offshore-Marine-Steuerkonsole frei. Er sah James an.

»Sehen Sie den Riss im Holz an der Seite?«, sagte Ryan. »Ich könnte schwören, dass ich genau dieselbe Maschine vor fünf Wochen in Onkels Lagerhaus gesehen habe.«

»Schon möglich«, stimmte James zu und wischte sich den Schweiß von der Stirn.

In diesem Moment trat Kam Yuen aus dem Kontrollhäuschen. Er hatte sich einen spärlichen Bart stehen lassen und hinkte leicht. Er redete mit den Leuten, die die Kiste auspackten, während Gordon Sachs dahinter mit einem Elektriker sprach. Doch solange die beiden Techniker sich um die Reparaturen kümmerten, ließen sie drei massige Wächter keinen Augenblick lang aus den Augen.

»Heftig«, meinte Ryan und deutete auf Sachs, »mindestens zehn Kilo, seit den letzten Fotos, die wir gesehen haben.«

Doch James war abgelenkt und sprach über das Funkgerät in seinem Ohr mit Tovah.

»Beide Zielpersonen in Sicht. Drei Leibwächter, Ryan und ich haben freie Sicht auf alle.«

»Verstanden«, sagte Tovah. »Die Drohne ist in Position. Lauren und Bruce sind in Position. Sind wir bereit?«

Ryan sah zu James, der das Gefühl hatte, als laste eine Tonne auf seiner Brust.

»Bereit«, sagte er.

Im Supermarkt hielt Kyle Wache, während Tovah eine einen halben Meter lange Helikopterdrohne aktivierte, die Lauren zweihundert Meter vor der Ölquelle platziert hatte. Die Rotoren begannen sich zu drehen und das Objekt hob ab, um zu vorbestimmten Koordinaten dreißig Meter von der Hütte entfernt zu fliegen. Die Richtung war einprogrammiert und Tovah benutzte einen Bildschirm mit einer Gesichtserkennungssoftware, die Sachs, Yuen, den Elektriker und die drei Leibwächter registrierte.

Mit Hilfe des Touchscreens erleuchtete sie die Gesichter der drei Leibwächter grün, drückte auf das T an der Tastatur und machte sie damit zu aktiven Zielen. Sobald das Zeichen »In Reichweite« aufleuchtete, drückte sie gleichzeitig Q und W.

Vor der Ölquelle hielt sich James instinktiv den Kopf, als die Drohne über ihn hinwegflog. Ihr Anflug war das Letzte, was die Leibwächter je sahen, als sie den Kopf in ihre Richtung drehten. Dann wurden sie von den Maschinengewehren der Drohne zerfetzt.

Sachs, Yuen und der Elektriker gingen in Deckung, während Lauren und Bruce von der gegenüberliegenden Seite des Förderkrans zu einer Reihe geparkter Wagen liefen. Bruce schoss dem Fahrer des Lieferwagens in den Kopf, der dort eine Zigarette rauchte. Die beiden Mercedes, in denen Sachs und Yuan gekommen waren, hatten Panzerglasscheiben, was die Sache schwieriger machte.

Lauren warf eine Granate unter den Laster und Bruce versetzte dem Fahrer des ersten Mercedes, der mit dem Telefon in der Hand neben seinem Wagen stand, einen tödlichen Schuss. Der zweite Wagen war ein Mercedes ML-Geländewagen. Auf dem Rücksitz schlief ein zusätzlicher Leibwächter, aber der Fahrer saß am Steuer und startete den Motor.

Die Reifen waren verstärkt, daher schoss Bruce auf das Beifahrerfenster. Die Kugeln schlugen Macken in das Panzerglas, als der Fahrer Gas gab. Fast hatte er das Glas durchschlagen, als er sah, wie der Leibwächter eine Klappe im Seitenfenster öffnete und zurückfeuerte.

»Scheiße!«, schrie Bruce und rannte los. Der Mercedes schoss davon und unter dem Truck explodierte die Granate.

Während sich Lauren und Bruce mit den Fahrzeugen beschäftigten, gingen James und Ryan auf ihre Zielpersonen zu.

»Kommen Sie mit«, rief Ryan. »Wir haben Motorräder, mit denen wir Sie wegbringen können.«

James hielt den Elektriker in Schach.

»Die Hände zusammen!«, rief er und holte Plastikhandschellen hervor. »Legen Sie die an. Wenn Sie mitspielen, werden wir Ihnen nichts tun!«

»Wo ist der Junge?«, fragte Ryan. Er meinte einen etwa dreizehnjährigen Jungen, der dem Elektriker geholfen hatte.

»Ich glaube, er ist zum Wagen des Elektrikers gelaufen, um etwas zu holen«, erwiderte Sachs mit einem misstrauischen Blick auf die bewaffnete Drohne, die fünfzig Meter über ihnen schwebte.

Als James dem Elektriker die Fesseln fest um die Hände band, sah Ryan, wie der Junge mit einem Schraubenzieher bewaffnet unter der Hütte hervor und auf ihn zurannte und etwas auf Arabisch schrie. Ryan versuchte, nach ihm zu treten, doch das Sturmgewehr und ein schwerer Rucksack brachten ihn aus dem Gleichgewicht, und der Junge schaffte es, ihm den Schraubenzieher tief in den Bizeps zu stoßen.

Ryan brüllte vor Schmerz auf, als er spürte, wie sich sein Arm und seine Nackenmuskeln verkrampften.

Der Junge lief weiter. James zielte und hätte ihm zwischen die Schulterblätter schießen und sein Herz durch die Rippen jagen können, doch der Elektriker schrie auf Arabisch: »Habt Erbarmen mit meinem Sohn!«

James hob die Mündung ein Stück höher und feuerte über den Kopf des Jungen, der hastig Deckung suchte.

»Komm zurück, Junge!«, schrie James gebrochen arabisch.

»Er wird dir nur die Hände fesseln!«, fügte Ryan hinzu. James gab einen weiteren Warnschuss ab.

Der Junge hörte auf zu rennen und wandte sich mit erhobenen Händen um. In diesem Augenblick stieß Tovahs Drohne herab und zerfetzte ihn mit einem halben Dutzend Kugeln. James fluchte wütend und der Elektriker begann zu schreien. James wollte etwas sagen, doch was sagte man einem Mann, der gerade den Tod seines Sohnes mit angesehen hatte? Er konnte nur weitermachen.

»Die Bikes«, stieß er hervor und gab Sachs und Yuen mit Handzeichen zu verstehen, sie sollten loslaufen. »Ryan, kannst du Yuen mitnehmen?«

»Klar doch«, antwortete der, als Lauren und Bruce von der anderen Seite kamen.

»Der Benz ist abgehauen«, erzählte Bruce. »Warum hat Tovah den Jungen erschossen?«

»Woher zum Teufel soll ich das wissen?«, schrie James wütend. »Los, weg hier!«

An der Straße hatten sie vier Motocrossbikes verborgen. Der Rauch aus dem brennenden Truck stieg in die Luft, als James nach seinem Bike griff und Sachs ansah.

»Haben Sie schon mal auf einem Motorrad gesessen?«, fragte er, während Bruce und Lauren ihre Räder starteten.

Sachs schüttelte nervös den Kopf.

»Lassen Sie *mich* fahren«, warnte James. »Sitzen Sie gerade und legen Sie mir die Arme um die Taille. Fest, aber so, dass ich noch atmen kann, okay?«

»Da sind Straßensperren«, protestierte Sachs. »Wir sind achtzig Kilometer von der Grenze entfernt.«

»Halten Sie uns für so dämlich?«, erwiderte James gereizt. »Tun Sie, was wir sagen. Wir müssen hier weg.«

Die Drohne schwebte wachsam über ihnen, als Lauren und Bruce davonstoben. Ryan und James fuhren aus Rücksicht auf ihre unerfahrenen Beifahrer etwas langsamer an, um diese nicht zu verschrecken.

»Tovah«, sagte James und wandte den Blick ab, um den toten Teenager nicht noch einmal sehen zu müssen. »Wir kommen raus. Bruce hat gesagt, dass ein Mercedes entkommen ist, vielleicht haben sie Hilfe angefordert. Was können Sie sehen?«

»Bis jetzt nichts«, erklärte Tovah. »Die Drohne hat nur noch für zwei Minuten Treibstoff. Ich werde sie gleich in die Kontrollhütte stürzen lassen.«

James hoffte, dass der gefesselte Elektriker vernünftig genug gewesen war, loszulaufen, bevor die Drohne abstürzte. Es war höllisch schwierig, mit Sachs auf dem Sozius zu fahren. Sein Gewicht drückte das Hinterrad nieder und ließ ihn jede Unebenheit spüren. James hatte berechnet, dass sie die fünf Kilometer bis zum Supermarkt mit einer Durchschnittsgeschwindigkeit von 30 km/h zurücklegen würden und etwa zehn Minuten bräuchten, aber selbst die halbe Geschwindigkeit machte das Bike schon unstabil, und Ryan hatte mit Yuen das gleiche Problem.

Im Supermarkt überprüfte Tovah noch einmal die Flugzeuge, während Kyle Sprengstoff auslegte, damit dem IS die hochtechnische Ausrüstung, die zu schwer war, um mitgenommen zu werden, nicht in die Hände fiel. Als er eine Ladung unter dem provisorischen Tisch mit den Kontrollen, den sie aus Kisten und einer Tür gebaut hatten, anbrachte, bemerkte er etwas auf einer der Überwachungskameras.

»Scheiße!«, schrie er. »Tovah, komm her!«

»Ich überprüfe den Flügeldruck!«, rief sie gereizt. »Wo ist das Problem?«

»Staubwolken!«, sagte Kyle und zoomte das Bild heran. »Sieht aus wie ein Pick-up mit einem großen Gewehr und ein paar Autos.«

Tovah rannte so schnell, dass sie schlitterte und sich fast den Knöchel verdrehte.

»Woher zum Teufel wissen die, dass wir hier sind?«, rief sie.

»Vielleicht hat jemand die Bikes wegfahren sehen«, meinte Kyle. »Oder er hat Bruce' Schuss gehört.«

»Spielt auch keine Rolle mehr«, sagte Tovah, nahm ihr Sturmgewehr und meldete sich über das Funkgerät an ihrem Gürtel bei den vier Fahrern über ihre Kommunikationsgeräte. »Wir bekommen Gesellschaft«, warnte sie. »Kommt so schnell wie möglich her und seid nicht überrascht, wenn ihr auf etwas schießen müsst, wenn ihr kommt.«

38

Von Osten her kamen zwei Pick-ups auf die Ladenstraße zu. Ein Toyota mit vier Männern, die auf der Ladefläche herumgeschleudert wurden, und ein geschlossener Mitsubishi mit sechs Insassen plus Fahrer und einer auf der Ladefläche aufgeschweißten 20-mm-Flugabwehrkanone näherten sich mit hoher Geschwindigkeit. Vom Westen her stieß der kugelsichere Mercedes eine Staubwolke in die Luft und direkt hinter ihm kam ein weißer Laster.

»Die Flugzeuge sind startbereit«, sagte Tovah zu Kyle, während sie im Supermarkt ihren Rucksack packte. »Ich werde die Kerle abhalten. Sie halten die Kommunikation aufrecht, okay?«

»Okay«, bestätigte Kyle.

Tovah vertauschte ihren Kopfhörer mit einem Kommunikationsknopf für das Ohr, nahm ihr Sturmgewehr und verschwand durch die Reste der Schaufensterscheiben.

Der Mitsubishi fuhr vorsichtig auf den Parkplatz, während Tovah hinter der zerfallenen Wand eines Blumenladens Deckung nahm. Die hintere Tür flog auf und zwei Kerle sprangen hinaus und liefen geduckt zur Tankstelle. Die anderen fuhren weiter auf den Parkplatz. Tovah beobachtete sie durch das Visier ihres Gewehrs und erkannte die verwirrte Körpersprache eines Teams, dem niemand Befehle gab. Gleichzeitig war der Toyota ans hintere Ende der Ladenstraße gefahren. Er hielt an einer Ausfahrt zur Hauptstraße und die Männer sprangen von der Ladefläche.

Laurens Stimme erklang über das Intercom. Im Hintergrund war der Lärm ihres Bikes zu hören.

»Bruce und ich sind in Sichtweite der Läden. Over.«

»Fahren Sie hinten herum und übernehmen Sie den Toyota«, befahl Tovah. »Achten Sie auf zwei feindliche Objekte an der Tankstelle.«

»Verstanden«, bestätigte Lauren.

Als der Mitsubishi zum Stehen kam, schaltete Tovah den polarisierenden Filter an ihrem Visier ein, um die Reflektionen von der Windschutzscheibe zu reduzieren. Sobald sie freie Sicht hatte, richtete sie das Fadenkreuz auf die Nase des Fahrers und schoss.

Der Wagen machte einen Ruck, als sein Kopf explodierte. Die Türen flogen auf und die Männer sprangen panisch hinaus. Offenbar schickte der IS seine besten Männer in andere Gebiete, denn diese hier waren über fünfzig, bewaffnet mit uralten Kalaschnikows, und dann war da noch ein Sechzehnjähriger.

Der Teenager starb als Erster. Ein Schuss in den Bauch und einer durch den Kopf ließen ihn zusammenbrechen. Tovah stellte fest, dass die meisten Schüsse von den Kerlen abgegeben wurden, die von dem Toyota stiegen, doch ihre Position war gut geschützt, und nur ein Querschläger konnte ihr gefährlich werden. Die alten Männer, die auf der anderen Seite ausstiegen, waren ein größeres Problem, da ihnen der Pick-up Deckung bot.

Tovah nahm eine Handgranate, zog den Splint heraus und warf sie flach über den Boden, sodass sie von der Unterseite des Pick-ups abprallte. Sie war mit Hunderten von Metallsplittern bestückt, und Schreie ertönten, als die Druckwelle das Heck des Mitsubishis anhob und die Männer auf der anderen Seite ausschaltete.

Tovah tauchte auf, da sie der Meinung war, das Fahrzeug übernehmen und das große Gewehr auf der Ladefläche benutzen zu können, doch das heiße Metall hatte auch den Benzintank durchlöchert. Das Heck brannte, und sie hatte keine Lust, in der Nähe zu sein, wenn sich die Patronengurte mit der 20-mm-Munition erhitzten.

Während Tovah hinten aus dem Blumenladen flüchtete, sprangen Lauren und Bruce von den Motorrädern und gingen hinter dem Zaun um die Ladenkette in Deckung, fünfzig Meter von dem Toyota und den fünf älteren Männern entfernt, die sporadisch Schüsse auf Tovahs Position abgaben.

Lauren war eine gute Schützin, doch als sie sich neben Bruce fallen ließ, war ihr fast schlecht.

»Hast du schon mal jemanden getötet?«

Bruce schüttelte nervös den Kopf.

»Das sind ganz viele und wir sind nur ein paar. Wir müssen effizient sein.«

Lauren ging auf ein Knie in Schussposition und sah durch das Visier. »Ich fange links an.«

»Verstanden«, sagte Bruce. »Bereit?«

»Bereiter geht's nicht.«

Grimmig sah Lauren durch ihr Visier. Graues Haar, verschwitzte Nacken. Jemandes Mann, jemandes Großvater. Sie schoss zwei Männern zwischen die Schulterblätter, während Bruce genau dasselbe tat. Die fünfte Zielperson war vor dem Truck, schien jedoch zu glauben, dass die Kugeln aus Tovahs Richtung kamen, und trat tatsächlich aus seiner Deckung und direkt in Laurens Schusslinie. Es war so einfach, dass es unfair erschien.

»Scheiße, ja!«, jubelte Bruce und schlug Lauren auf den Rücken. Doch sie zitterte, und er erkannte, dass er den falschen Ton anschlug. »Alles in Ordnung?«

»Nein!«, erklärte Lauren tränenerstickt. »Nein, ganz und gar nicht!«

Bruce merkte, dass er das Kommando übernehmen musste. Sie waren keine zweihundert Meter vom Supermarkt entfernt, daher schien es sinnlos, wieder zu den Bikes zu gehen.

»Lass uns gehen«, sagte er und strich ihr über den Rücken. »Das wird schon wieder.«

Aus dem Kommunikationsgerät erklang Tovahs begeisterte Stimme.

»Ihr könnt ja super schießen! Kyle, wie sieht es auf der anderen Seite aus?«

»James und Ryan sind fast hier«, sagte Kyle. »Sieht aus, als würde dem Mercedes und dem Lieferwagen nicht gefallen, was sie gesehen haben. Sie bleiben im Moment auf Abstand.«

»Verstanden«, sagte Tovah und rannte auf den Toyota zu. »Bei der Tankstelle sind immer noch zwei feindliche Personen.«

»Werden die angreifen, nachdem wir ihre Kumpel weggefegt haben?«, fragte Bruce.

Tovah war mittlerweile auf Rufweite herangekommen und sah, dass Lauren aufgebracht war.

»Unsere Tragflächen sind acht Meter lange Zielscheiben und ein Schuss lässt sie platzen«, sagte Tovah. »Wir können es nicht riskieren, dass irgendjemand nah genug herankommt, um zielen zu können.«

Bruce nickte, doch Lauren schien völlig durcheinander.

»Geh nach drinnen zu Kyle«, befahl ihr Bruce in beruhigendem Ton. »Mach dein Flugzeug klar und starte, sobald du die Freigabe bekommst.«

»Gut«, erwiderte Lauren, ohne den Blick von den Toten zu wenden.

»Wir beide fahren«, erklärte Tovah und sah sich vorsichtig um, bevor sie die Tür des Toyotas aufmachte und erfreut den Schlüssel in der Zündung sah.

»Ich habe sie beobachtet«, hörten sie Kyle sagen. »Sie

sind bei der Tankstelle. Sie sind auf jeden Fall nicht abgehauen.«

»Verstanden«, sagte Tovah, während Bruce auf die Ladefläche des Pick-up stieg.

Die Tankstelle war fünfhundert Meter entfernt. Sie konnten in gerader Linie darauf zufahren, nur von ein paar Bodenschwellen behindert. Tovah blieb in einem niedrigen Gang, sah über das Armaturenbrett und trat aufs Gas. In der Ferne hörte sie, wie sich James' und Ryans Bikes von der anderen Seite her dem Supermarkt näherten. Dann zuckte sie entsetzt zusammen, weil eine Kugel durch die Kabine fegte und die Windschutz- und die Heckscheibe durchschlug.

»Scheiße!«, schrie Bruce und schützte seinen Kopf vor den Glassplittern.

Ein weiterer Schuss traf den Motorblock. Tovah warf den Pick-up scharf nach rechts und hielt direkt vor dem verbogenen Dach der Tankstelle.

»Einer ist oben«, verkündete Bruce, der sich die Schulter prellte, als er gegen die Metallkarosserie des Pickups krachte.

Tovah kletterte ins Freie und Bruce fuhr hoch und gab drei schnelle Schüsse ab. Die letzte Kugel traf einen Mann, der auf dem verbogenen Dach hockte. Es war nur ein Treffer in die Schulter, doch noch bevor er aufgeschlagen war, war Tovah um die ausgebombte Tankstelle gelaufen und hatte ihn in die Brust geschossen.

»Einer weniger«, rief Tovah.

Sie umkreisten das Dach und trafen sich auf der gegenüberliegenden Seite. Der kleine Laden war dem Erdboden gleich gemacht worden und bot keine Versteckmöglichkeiten. Sie sahen sich verblüfft an, bis Bruce die Krater der explodierten Benzintanks auffielen.

»Der kann nur da sein!«, flüsterte er, zog eine Granate und rollte sie in eines der Löcher.

»*La, la*!«, rief eine kleine Gestalt das arabische Wort für »Nein«. Die Person, die aus dem Loch kletterte, war nicht einmal ein Teenager.

Tovah zielte mit der Pistole, doch Bruce erkannte, dass die Gestalt unbewaffnet war, und stieß ihren Arm beiseite, sodass der Schuss durch das Dach ging.

»Sie haben heute schon ein Kind getötet!«, rief er.

»Ich habe jemanden angegriffen, den ich weglaufen sah«, schrie Tovah wütend. »Drohnen können keine erhobenen Hände erkennen!«

Sie zog sich zurück und Bruce hob den kleinen Körper aus dem Loch, lief ein paar Meter zurück und ging in Deckung. Zum Glück fing das verbogene Dach die größte Wucht der Detonation ab und Bruce' Helm schützte ihn weitgehend vor einem faustgroßen Stück Beton.

In seinen Ohren klingelte es, als sich der Staub legte. Bruce dachte an den Jungen unter seinem Körper. Warum war er so ein Risiko eingegangen? Vielleicht wollte er gerade den Splint aus einer Handgranate ziehen.

Bruce schaltete auf Kampfmodus und packte den Jungen am Arm. Wenn er unbewaffnet war, dann konnte er ihn unbesorgt in den Hintern treten und wegschicken. Aber als er ihn umdrehte, sah er einen Riss in dem schmutzigen türkisfarbenen T-Shirt. Und unter dem Riss bemerkte er verrutschte, feste Bandagen, die eine Brust freilegten.

»Du bist ja ein Mädchen«, stieß Bruce hervor.

»Komm schon!«, rief Tovah ihm zu und meldete Kyle: »Wir sind startklar. Ihr könnt abheben.«

Das Mädchen begann zu weinen und plapperte auf Arabisch.

»Ich verstehe dich nicht«, sagte Bruce. »Du bist keine Bedrohung für uns. Du kannst gehen.«

Tovah schüttelte den Kopf.

»Sie sagt, mit dem zerrissenen T-Shirt kann sie sich nicht blicken lassen. Sie sagt, wenn sie herausfinden, dass sie ein Mädchen ist, werden die religiösen Fanatiker sie foltern und sie zwingen, einen Soldaten zu heiraten.«

Bruce blieb der Mund offen stehen.

»Wie alt bist du? Wer kümmert sich um dich?«

Tovah sah bekümmert drein und deutete auf die Tankstelle.

»Sie ist zwölf. Ihr Bruder scheint sich um sie gekümmert zu haben, aber ich glaube, den haben wir gerade getötet.«

»Verdammt!«, rief Bruce, doch im gleichen Moment hörte er wieder Kyles Stimme.

»Sieht aus, als kämen noch weitere Fahrzeuge. Ihr müsst zurückkommen. Wiederhole: Kommt sofort zurück!«

»Wir können dir ein T-Shirt geben«, bot Tovah dem Mädchen an und nahm ihre Hand, während Bruce auf den Supermarkt zulief. James war auf dem Parkplatz und räumte etwas Schutt weg, der bei ihren Kämpfen auf die Straße gefallen war, während Lauren ihr Ultraleichtflugzeug aus dem Supermarkt rollte. Hinter ihr saß der massige Sachs.

»Start frei!«, rief James und hielt beide Daumen nach oben.

Lauren gab mit ihrem Flieger Vollgas und ratterte über den Parkplatz in die eine Richtung, während Bruce, Tovah und das syrische Mädchen aus der anderen kamen. Noch bevor Lauren in der Luft war, rollte Ryan mit Yuen als Passagier aus dem Supermarkt. Sein Herz hämmerte heftig, als er die Checks durchging, die er im Lager fünfzigmal geprobt hatte. Benzin, Navigationsgeräte, Klappen.

»Alles klar«, sagte er, warf einen Blick auf seinen nervösen Passagier und einen auf Lauren, die gerade abhob, bevor er selbst Vollgas gab.

Die nächsten beiden Flieger waren noch nicht ganz startklar.

»Wer ist das?«, fragte James, als er Tovah mit einer zerlumpten arabischen Begleiterin sah.

»Sie braucht ein T-Shirt«, erklärte Bruce. »Tovah hat wahrscheinlich am ehesten ihre Größe.«

»Nein«, erklärte Tovah bestimmt. »Wir fliegen sie hier raus. Ohne ihren Bruder ist sie hier nicht sicher.«

»Wir haben keinen Platz frei«, erklärte Kyle.

»Drei Flugzeuge«, widersprach Tovah und deutete in die Halle. »Wir haben eine Reserve mitgebracht. Ich musste ein paar Teile ausbauen, um die fehlerhaften Navigationssysteme in Ryans Flieger zu ersetzen, aber achtzig Kilometer schaffe ich tagsüber auch ohne.«

Das Gebäude erzitterte, als etwas die Wand traf.

»Das ist eine 20-mm-Granate«, erklärte Tovah mit einem Blick auf die Bildschirme. »Ich würde sagen, sie trauen sich nicht näher heran, weil wir ihren ersten Trupp ausgeschaltet haben, aber es scheint, dass sie jetzt aus der Ferne zielen. James, Sie fliegen mit Kyle, Bruce, Sie nehmen das Mädchen mit.«

»Vielleicht fliegt sie lieber mit Ihnen?«, vermutete Kyle. »Weil Sie eine Frau sind und gut arabisch sprechen?«

»Ich fliege als Letzte, falls einer von euch Startprobleme hat«, sagte Tovah. »Und je schneller sie hier weg ist, desto besser für sie.«

»Zu riskant für meinen Geschmack«, fand James mit einem Blick auf die Monitore. Zwei weitere Granaten trafen das Gebäude.

Er und Kyle schoben ihr kleines Flugzeug zum Ausgang und stiegen ein, während Tovah dem Mädchen schnell erklärte, dass Bruce sie an einen sicheren Ort fliegen und sie eine gute Familie für sie finden würden.

»Wie heißt sie?«, fragte Bruce, als ihm einfiel, dass das noch niemand wusste.

»Zahra«, antwortete das Mädchen.

»Ich werde versuchen, ein guter Pilot zu sein«, sagte Bruce und lächelte sie freundlich an.

Zarah lächelte zurück, auch wenn sie nicht viel Englisch verstand. James startete seine Maschine, während Kyle ihr Flugzeug in die Sonne rollte.

»Oben ist es kalt«, sagte Tovah und gab Zahra einen Schlafsack, den sie eigentlich zurücklassen wollten. Dann half sie dem Mädchen, sich den Fünfpunktgurt anzulegen.

Kyle wollte schon in James' Flugzeug einsteigen, als ihm der Zünder in seiner Tasche einfiel.

»Wenn Sie als Letzte gehen«, meinte er zu Tovah und reichte ihn ihr.

Kyle schnallte sich an, James gab Gas und rollte auf den Asphalt. Weitere Granaten trafen die Rückseite des Supermarkts und in der Deckung hinter den beiden Fast-Food-Restaurants ging ein Fahrzeug in Stellung.

»Vollgas!«, verkündete James, dem das Risiko, noch eine Minute länger am Boden zu bleiben, größer schien als das, ohne die letzten Checks abzuheben, die Tovah sowieso bestimmt schon zwei Mal gemacht hatte.

Bruce gab Gas, noch bevor James in der Luft war. Hinter der Tankstelle hervor kamen jetzt kleinkalibrige Geschosse geflogen.

»Tovah! Schnell!«, warnte Bruce über die Sprechanlage, als er die Klappen aufstellte und James und Kyle in die Luft folgte.

Tovah kam nur Sekunden nach Bruce' Start heraus. Als sie Vollgas gab, hörte sie Schüsse von allen Seiten und versuchte, nicht daran zu denken, wie empfindlich ihre luftgefüllten Flügel waren. Als sie ihre Startgeschwindigkeit erreicht hatte, spürte sie, wie etwas vor ihr in die Landebahn einschlug, aufsprang und gegen das Vorderrad prallte. Als erfahrene Fluglehrerin zog sie leicht die Startklappen hoch, sodass sich die Nase hob und das Flugzeug seinen Start auf zwei Rädern fortsetzte.

Weitere Schüsse knallten, bis sie endlich schnell genug war, und da sie allein und manuell flog, zog sie das kleine Flugzeug so steil wie möglich nach oben. James' und Bruce' Flieger waren vor ihr und ihre grauen Flügel verschwammen mit der Farbe der Wolken über ihnen.

Tovah warf einen letzten Blick auf den Supermarkt, zog den Fernzünder, wartete weitere fünf Sekunden, um sicher zu sein, dass die Detonationswolke sie nicht einsog. Dann drückte sie auf den Knopf und ließ alles in die Luft fliegen.

39

In achthundert Metern Höhe wehte kalte Luft aus Osten, die der Autopilot mit den Klappen ausglich. Von hier oben sah die Welt so wundervoll aus, doch Lauren konnte den Anblick der Leichen nicht aus dem Kopf bekommen. Während ihrer ersten Mission hatte sie im Alter von elf Jahren einen Mann getötet, doch damals hieß es sie oder er. Dieses Mal war es gewesen wie in einem merkwürdigen, einseitigen Videospiel.

All ihr CHERUB-Training für einen Einsatz gegen ein paar alte Männer. Lauren kam sich mit einem Mal naiv vor, dass sie so bereitwillig die Gelegenheit ergriffen hatte, wieder an alte Zeiten anzuknüpfen. Jetzt wollte sie nur noch nach Texas zurück, in das kleine Haus am Rand der Rennbahn, das sie mit Rat teilte. Zu Rat, der in seiner Mechanikermontur Rührei machte, sie auf den Hals küsste und ihr sagte, wie sehr er sie liebte.

Ihr Landeplatz lag siebenhundert Meter hinter der türkischen Grenze auf einer unfertigen achtspurigen Autobahn, die zu einem Grenzübergang führen sollte, der noch vor dem Ausbruch des Krieges in Syrien geplant worden war. Lauren schaltete den Autopilot ab, als sich der schmutzig weiße Boden westlich der Straße als ordentliches Gitter von Flüchtlingszelten entpuppte. Während sie landete, sah Sachs in die Welt der Flüchtlinge hinunter: Schlangen vor den Wasserleitungen, Müllhaufen und Straßenfußball.

Tovah war als Letzte gestartet, doch ohne das Gewicht eines zusätzlichen Passagiers war sie als Erste angekommen und legte nur auf den unbeschädigten Hinterrädern eine saubere Landung hin. Bruce hatte eine Minute vor Lauren aufgesetzt, doch die verstand nicht, warum Zarah hinten ausstieg.

»Alles in Ordnung?«, rief Tovah, die angelaufen kam, während Lauren die Bremse anzog und ihren Helm absetzte.

»Alles klar, keine Sorge«, antwortete Lauren und stieg aus.

Sachs war ein schwerer Mann, und die Schwerkraft hatte ihm zwar beim Einsteigen geholfen, doch als er hinausklettern wollte, brachte er das kleine Flugzeug zum Kippen. Lauren und Tovah zogen an beiden Seiten, und Sachs musste lachen, als er endlich freikam.

»Ich war richtig gut eingeklemmt«, strahlte er, stöhnte dann aber vor Schmerz auf, als sein Knie wegen eines Krampfes einknickte.

»Uff!«, machte Lauren und nahm den großen Mann am Arm.

Als sie ihm den Helm abnahm, blickte sie in rote Augen und Tränen, die ihm übers Gesicht liefen. Dicht behaarte Arme zogen sie in eine schweißnasse Umarmung.

»Gerettet von einer schönen Frau«, schluchzte Sachs und brüllte dann: »Du kleine Heldin!«

»Schon gut«, lächelte Lauren hilflos, als er ihr auf den Rücken schlug.

»Ich dachte, sie würden mich umbringen«, gestand Sachs. »Ich kann es gar nicht erwarten, eine Pastete und ein Bier zu kriegen und eine Runde Golf zu spielen.«

Der höhere Zweck, dachte Lauren. Doch sie sah immer noch Leichen vor sich, als Ryan mit Yuen holpernd aufsetzte. Yuen war ein weiterer Strahlemann, der selbst aussteigen konnte und Sachs triumphierend umarmte.

Ryan ging es weniger gut. Sein rechter Arm schien gelähmt und seine Hand war dunkelrot von dem Blut, das ihm den Ärmel heruntergelaufen war. Er nahm seinen Helm ab und hockte sich hin. Lauren sah, dass er blass war und stoßweise atmete.

»Geht es dir gut, Kumpel?«, erkundigte sie sich und eilte zu ihm.

»Ging mir schon besser«, gestand er.

Im Supermarkt hatte Ryan allen gesagt, dass sein Arm okay sei, und sie waren viel zu beschäftigt gewesen, um ihm nicht zu glauben. Jetzt betrachtete Lauren die blutige Masse an seinem Oberarm und stellte fest, dass der Schraubenzieher, mit dem er angegriffen worden war, am Griff abgebrochen war und der Metallschaft noch aus seinem Bizeps ragte. Er hatte keine Hauptader getroffen, doch Ryans Blässe sagte ihr, dass er viel Blut verloren hatte.

Lauren rief Bruce zu, er solle einen Erste-Hilfe-Koffer suchen, zog das Jagdmesser aus ihrem Gürtel hervor und schnitt Ryans Hemd über der Wunde auf.

»Wo ist deine Schutzkleidung?«, fragte sie.

»Habe ich nachts ausgezogen«, gestand Ryan. »Sie ist unbequem, ich hasse sie.«

Bruce hatte eine Erste-Hilfe-Tasche gefunden und hörte beim Näherkommen seine letzten Worte.

»Zum Glück hast du CHERUB verlassen«, meinte er, »sonst würdest du für die vergessene Schutzkleidung mindestens zweihundert Strafrunden kriegen.«

Ryan zuckte zusammen, als Lauren das zerschnittene Hemd über seine Hand zog und einen muskulösen, aber blutigen Arm freilegte.

»Ich werde den Schraubenzieher nicht herausziehen, damit es nicht noch stärker blutet«, erklärte sie. »Er braucht einen richtigen Arzt.«

James und Kyle waren nur noch zehn Meter von dem

Landepunkt entfernt, als Bruce und Lauren Ryan zu einem wartenden Minibus trugen.

Das Flüchtlingslager war fünfzig Meter von der Autobahn entfernt und durch einen Zaun davon getrennt. Doch dieser hatte Löcher und ein paar neugierige Kinder hatten die Flugzeuge landen sehen und kamen vorsichtig näher.

»Wir müssen weg«, rief Tovah, als James und Kyle ausstiegen. »Das Letzte, was wir brauchen können, ist so ein Blag mit einer Handykamera. Faltet die Flügel zusammen und bringt die Flugzeuge in meinen Laster.«

»Ihr habt die Dame gehört!«, rief James.

Kyle öffnete bereits die Ventile an den Flügeln. Sachs und Yuen halfen mit, die Karbonstreben von Laurens Flugzeug zusammenzufalten, und hoben es auf einen Laster ohne Nummernschild. Kyle und James brachten ihren Flieger zuletzt hinein und drängten die anderen geräuschvoll beiseite, um Platz zu schaffen.

»Das war's«, sagte James zu Tovah und warf noch einen Blick zurück, um sich zu vergewissern. »Kein schlechtes Ergebnis.«

»Dann heißt es wohl, Abschied nehmen«, sagte Tovah, während Kyle an einem Hebel zog und das Metallgitter hinten am Laster schloss.

James umarmte Tovah und flüsterte der israelischen Agentin spöttisch: »Freiheit für Palästina!« ins Ohr.

»Verpiss dich!«, verlangte Tovah grinsend. »Pass auf dich auf und grüß Kerry von mir.«

Bruce kümmerte sich im wartenden Minibus um Ryan, Sachs und Yuen stiegen durch die Seitentür ein, doch Zahra stand noch immer verloren mitten auf der Straße.

»Nehmen Sie sie mit?«, fragte James Tovah, die gerade auf den Fahrersitz des kennzeichenlosen Lasters stieg.

»Was soll ich mit ihr?«, fragte Tovah und deutete auf

die stetig wachsende Traube von Kindern. »Da drüben ist doch ein Flüchtlingslager.«

James überlegte, während Tovah den Motor anließ und losfuhr. Er war kein Experte für die ethnischen Verhältnisse in Syrien, aber er wusste, dass die meisten Flüchtlinge in den Lagern der südlichen Türkei Kurden waren, und da Zahra und ihr Bruder beim Islamischen Staat gewesen waren, war sie es ganz bestimmt nicht.

»Wir können sie nicht hierlassen«, sagte er zu Kyle, lief dann zu ihr und nahm sie am Arm.

Das Mädchen sah sich unsicher und verängstigt um, als zwei bewaffnete und gepanzerte Männer sie zu einem Minibus brachten, während Tovah im Laster davonfuhr. Doch sowie sie eingestiegen war und sich neben Bruce setzte, schien es ihr besser zu gehen. Ryan war der Einzige, der gut Arabisch sprach, doch er lag hinten und redete wirres Zeug.

»Ich hätte die Weste tragen sollen«, lallte er grinsend, »tut mir leid, James Adams, Mister Einsatzleiter... Sir, ja, Sir!«

»Ich habe ihm Morphium gegen die Schmerzen gegeben«, erklärte Lauren und setzte sich auf den Fahrersitz, während James die Seitentür schloss. »Wenn alle drin sind, fahre ich los.«

»Meinst du, du kannst gut genug fahren?«, neckte sie James und schob sich auf den Beifahrersitz.

»Was sind wir wieder witzig«, meinte Lauren. Jetzt, wo sie sich unter Freunden befand und eine Aufgabe hatte, ging es ihr wieder besser. »Gemäß Einsatzunterlagen befindet sich fünf Kilometer von hier eine Privatklinik. Sie ist rund um die Uhr geöffnet, und es gibt Ärzte, die Englisch sprechen.«

»Guter Plan«, fand James und sah sich um, während Lauren Gas gab. »Sind alle anderen okay?«

Sachs und Yuen nickten zufrieden. Bruce und Kyle

legten ihre Waffen und Schutzkleidung ab. Zahra schien es für ein Kind, das sich mit fremden Menschen – darunter einem, der vor knapp zwei Stunden ihren einzigen noch lebenden Verwandten erschossen hatte – in einem fremden Land befand, eigentlich recht gut zu gehen.

James machte das Handschuhfach auf und fand dort erfreut britische Diplomatenpässe für alle außer Zahra sowie eine Plastiktasche mit einigen Mobiltelefonen und persönlichen Gegenständen, die sie vor ihrer Abreise am Tag zuvor zurückgelassen hatten.

Nachdem er sein Telefon und seinen Pass herausgenommen und die Tasche nach hinten weitergereicht hatte, rief James im Kontrollraum des Campus an, wo ihm John Jones antwortete.

»Wir sind alle draußen, haben einen nicht sehr schwer Verletzten, und wir haben jemanden mitgenommen«, erzählte er. »Wir werden Ryan ins Krankenhaus bringen. Wie sieht es mit einem Heimflug aus?«

»Die Airforce hält auf Zypern einen Jet bereit, der in neunzig Minuten bei euch sein kann«, sagte John. »Jetzt, wo Sachs und Yuen in Sicherheit sind, werde ich den MI5 benachrichtigen. Hoffentlich sind Onkel und seine Verbündeten hinter Gittern, bevor er von der Rettungsaktion erfährt.«

»Nett«, fand James. Lauren bog mit dem Minibus von dem unfertigen Highway ab und drängte sich in den dichten Verkehr auf einer vollen Landstraße. »Lassen Sie das Flugzeug am besten gleich starten. Falls Ryan im Krankenhaus bleiben muss, werde ich bei ihm bleiben, aber es besteht kein Grund, dass die anderen nicht gleich nach Hause können.«

»Verstanden«, erwiderte John. »Es ist schade, dass das eine inoffizielle Mission war, James. Sie hätte Ihrer Karriere sicher gutgetan.«

James lächelte schief.

»Ihren Job kriege ich trotzdem in zwei Jahren, Boss«, scherzte James. »Und bevor ich fünfunddreißig bin, bin ich Vorsitzender von CHERUB.«

»Meinen Job kannst du kriegen«, grunzte John. »Ning ist hier bei mir im Kontrollraum. Sie will einen Anruf durchstellen.«

Am anderen Ende wurde es ein wenig unruhig, dann reichte James das Telefon an Kam Yuen weiter.

»Das ist für Sie, mein Freund.«

»Hallo?«, sagte Kam überrascht und brach dann in Tränen aus, als er die Stimme seiner Tochter erkannte. »Ich bin so froh, meine Kleine!«, stieß er hervor. »Ich habe schon geglaubt, ich würde dich nie wiedersehen!«

40

Voller blauer Flecke und ein wenig atemlos zog Zahra einen Plastikstuhl an einen Tisch. Die Zwölfjährige trug dreckige Stiefel, Combathosen und ein oranges CHERUB-T-Shirt voller Hühnerblut. Ihr gegenüber am Schreibtisch saß der Vorsitzende Ewart Asker und lächelte.

»Bei den Rekrutierungstests hast du dich gut geschlagen«, stellte er fest. »Dein Englisch wird besser, auch wenn wir daran noch werden arbeiten müssen, genauso wie an der Kraft in deinem Oberkörper und an deiner Schwimmtechnik, bevor du die Grundausbildung machen kannst.«

Zahra lächelte, als sie das hörte.

»Wie lange dauert es noch?«, fragte sie.

»Die Grundausbildung dauert einhundert Tage. Wenn du gute Fortschritte machst, dann wirst du wohl mehr als ausreichend gut genug sein, um bei der Gruppe mitzumachen, die im April anfängt.«

»Okay«, sagte Zahra. »Ich werde es versuchen. Und ich werde hart arbeiten.«

»Aber eines muss ich dich noch fragen«, meinte Ewart. »Dein Vater ist gestorben, weil er versucht hat, Syrien vom Assad-Regime zu befreien. Dein Bruder starb im Kampf für den Islamischen Staat und wurde von einem CHERUB-Agenten getötet. Wie fühlst du dich mit alldem?«

Zahras Gesicht verzog sich, während sie sich bemühte, in einer Sprache zu antworten, die sie erst seit knapp zwei Monaten lernte.

»Ich mag lernen«, sagte sie. »Lernen Wissenschaft und Mathematik. In meiner Heimat Polizei hindern alle Mädchen am Lernen. Mein Bruder macht mich zum Jungen. Er verhindert, ich verheiratet oder vergewaltigt werde. Er war kein richtiger Islamkämpfer. Aber keine Arbeit. Er *nur* Geld verdienen als Kämpfer.«

Ewart nickte lächelnd. »Ich verstehe.«

»Ich mag Campus und habe keine Angst vor harte Arbeit«, fuhr Zahra fort. »Theo, der mich herumgeführt hat, ist sehr nett. Vielleicht mache ich Welt besser, wenn ich hier lebe.«

»Ich glaube, ganz genau das wirst du tun«, meinte Ewart und reichte ihr über den Schreibtisch hinweg die Hand. »Gratuliere und willkommen bei CHERUB.«

*

Auf dem Campus herrschte die Januarkälte, als Ryan vor dem Einsatzkontrollgebäude wartete. Die Zugangsschleuse hatte einen pneumatischen Anfall, sodass schließlich James Adams kam und ihn hereinließ.

»Schön, dich zu sehen, Kumpel«, sagte er. »Komm rein. Wie geht es dem Arm?«

In seinem weißen CHERUB-T-Shirt winkte Ryan ein paar Bekannten im Kontrollraum zu, als sie zu James' Büro gingen.

»Ist verheilt«, entgegnete Ryan. »Nur noch zwei Sitzungen beim Physiotherapeuten.«

»Siehst du das?«, fragte James und deutete auf die Tür zu einem der kleinen Büros am Gang. Auf dem Schild stand: *Kerry Chang, Junior-Einsatzleiterin.*

»Dann sind Sie also ihr Boss.« Ryan lächelte.

»Ich bin vollwertiger Einsatzleiter«, erklärte James,

»daher stehe ich über ihr, aber glücklicherweise bin ich nicht ihr direkter Vorgesetzter.«

»Ist sie da?«

James schüttelte den Kopf.

»Sie trägt immer noch eine Beinschiene und musste heute zu ihrem Arzt nach London.«

»Ning hat erzählt, Sie hätten das Datum für die Hochzeit festgelegt.«

James lachte.

»Ning hat eine große Klappe. Das sollte doch noch geheim bleiben ... aber ja, ich habe für Ostern Urlaub eingereicht. Wir werden in Las Vegas heiraten und auf der Hochzeitsreise die Route 66 nach Chicago nehmen.«

»Toll«, fand Ryan. »Motorräder?«

»Schön wär's«, seufzte James. »Kerry fährt zwar, aber nicht so begeistert wie ich.«

»So wie Sie fahren, wundert mich das nicht«, bemerkte Ryan.

James schüttelte den Kopf.

»Ich habe eine Firma gefunden, die alte Autos vermietet, und wir werden einen Ford-Mustang-Oldtimer fahren. Außerdem hat dann Laurens Saison angefangen, sodass wir unterwegs ein paar ihrer Rennen sehen können.«

Mittlerweile waren sie in James' Büro angekommen, wo Ning an seinem Schreibtisch saß und einigen Verwaltungskram erledigte. Als sie Ryan sah, begann sie zu strahlen und umarmte ihn.

»Was machst du denn hier?«, fragte sie überrascht. »Dich habe ich ja seit Weihnachten nicht mehr gesehen!«

»Du bist ja immer beschäftigt, wenn ich dich in der Stadt sehen will«, erklärte Ryan. »Aber ich musste zum Campus kommen, um mir die Papiere für meine neue Identität und die gesammelten Examensunterlagen für meine Unibewerbungen abzuholen.«

»Und das hier«, sagte James und nahm einen Umschlag aus seiner Schreibtischschublade. »Das ist alles auf Papier, weil ich keine elektronische Spur hinterlassen will.«

Ning sah Ryan neugierig an, als er den Umschlag nahm.

»Das weiß ich wirklich zu schätzen, James.«

»Das solltest du auch«, meinte James. »Ich musste dafür in die Nachbearbeitungsakten zum Fall Aramov gehen. Ich könnte dafür durchaus vom Campus fliegen.«

Jetzt platzte Ning förmlich vor Neugier.

»Was habt ihr beide denn vor?«

James grinste. »Glaubst du, Ning kann ein Geheimnis bewahren? So wie ich das von ihrem vierundzwanzigjährigen Freund, den sie in Thailand versteckt hat?«

»James!« Ning schlug verlegen die Hände vors Gesicht.

»Läuft das immer noch?«, fragte Ryan.

»Bruce hat mir *nur* einen Job für ein Jahr in Thailand besorgt«, verwahrte sich Ning, »sonst nichts!«

James schüttelte den Kopf.

»Jedesmal wenn ich in dieses Büro komme, chattet sie über Facebook mit ihm.«

»Mistkerl!«, rief Ning. »Sie haben selbst gesagt, dass Bruce ein wirklich netter Kerl ist. Und jetzt hören Sie auf, vom Thema abzulenken, und sagen Sie mir, was in dem Umschlag ist.«

Ryan machte ihn auf und zeigte Ning das Bild eines achtzehnjährigen Mädchens.

»Natalka!«, stieß Ning hervor.

Ryan hatte Natalka vor vier Jahren bei einer Mission in Kirgistan kennengelernt. Er hatte sich in sie verliebt, und es hatte ihm das Herz gebrochen, als er wieder zum Campus zurückkehren musste.

»In der Akte ist eine ganze Menge«, erklärte James.

»Mit achtzehn wurde Natalka aus der Reformschule entlassen. Ich habe eine Adresse gefunden, die drei Monate alt ist, und drei mögliche Telefonnummern. Die jüngste Information ist die Verhaftung wegen eines kleineren Diebstahls vom 2. Januar, aber die Verhandlung ist nicht vor März.«

»Ich habe nie aufgehört, an Natalka zu denken«, gestand Ryan Ning, »deshalb habe ich James gebeten, mir zu helfen, sie zu finden.«

Ning war überwältigt. Sie fand es unglaublich romantisch, dass Ryan Natalka nicht vergessen hatte. Und wie cool war es doch von James, dass er bereit war, die Regeln ein wenig zu beugen, damit Ryan seine große Liebe finden konnte? Sie kannte keinen anderen bei CHERUB, der das für einen Agenten getan hätte. Aber sie war auch entrüstet, und diese Seite war das, was nach außen drang.

»Ihr seid doch beide total bescheuert!«, stieß sie hervor. »Man darf Leute, die man während Missionen kennenlernt, aus sehr guten Gründen nicht kontaktieren. James, Sie sind der beliebteste Einsatzleiter auf dem Campus. John wird in drei Jahren pensioniert und Sie könnten sehr gut seinen Posten als Chefeinsatzleiter bekommen.

Und Ryan, du hast wohl nicht richtig nachgedacht, oder? Du warst doch erst vierzehn! Wie sehr hast du dich verändert, seit du Natalka das letzte Mal gesehen hast? Und Russland ist ein hartes Land ...«

»Ist mir egal«, unterbrach sie Ryan. »Mit Russland werde ich schon fertig. Mein Vater war Russe. Ich spreche die Sprache.«

»Und wenn du da hinkommst und Natalka hat einen Freund?«, fuhr Ning fort. »Oder ein Drogenproblem? Was ist, wenn sie wieder ins Gefängnis kommt?«

»Ist mir alles völlig egal«, erklärte Ryan bestimmt.

»Ich habe ein paar Mädchen auf dem Campus geküsst, aber alles, an was ich denken kann, ist, dass sie nicht Natalka sind. Als ich mit ihr zusammen war, war das, als wären wir eine einzige Person. Ich habe sie zwar seit drei Jahren nicht mehr gesehen, aber ich denke immer noch an sie. Ich frage mich, wo sie ist, was sie macht, ob sie glücklich oder traurig ist, ob sie noch an mich denkt.«

»Aber wie stehen die Chancen, dass das gut geht?«, fragte Ning. »Vielleicht kommst du ja wieder mit einem gebrochenen Herzen zurück?«

Tränen traten Ryan in die Augen.

»Vielleicht bricht sie mir das Herz. Aber selbst wenn die Chancen eine Million zu eins stehen, will ich sie doch finden und fragen.«

Ning erkannte, wie entschlossen Ryan war, und fragte: »Soll ich mit dir nach Russland gehen?«

»Nein«, wehrte Ryan ab, und da er vor James nicht weinen wollte, raschelte er nur mit dem Ordner und ging zur Tür. »Ich schulde Ihnen mächtig was, James.«

Ning fragte sich, wann – oder sogar ob – sie Ryan wiedersehen würde, als er hinausging, in der einen Hand einen Briefumschlag und sich mit der anderen die Tränen aus den Augen wischend.

Sie sah James Adams an. Genau so hatte ihn seine Mutter angesehen, wenn er in der Schule etwas ausgefressen hatte, oder Lauren, bevor sie ihm eine verpasste, weil er etwas angestellt hatte, oder Kerry, als sie ihn mit der Pizzabotin im Bett gefunden hatte …

»Sie haben Ihre Karriere aufs Spiel gesetzt, weil Ryan in ein Mädchen verliebt ist«, stellte sie fest und musste ein Lächeln unterdrücken. »Sie sehen so erwachsen aus, aber in Ihrem Kopf sind Sie immer noch ein frecher kleiner Zwölfjähriger.«

James zuckte mit den Schultern.

»Wäre es dir lieber, ich wäre ein Kerl in einem grauen Anzug, der Befehle brüllt?«

Ning dachte einen Moment nach und überraschte ihn dann mit einem Kuss auf die Wange.

»Werden Sie nie erwachsen, James Adams«, riet sie ihm. »Denn dann wäre die Welt nicht mehr dieselbe.«

Epilog

Alle Informationen auf dem Stand von Dezember 2017

Das Video über NIGEL KINNEY wurde auf dem Netzwerk der Pädophilenjäger (NPJ) während der ersten drei Monate online über 160 000-mal angeklickt. In dieser Zeit meldeten sich mehrere Personen bei NPJ, die weitere Vorwürfe wegen sexueller Straftaten gegen Kinney vorbrachten.

Infolge einer polizeilichen Untersuchung wurde Kinney wegen acht schwerer Sexualdelikte angeklagt und in sechs Fällen für schuldig befunden. Nachdem er von seinen Mithäftlingen angegriffen wurde, verbringt er zurzeit seine zwölfjährige Haftstrafe in einer Isolationszelle im Gefängnis York House auf der Isle of Wight.

Die Aktionen des NPJ haben zu zahlreichen ähnlichen Verurteilungen Pädophiler geführt, auch wenn Polizei und Regierung betonen, dass diese Art der Selbstjustiz gefährlich und für die Überführung von Sexualstraftätern nur begrenzt nützlich ist.

OLIVER LAKSHMI, besser bekannt als Oli, wurde nach dem Diebstahl und dem Vandalismus in Onkels Druckerei bei einer Pflegefamilie in Nordlondon untergebracht. Trotz zahlreicher kleinerer Zwischenfälle und einiger Vorfälle von Schikane nimmt er jetzt wieder am normalen Unterricht teil. Er hält sich einigermaßen gut und sein Sozialarbeiter berichtet, dass er zum ersten Mal in seinem Leben einen stabilen Freundeskreis in seinem Alter gefunden hat.

Ein paar Stunden, nachdem James Adams seine Rettungsaktion beendet hatte, verhaftete die Polizei MARTIN JONES alias ONKEL. Der MI5 hatte seine Geschäfte mittlerweile seit über einem Monat beobachtet. Insgesamt wurden sechsundzwanzig Leute verhaftet, die an dem Schmuggel mit OME-Teilen beteiligt waren. Zwei der Männer, die mit Onkel in Verbindung standen, wurden später auch wegen des Drogentodes von CHRIS CARLISLE angeklagt.

Aufgrund der Geheimhaltungsstufe der Rettungsoperation wurden die Entführung und Rückkehr von GORDON SACHS und KAM YUEN nie publik gemacht und aus Onkels Organisation wurde nie jemand für die Verbrechen in Verbindung mit ihrer Entführung angeklagt.

Die beiden Techniker zogen sich friedlich in den Ruhestand zurück, gelten jedoch immer noch als mögliche Ziele für Entführungen, daher tragen sie Alarmgeräte bei sich und haben passive Ortungsgeräte ins Gesäß implantiert bekommen.

ZAHRAs erster Versuch bei der Grundausbildung endete am zweiunddreißigsten Tag, weil sie sich bei einem Sturz das Auge verletzt hatte. Sie nahm die Ausbildung drei Monate später wieder auf und ist jetzt ein vollwertiges CHERUB-Mitglied, das auf seinen ersten Einsatz wartet.

Nach ihrer Rückkehr aus dem Sommerlager mussten die Zwillinge LEON und DANIEL SHARMA keine Strafe mehr für ihre Beteiligung an der Aktion des Netzwerks der Pädophilenjäger ableisten. Daniel bekam nach einer Einzelmission Anfang 2017 sein schwarzes T-Shirt. Die Zwillinge und ihr jüngerer Bruder THEO SHARMA sind immer noch aktive CHERUB-Agenten.

Nach zwei letzten kurzen Missionen schied FU NING wie geplant im Sommer 2017 bei CHERUB aus. Zurzeit arbeitet sie als Lehrerin in einem Muay-Thai-Dojo in Thailand. Sie hat vor, an einer australischen Uni zu studieren, und unterhält eine Beziehung zu dem Ex-CHERUB-Agenten BRUCE NORRIS.

Da er kürzlich erst bei CHERUB gearbeitet hatte und die Beziehung bereits begonnen hatte, als Ning noch Agentin war, wurde Bruce permanent von der Arbeit auf dem Campus ausgeschlossen und darf ihn drei Jahre lang nicht betreten. Doch er behauptet, sich in Ning verliebt zu haben, sei es das wert gewesen.

RYAN SHARMA reiste Ende Januar 2017 nach Russland. Dort konnte er seine verlorene Liebe Natalka finden und wandte den größten Teil der finanziellen Unterstützung, die er von CHERUB bekommen hatte, dafür auf, die örtliche Polizei zu bestechen, damit sie verschiedene Anklagen fallen ließ, die dazu geführt hätten, dass sie für längere Zeit hinter Gitter wanderte.

Ryan und Natalka verbrachten den Sommer 2017 auf einer Reise durch Europa. Zurzeit leben sie in Cambridge, wo Ryan im ersten Semester Geschichte studiert. Natalka arbeitet als Kellnerin und lernt für ihre Abschlussprüfung an einem College. Die Beziehung der beiden wurde von Freunden als »extrem instabil und wohl nicht von Dauer« beschrieben.

LAUREN ADAMS brachte eine erfolgreiche erste Saison in der Formelrenngruppe hinter sich, belegte bei der

Serie über zwölf Rennen den dritten Rang und wurde zur »Nachwuchsfahrerin des Jahres« gekürt. Lauren hat vor, auch 2018 in dieser Klasse mitzufahren, und wurde als Testfahrerin für ein NASCAR-Team eingeladen.

KERRY CHANG musste dreimal operiert werden, damit ihre verletzte Kniescheibe ersetzt werden konnte. Erst im Juni 2017 konnte sie ihre Aufgabe als Einsatzleiterin bei CHERUB richtig wahrnehmen.

Aufgrund der komplizierten Operationen und einiger Verpflichtungen am Arbeitsplatz konnten JAMES ADAMS und Kerry erst im September 2017 in einem Casino in Las Vegas heiraten. An der Hochzeit nahmen mehrere Freunde teil, darunter KYLE BLUEMAN als Trauzeuge.

Beim Weihnachtsessen auf dem CHERUB-Campus verkündete Kerry, dass James und sie »überrascht, aber erfreut« ihr erstes Kind erwarteten.